林子仪—— 著

我的马来往事

海峡出版发行集团 | 海峡文艺出版社

图书在版编目(CIP)数据

我的马来往事/林子仪著. —福州:海峡文艺出
版社,2020.6(2024.3 重印)
ISBN 978-7-5550-2281-7

Ⅰ.①我… Ⅱ.①林… Ⅲ.①回忆录—作品
集—中国—当代 Ⅳ.①I251

中国版本图书馆 CIP 数据核字(2020)第 087544 号

我的马来往事

林子仪 著

出 版 人 林 滨
责任编辑 蓝铃松
编辑助理 张琳琳
出版发行 海峡文艺出版社
经 销 福建新华发行(集团)有限责任公司
社 址 福州市东水路 76 号 14 层
发 行 部 0591—87536797
印 刷 三河市兴博印务有限公司
厂 址 河北省廊坊市三河市杨庄镇大窝头村西
开 本 700 毫米×1000 毫米 1/16
字 数 300 千字
印 张 19.5
版 次 2020 年 6 月第 1 版
印 次 2024 年 3 月第 2 次印刷
书 号 ISBN 978-7-5550-2281-7
定 价 98.00 元

如发现印装质量问题,请寄承印厂调换

谨以此书纪念敬爱的父亲林子仪

—— 中燕、中凤、中凰

马来亚时期的林子仪

新加坡时期的林子仪

大学时期的林子仪

中年林子仪

林子仪与大学同学（后排左起第一位为林子仪）

约 60 年前，林氏家族在马来西亚霹雳州太平市的合影。中间黑衣者为林子仪祖母，祖母左右为林子仪父母。林子仪与其二弟当时在中国，其余弟弟妹妹均在相片中。

林子仪回国后第一次带爱人到马来西亚探亲。（二排右起第三位为林子仪爱人杨清秀，三排右起第三位为林子仪）

林家在马来西亚霹雳州太平市双溪吉隆村的老屋。

南洋故事：风从哪里来

林中燕

2019 年 8 月，在马来西亚槟城参加一场活动，夜晚突来一阵狂风，夹杂着暴雨，把槟城很多老树连根拔起，拦腰折断，满地狼藉。

马来西亚虽在印度洋一隅，气候却一直很好，常年气温在 26℃～33℃，雨水充沛，空气清新，基本不会受到台风的影响。

这一阵狂风究竟是从哪里来的？众说纷纭，答案不一。

8 月 11 日，是父亲忌日。

2018 年是让人悲伤的一年，父亲过世；同年同月二叔在马来西亚的怡保市过世；9 月，舅舅在槟城过世。前后一个多月，痛失三位至亲长辈。

从小到大，我见证着唯一在中国（他们称为"唐山"）的我们家，一直得到来自马来西亚长辈不遗余力的扶持，虽远隔重洋，却始终觉得离他们很近，想起长辈们，就觉得亲切和有所依靠。

槟城给我的回忆，是跟舅舅密切相连的。舅舅籍贯福建晋江，外祖父出生于马来西亚，后回国担任小学教职，参与创办报纸，为当地小有名气的文人，育有一女一子。舅舅是母亲唯一的亲弟弟，外祖父三十余岁便英年早逝，母亲与舅舅姐弟二人幼年失怙，相依为命。

舅舅七岁时由亲戚带到马来西亚，白手起家，事业有成后致力于公益事业，常为家乡奔走筹款，为马来西亚华文教育做出卓越贡献，多年致力于华校建设，后欣然接任总校董事长，统筹学校事务，事事上心、亲力亲为。

他对身处中国的家人爱护有加，对我们三姐妹视如己出，每一次到槟城，他都精心安排，每天轮换不同餐馆，甚至亲自带着到小印度、多春茶室吃特色饮食，唯恐招待不周。这样一位受人尊敬和爱戴的长辈，却在赴印度尼西亚出差时因肺部感染突然离世。

世态炎凉，亲情薄如纸。幸好，马来西亚还有好朋友们，还有林家人。

父亲 1932 年出生于马来西亚霹雳州太平镇大直弄村，少时离家当学徒，辗转于马来半岛各地，1954 年以新加坡公民身份回到中国。林家在马来西亚已有约一百二十年的历史，大部分的亲戚在马来西亚，我是林家在中国出生的第一代。现在的林家，仅祖父这一支，在中国、马来西亚、新加坡等地繁衍生息，开枝散叶，人丁兴旺，有百人之多。

父亲二十二岁之前虽然没有接受过完整的学校教育，但极为聪慧，靠自学中文能写会说，酷爱写作，虽担任中学数学教师的教职，但文笔极好，他在离世之前，留下的回忆录总字数超过二百万，均为他亲自用书写板在电脑上写下的原创作品，堪称奇迹。

阅读父亲的作品，仿佛回到小时候，我们三姐妹围在他身边听他讲故事，人物栩栩如生，故事情节扣人心弦。看他的回忆录，是一种享受，是一种传承，更是一种思念。

父亲在回忆录中写道：先祖来自中国福建同安官浔。据族谱记载，为福建西河林中的同安官浔林水用支派。太祖父失记公在清咸丰年间，带着妻子从厦门到泰国谋生；先祖父雨水公是长子，1894 年在泰国宋卡出生，后来举家迁到马来亚，定居于霹雳州太平市一带。

太平，有美丽的太平湖，据传为锡矿开采遗址贮水而成，通行福建话，也就是闽南方言（在马来西亚，福建人专指闽南人，福建话专指闽南方言）。

清晨七时，城市还没有苏醒，天色未明（槟城日出时间比福州晚大概两小时），我和定居槟城的堂弟从槟城出发，行驶在由中国建造的槟城二桥上，过北海，往太平方向，走 A101 国道，全程约一个半小时就可抵达太平市双溪吉隆村。

祖父祖母居住的林家老屋村在 A101 国道边，是个平层的屋子，路旁唯一不是店面的居家，门上有中国字双喜，旁边供奉财神爷，典型的华人风格。健朗的三叔、三婶仍然住在双溪吉隆老屋里，三叔活泼的性格，简直就是父亲的翻版，每次去看他，就好像看到我们家那个风趣又严厉的帅老爸，不禁眼眶湿润、内心温暖。

老屋旁清澈的小河可以直达海湾，每天下午三四点涨潮时分，三叔就兴高采烈地驾着机动小船出海兜风，钓虾、钓螃蟹。三婶说，丰产季节三叔常常会带回来成桶的螃蟹、虾，吃都吃不完，盛情邀请我届时赴马大快朵颐。（但由于三叔年事已高，孩子们现在已经不让他单独出海了）

三婶烹饪美味的面包虾和咖喱蟹，加上父亲在回忆录中提到的咖喱土杀（闽南话，即鲇鱼）等，这些来自祖母真传的娘惹菜，每次让我味口大开，真是饕餮大餐。

老屋附近，有跟著名旅游区十八丁齐名的红树林炭厂。炭厂偏于一隅，很少人知道。

怡保的小叔曾专门带我参观炭厂。炭厂就在河道边，便于运输。这是非常原生态的炭窑，用上千块的红砖和黄泥砌成，形状有点像蒙古包，出品特级红树林火炭，其原料取自附近的红树林，全部用人力采伐、运输与烧制，品质极好。据说它是专供日本和韩国的优质"黑金炭"，也通常只在霹雳州十八丁及双溪吉隆等地才有。炭窑的屋顶用亚答叶敷设，可以遮风挡雨，又具备透气性，堪称奇景。

双溪吉隆是个有趣的小镇，A101 国道两边，一边是华人居住区，一边是马来人居住区，从店铺的招牌上即可识别，界限倒也分明。但是据堂弟说，镇上华人与马来人非常友好，当年马华冲突的时候，当地的马来人挡住外面的冲击，保护了华人。所以，堂弟他们也与很多马来人、印度人结为好朋友。虽然文化不同，但大家互相尊重，颇为友爱，也彰显了马来西亚多种族文化融合的魅力。

在父亲的回忆中，祖父为人憨厚，信佛，不吃牛肉；爱好音乐和美术，常为左邻右舍绘制关帝、观音、佛祖等画像，从不收费。他不抽烟，不喝酒，不赌。他绘制的村里孙悟空庙内一百零八尊罗汉，每尊形态不一，栩栩如生。三叔说，祖父在当地是小有名气的民间画师和乐师，性格温和，在当地口碑极好，深受村民尊重。

祖母是槟城人，父亲说貌似是中泰混血，十七岁嫁给祖父，比祖父小了二十岁，从来不愿意说自己的故事。跟祖父性格完全相反，祖母性格暴躁，动不动就弓起中指给孩子个头栗（我们姐妹小时候顽皮，父亲偶尔也会毫不吝啬地赏个头栗）。堂姐弟几个聊天说到这个都大笑起来，原来大家小时候都得过林家祖传头栗的赏赐，这真是林家的传世育儿宝典啊！

1997年春节，我第一次到马来西亚，第一次到双溪吉隆过年。彼时女儿已经一岁多，也跟着我们到双溪吉隆看望祖母。女儿是祖母第一个四世同堂的重孙辈。印象中祖母个子小小的，穿着纱笼裙，脸上涂了当地特有的白白的香木粉，说福建话，但不善言辞，做一手娘惹好菜。虽然交流并不多，但或许是血缘的关系，并没有陌生的感觉，反而可以感受到她非常暖心的亲切与关怀。

父亲的出生地大直弄，是个海岛，需要从双溪吉隆乘船半小时方可抵达。由于出入大直弄的都是当地村民，所以并没有定期航次，需要预约村民的船只。

在双溪吉隆启华小学的对面，沿着"大直弄"中文指路牌子往前开，过了鱼塘，很快看到一个小小渔港（是真的小，就几艘小船），据说由此乘船半小时多就可以抵达大直弄。

河道边的原始红树林密密麻麻，生态很好。猴子在林间飞速逃逸，少数胆大的猴子立在废弃的水闸上耀武扬威，跟我们大眼瞪小眼，颇为可笑。

小小渔港里，村民在小船上进行着新鲜海产的交易，海产以贝类为主，旁边有小型加工厂，贝类通过简易的流水线清洗后再批发出去。老板是胖胖的华人小伙子，与堂弟见面后惊喜得互相拍肩膀，原来是同学来着。

据父亲回忆，大直弄渔村百分之八十为西河林氏后裔。据说现在大直弄渔村没有自来水和电源，家家必须自备雨水桶和发电机，极为不便。年轻人大多已经到城市定居。

岛上有所华校叫益华小学。据马来西亚《光华日报》2017年报道，唯一的一个学生要转学，学校面临被撤销的局面，好容易迎来吉隆坡的一位小学生转学过来，终于暂时保住了小学，举村同庆，欢欣鼓舞。

由此可见马来西亚华人教育的艰难，而众多华人为中华文化传承所做的努力更值得敬佩。

作为1949年后归国报效祖国的海外归侨，父亲是令人尊敬的。在追随父亲脚步的过程中，仿佛看到父亲人生的缩影。

仿佛看到，小时候的他，到七岁才会说话，被人称为"哑巴"；很早被送去杂货店当学徒，因为算账速度快而被老板赏识；自学成才，而后到新加坡工作，1954年从新加坡回到中国参加建设。

仿佛看到，父亲回到中国，1955年考进广州华侨补校，次年即考入集美中学念高中，1959年考入福建师范学院数学系；而后遇到卫校毕业的母亲，在中国结婚，女儿们陆续出生；再后来担任职校教师、中学校长、教务长，直到退休。

仿佛看到，极为尽责的他。小时候物资匮乏，但我们家饭桌上从来不缺青菜、菌菇和野生鱼虾蟹，这些都来自他周末钓鱼、种菜，从山里、河里和开荒地的收获。

仿佛看到，天性积极乐观的他。从来不阻拦女儿的爱好，尊重女儿的选择，我们姐妹仨大学选专业、择业、婚姻都由我们自主。父亲六十岁退休后，虚心向年轻人求教，学习用电脑写作，笔耕不辍，写回忆录、整理日记。七十岁学习打保龄球，毫不吝啬地投资购置了全套装备，成绩可以跟年轻人比肩。

泪水盈眶，父亲留给我们这么多美好的回忆，也许传承的意义就在此吧——血脉相连，代代相传。

风从哪里来，我从中国来。

以林为琳　以杨为琼

林中凤

我们三姐妹看父母的故乡马来西亚，每人都有不同的视角，这里来说说我的感受。

在北京的老师和长辈栽培下，2011年我开始负责沙特王室和中国中央企业合作的大型项目。项目是大马高层朋友介绍和参与的，因此2011年至2014年，每个月我都会去吉隆坡和大马合作伙伴开项目会议，这四年父亲的大马故乡在我心中逐渐变得亲切而具象起来。

到吉隆坡开会都会去看望四叔。四叔很疼爱我，每次都组织全家人陪我到吉隆坡有名的大排档吃饭，吃遍吉隆坡美食。四婶厨艺也很棒，经常精心制作各种中西结合的菜肴和点心给我品尝。堂弟妹们还陪我去云顶赏月、吉隆坡最大的购物中心Pavilion Mall和双子塔商场购物、看电影。春去秋来，光阴荏苒，虽然四叔已故去，但那些美好的回忆已在内心成千花绽放，即使走得很远，也总能闻到那温暖馨香的味道。

开会期间也会抽空去怡保看望叔叔们，去槟城看望舅舅。开车从吉隆坡经怡保前往槟城，沿途如入仙境：热带雨林静美而热烈，一片片若即若离的白雾如飘散的仙气，一棵棵参天大树高耸，野生动物在明亮的溪水前一跃而过，层层叠叠的绿叶和蔓藤蝶恋花舞，空气清新，四处是浓浓的树木清香，晶莹剔透的水珠折射出耀眼光芒仿佛精灵之眼，幽静碧绿的山谷中，不时传来悦耳的鸟鸣声……这一切组成神秘、壮丽的雨林之歌，原始而自然，呈现出生命伟大的力量。

午后的阳光蓦然从树缝穿插而入，精致的小城顿时蓬荜生辉，一路上充满了亲人们带来的欢声笑语。虽然 2011 年到大马时，奶奶已经去世了，但是，每次去怡保老家时，二叔二婶都一定带着一大家子人，包括三叔、五叔和堂兄弟姐妹们，隆重地请我吃饭。印象很深的是三婶一手漂亮的娘惹菜和堂哥调制的醇香怡保白咖啡。每一次团聚我都沉浸在长辈们浓浓的亲情中，在这个大家庭里尽情享受着幸福、快乐的时光……到槟城去看望舅舅时，舅舅的大宅让人眼前一亮：宝蓝色屋顶皇家风格的琼楼玉宇，富丽堂皇的酸枝家具，古色古香的牡丹国画，花园池子里欢跃着一群一米多长的大锦鲤，体态威武庞大的藏獒在四处巡院……注重内外兼修的舅舅生前不停跟我们三姐妹强调的"做人要有皇室般的教养！"言犹在耳。

在沙特开会时，沙特王室赞我知书明礼、雅致义深，我说都是从小父亲、舅舅和二叔给我们三姐妹的良好教养。舅舅是爱国华商，在二十世纪八十年代改革开放后常来参加中国进出口商品交易会，曾在北京被周恩来总理夫人邓颖超女士亲切接见过。父亲家姓林，母亲家姓杨，以林为琳，以杨为琼，琳和琼皆为美玉。

八千里路云和月，聚散十年人不同，但见韶光流似箭，长将气度随天道。"我已指教你走智慧的道，引导你行正直的路。"（《圣经·箴言 4:11》）

谨以此文献给已荣归天国的父亲、二叔、舅舅。

在肆意流浪中诗意栖居

林中凰

　　中午和大姐在微信里聊到之前家里的宅子。父亲在园子里种了木瓜、芒果、桑葚、月季、八角梅、美人蕉。二楼是闽南民居独特的建筑风格：厅外环绕着走廊，上头角落里有喜鹊的窝儿，麻绳网从屋檐垂下来像个帘子，上头爬着丝瓜藤和牵牛花，角落里随意摆放着陶土盆养的昙花、茉莉、风信子、指甲花、太阳花……夏日午后躺在走廊上看书，在花香中不知不觉睡着了，斑驳的阳光透过丝瓜藤细细碎碎地落了一身，狗狗也在一边打盹，猫咪过来嗅一嗅，悄悄走过，一切惬意得像个停留在时光中悠长的梦。

　　父亲是个马来西亚归侨，来到中国读书，遇见母亲，留了下来。"文革"的时候因为爱情放弃了城市教职，陪着母亲和几个孩子从闽南迁到闽北山区，之后到香港，再回到闽南……

　　父母一直在流浪，却一直做着真正的自己，诗意地栖居在任何一个停留过的地方。

　　在山区那段物资极其匮乏的日子里，每个周末一大早，父亲总会带着斧头上山（谁能想到他大学的专业是数学呢），天黑前到家，袋子哗啦啦一倒，总有满满的山珍和各种好吃的滚落出来逗得一家大小眉开眼笑。而且这位帅哥厨技出神入化，任何食材到他手里后做出来的东西简直让人惊叹，尤其拿手的是白斩鸡、苦瓜鸭及清炒各种蔬菜！母亲平常特别忙，但在行医之余，养着小兔子，平了一小块地种花种菜，在大冬天做个塑料小棚子罩在浴桶上给女儿洗澡，用火钳给女儿烫头发，给女儿织漂亮毛衣和带帽子的围巾，给女儿买毛毛边儿的粉红色雨鞋，让三个女儿帮忙拉着被子角儿她来缝被套，用鸡毛和铜钱给女儿做漂亮毽子，用大锅炒好吃的肉松，每天一早的餐桌上总有香喷喷的羊奶，元宵节兴致勃勃地带了大家滚元宵。家里有很多的书，孩子们每天会被父亲的煮咖啡香唤醒……

这样的记忆，让我从来不畏惧流浪，无论走过多少地方，每一次驻足，都留下美好的片段。曾经住在美国佛罗里达一棵大树下的小平房，台风天的下午任他外头地动山摇，只管自己窝在窗下听音乐看书。也曾住在波士顿有着几百年历史的庄园，每天进出时跟楼下过于逼真的公爵照片打个招呼后飞快逃走；窗台上总是养着黄玫瑰啊茉莉啊这些开花的植物；落地窗的纱帘子上缀着水晶，阳光穿过会晃得一屋子碎金；收集了一堆深深浅浅的蓝白色餐具，有一堆五花八门的漂亮桌布……在美丽得让人眩晕的蒙特利花园里沉醉，在云雾缭绕的大烟山顶放声高歌，在莎瓦娜港口看巨轮缓缓驶过，在查尔斯河边喝咖啡看帆船比赛……现在我在办公室里种满花花草草，窗外碧波荡漾，电脑键盘上是亮晃晃的水晶贴；每天上班第一件事是泡上铁观音或各样红茶花茶再开始勤奋工作；夜里坐在落地窗前听音乐、写字、看闲文、看电影、检查孩子作业并签上大名；午后带着孩子拿着手机拍各种小玩意儿；清晨看晨曦黄昏看落日；有点空就到陌生的城市走走停停……

其实无论是父母还是我的人生，都不是天天风和日丽一帆风顺，尤其是父母，他们经历之困苦远远不是我能够想象的。然而生活态度决定了生活的品质，一个好品质的生活并不意味着要花费很多的金钱，而是要用心体会与经营生活中的美好与浪漫，同时减轻不快乐在脑海中的比重。

作为一个极其平凡的人活在这个世界上，我知道自己是没什么机会成为伟大的人物了，可是我很庆幸无论何时一眼望去，这个世界都是如此充满诗意。王小波说过："一个人只拥有此生此世是不够的，他还应该拥有诗意的世界。"

美与好，愿我们在人生旅途中，肆意地流浪，诗意地栖居。

目　录

第一章
大直弄

第二章
日据时代

第三章
万里望小镇

第四章
金保市情缘

第五章
吉隆坡之路

第六章
新加坡情结

第一章
大直弄

　　我在海外生活了二十三年，在我度过的漫长岁月中，那段时间不算太长，却使我终生难忘。

家　史

　　听父亲讲，我的祖籍地是中国福建同安县官浔村的西河。祖父和祖母在很年轻时，就从厦门到泰国谋生。父亲是长子，1894年在泰国的宋卡府出生，后来举家迁到马来亚，定居于霹雳州的太平市一带。

　　从祖父辈算起，林家传到现在已第六代，有好几百人。除了我一家人在中国定居以外，其他都在马来西亚定居，是马来西亚的公民。

　　祖父逝世后，我才出世。祖母常来我家小住，很疼我，所以我对她还有些印象。至于祖父和祖母各自有几个兄弟姐妹，还有什么亲人在中国，没听说，也不知道。倒是有一个祖父的三弟，我叫他三叔公，他一家人与我家同住一个村，常有来往，有些印象。

　　三叔公名叫高燕，高个子，骨瘦如柴，十足的鸦片鬼，留给我唯一的印象是躺在床上吸鸦片。三婶婆，个子矮胖，是番婆，与马来婆没什么两样。他们共育有十个女儿、一个儿子。大姑一家住在槟城，我没见过，听说很有钱，她的几个子女中有一个叫陈政直的儿子，是槟城有名的华校钟灵中学的董事长，也是当地政府的参议员。后来我长大了，曾到过他家一次，与他见过一次面。二姑和四姑住在太平市，没见过面。三姑和五姑住在吉隆坡，我到吉隆坡谋生时，曾分别在她们家小住过。六姑、七姑、九姑、十姑，都曾经与我们住在同一个村，常来往，较熟悉。八姑住在新加坡，我曾在八姑丈经营的商店工作一年半。小叔英年早逝，没什么印象。

我的祖父和祖母育有五男二女，按岁数大小排列为：林雨水、林文苑、林文进、林素华（女）、林素端（女）、林文荣、林文德。

我的父亲林雨水和母亲王清林育有六男二女：林子仪、林国成、林秀通（女）、林秀叶（女）、林国狮、林国民、林国宗、林子良。

我的父亲

我的父亲为人憨厚，信佛，不吃牛肉，当过小客货轮船的大副、锡矿工人、渔民，一生较贫困，三十七岁才结婚，享年七十一岁。他爱好音乐和美术，常为左邻右舍画关帝、观音、佛祖等画像，从不收费。他不抽烟、不喝酒、不赌，对方只好招待他吃饭，还特地煮了一大壶的咖啡和一大包的祭奉食品（糕饼和干果之类），让他带回家给我们吃。每当晚上九点多，父亲把我们叫醒，说"孩子们，快起床，有好东西吃"，我们就知道父亲又去做好事才回来。我记得有一次，村民在孙悟空庙前的小小广场上庆祝孙悟空诞辰，不少人在看庙内的壁画。我也进去看，一百零八尊罗汉，每尊的形态不一样，都栩栩如生。我问一位老者这些是谁画的。他大笑起来，说："儿子看父亲的画，还要问是谁画的，你回去问你的父亲吧！"后来就此事问父亲，果真是他的杰作。在当地，父亲确是小有名气的民间画师和音乐家。

我外出谋生多年之后，曾于1952年回家看望父亲，突然想起父亲喜欢绘画却从未保存作品，便拿了铅笔和几张白纸，求他当场画两幅送我，以做纪念。他说："已好多年没有拿画笔了，近来视力不好，恐怕画不好。"我说："没关系，画得好看不好看并不重要，重要的是我想得到您的画做纪念，当然也想亲眼看您是如何作画的。"他这才当场挥笔作画。好娴熟的手法，动作快得几乎使我看花了眼。一会儿，两幅画出来了。分别是群虾嬉戏图和一雄一雌的两只螃蟹求欢图。太富有诗意了！在我的央求下，他指导我如何画虾和螃蟹，我还真的学会了。我这一生，画什么都不像，就只会快速画栩栩如生的虾和螃蟹。

父亲还喜欢音乐。印象最深的是，在我还小的时候，家里穷得不得了，连吃饭用的桌椅也没有，可是墙壁上却并排挂着一整套大大小小的唢呐，墙角还摆放着一架扬琴。他教我如何吹唢呐，可我怎么也吹不响，倒是学会了弹打扬琴。

我从未见过父亲写字，是不会写还是懒于动笔？因为他不但会看报读信，还看得懂文言体的古书。有几本破旧不堪的文言体的小说，如《三国演义》《西游记》《封神榜》等，不知他是从哪里弄来的，也不知他已看过多少遍，反正对其内容已滚瓜烂熟，经常讲给我们听。他讲一口非常地道的同安方言，马来话也讲得很流利，但在泰国出生的他却不会讲泰国话。

父亲一辈子理光头，有几分像和尚，心地善良，劝人行善，颇似传教士。他从不与人吵架，若有人惹他，便双手合十说："善哉！善哉！阿弥陀佛。"若见有人心怀歹意想害人，他就说："罪过！罪过！阿弥陀佛。"就因为这句话，有一次惹得恶人反感，差点把他抓去沉海，后来慑于众怒，恶人才不敢对他怎样。很少人直接叫他的名字，而是亲昵地叫他大仙。父亲还有一个绝招，每当我吃鱼不小心被鱼刺卡了喉咙时，他用一小张黄色的粗纸，在上面画一道符，然后烧成灰，溶于水，叫我慢慢喝下。几分钟后，鱼骨被化解，没事了。我问父亲，这是什么道理。他只是微笑而不解释，也不传授给我们。这其中究竟有什么奥妙，至今仍是个谜。

我的母亲

我的母亲王清林活到了九十二岁。她的祖籍在哪里？在什么地方出生？她的亲生父母亲是谁？在哪里？她有几个兄弟姐妹……这一连串的问题，她都无法回答。但她的义母是正牌的泰国婆，她会讲流利的泰语，我就问她是不是泰国人或是中泰混血女。她只是微笑，不置可否。

小时候，母亲经常给我讲她的悲惨身世。她说："我只记得很小就被卖到有钱人家当婢女。由于我的性格不好（较犟），经常被女主人吊起来鞭打。"每次说到这里，她就撩起衣服，给我看手臂、腿部、背部的伤痕，真的是被鞭打得伤痕累累。她勉励我长大后为她争气。这个场景给我留下难忘的印象。

母亲属虎，虎性十足。作为她的子女，我们小时候都很怕她。她对我们管教很严，有一套待人接物的礼数，据她说是从女主人那里学来的，后来也成了她的习惯。母亲的这一套礼数使我一辈子受益匪浅，人家都说我是有教养的孩子。

前几年，我去马来西亚探望老母亲时，问她当时是怎样嫁给我父亲的。她说："当时我才十七岁，你父亲已三十七岁，但我看你父亲长得一表人才，心地善良，好仔（即勤俭，没有不良嗜好），多才多艺，这是我跳出火坑的好机会，就心甘情愿地嫁了。"我又问她，当时父亲给她的主人多少赎金。她说："当我长成少女时，还算漂亮，我生怕女主人在我身上打主意，怕嫁错人，就装疯。主人早就想把我嫁出去，可是没有人敢娶我。当你的祖母带着你父亲来相亲时，我和你父亲互不相嫌，我的主人只向你的祖母象征性地收些赎金，就把我交给你的祖母带走了。"难怪我记得小时候，母亲跟人家吵架，人家就骂她疯婆。实际上，母亲很正常，虽然没有机会进学校读书，是个文盲，但是她心灵手巧。

母亲的厨艺很不错，会烹调各种各样的中国菜肴和马来菜肴，会制作各种各样的中式和马来式糕点。我爱吃她制作的咖喱茄子鱼头（一斤左右的大鱼头）、咖喱海鲇鱼、辣椒炒梭子蟹肉、油炸香蕉泥、油炸小波罗蜜、甜木薯糕、年糕等等，不胜枚举。

母亲信佛，但牛肉照吃，她信中国神和马来神，中国的关帝和马来的拿督公都侍奉。她会讲马来语、泰语、"三合一"（即闽南语、马来语、英语掺在一起讲）。

我家每年照样过中国的春节，可忙坏了母亲。离春节有半个月，她就到布店买些布料回来，忙着给家里的每个成员量体裁衣。全家人穿的衣服都是母亲设计和缝制的，不过平时只是缝缝补补，一年就做这么一套衣服，穷得没钱再添新的。家里有一架老旧的手摇缝纫机，是较富裕的大姑母不要的，父亲从她那里拿过来，心灵手巧的母亲靠它制出漂亮而合身的衣服。母亲还忙着蒸年糕。除夕夜，大家围着低矮的破烂小餐桌吃年夜饭，菜肴以中国菜为主，搭配黄姜饭（马来式的重大节日饭）。当然，点大红蜡烛、烧纸钱、放鞭炮是少不了的。大年初一一大早，母亲带着我到马来庙，叩拜拿督公，焚马来香火（马来话叫"甘文烟"）。回家后，我领着母亲给的压岁钱，穿上母亲缝制的新衣服，找小伙伴玩陀螺或用实心球打竖立的砖头（和打保龄球差不多），也踢藤球。

　　每年的清明节，我家照样祭祖先、扫墓，母亲还糊风筝给我们放。端午节包粽子吃，有中国粽子和马来粽子，只是没有划龙舟比赛。农历七月十五，过中元节，请鬼吃饭，不过，请中国的鬼吃中国菜，请马来的鬼吃马来菜。中秋节吃月饼，母亲会糊纸花灯给我玩。它的四个侧面是正方形，上下两端各有四个正三角形的面是用半透明的纸糊的，各面的颜色不一样，内有一烛架，可点小蜡烛，上端有透气孔，夜晚提着走，微风吹来，蜡烛无恙，灯随风转，发出各色的烛光，很好玩。母亲说这灯叫孔明灯。总之，别人家的孩子有得玩的东西，我家也有，当然都是心灵手巧的母亲制作的。

　　母亲只喝咖啡，不喝茶，爱吃手抓饭，很少喝稀饭，爱吃马来煎饼，不爱吃中国面条。她平时吃辛辣的马来咖喱，尤其爱吃爆炸咖喱臭豆。她也像泰国妇女那样，口嚼一种厚叶子包裹着石灰糊和槟榔片的东西，弄得满嘴是艳红色的汁，然后将汁与渣吐掉。她说这会使牙齿洁白。

偏僻的渔岛

　　东南亚的马来西亚半岛，1957 年以前是英国的殖民地，叫马来亚。

其西海岸边是连绵不断、广袤茂密、由高达十几二十米的耐淹乔木组成的常绿海边湿地森林。

在霹雳州的太平市，离它十几公里的公路边，有个叫小直弄的小村，从这里出发，沿一条五公里长的简易沙石小公路走，路两旁是茂密的树林，过往车辆和行人非常稀少。这条公路的尽头是湿地森林中一条宽几十米的河岸，有个用木头搭建起来的简易小码头。沿这条河沟航行约两公里，就到了喇叭状的海湾口，再航行约五公里，到达宽好几公里的海湾口。在湿地森林边缘，有个叫大直弄的渔村，这就是我出生的地方，非常偏僻。

这里应该是一个岛屿，因为它的四周都是湿地森林，且涨潮时会被宽达几十米的河沟将连接陆地的湿地森林隔开。我没有环岛航行过，更没有深入岛上深处，因此不知此岛有多大。但可以肯定的是，湿地森林的面积比海岛的面积大得多。

地貌与气候

岛上有一座海拔几十米的小山，要到达这座小山，必须穿过一米多高、交错绕缠的大树的侧根。这样的地方恰恰又是极凶恶的鳄鱼的藏身之处。况且山里有老虎，还有几百斤重、连老虎也不怕的大野公猪，以及各种毒蛇。因此谁也没有到过山上。湿地森林里有不少大大小小的河沟，涨潮时可划小船深入湿地森林的尽头，到达山麓的边缘地带。湿地上找不到石头的痕迹，都是纯的黑色海泥。连接湿地的两头是海拔只有一米多的黑土带陆地和连绵不断的、由纯黑色海泥构成的滩涂，最宽处可达一公里多，向海湾的中心倾斜。海湾内有大片的退潮时只半米多深的浅滩，也是由纯黑色海泥构成。

此地属热带海洋性气候，终年炎热，但雨量充沛，一年当中有雨季和干季，平常几乎每天的午后会下一阵大雨，过程很短，一般是十几分钟。常有龙卷风。

这里讲的是日本占领马来亚之前（1941 年以前）的状况，全岛的森林覆盖率几乎达到百分之百，森林由陆地森林和湿地森林构成。

大直弄里的"植物园"

热带雨林

陆地覆盖着茂密的热带雨林，最有经济价值的是野生的西谷树，木质由含丰富淀粉的粗纤维组成，可以加工制成雪白的西谷米。本来当地人对它不感兴趣，没有人去砍它，后来日本人占领马来亚，把马来亚自产的大米运走了，加上英美联军的海上封锁造成粮食短缺，才有人打它的主意。但小小的渔岛，只有那么一座小山，你砍我砍大家砍，只一年，稍大些的西谷树都被砍光了。

软木，当地叫楠榜树，是名贵的野生树种，木质松软而韧性强，轻得几乎与塑料差不多，不透水，是当地渔民制作浮标、滑泥板和软木塞的好材料。

吕檬树，树干笔直而坚硬，耐海水浸，不易腐烂，是当地居民建在海边湿地上的房子的支柱材料。

椰子树，当地居民的食用油主要原料。家家户户都有一架加工椰子肉的简易工具，椰子肉不必剥离椰子壳，就可以将椰子肉加工成椰浆，煮成香喷喷的椰子油，比榨油厂用大型榨油机生产出来的椰子油的质量好得多。因为前者是用鲜椰子肉煮成的，后者是用放了很长时间的椰子肉干生榨出来的。

腰果树，它的果实结构很奇特，外形与颜色像梨，果核长在它的底部外端，果仁形似猪腰，所以叫腰果。又因为其果肉的结构与味道似枣，猴子很喜欢吃，所以当地人叫它"猴枣"。

亚参果，亚参藤类结出来的果实，酸中带甜。亚参果有两个品种：

一种形似桃子，将果肉切片晒干，制成的"亚参皮"是煮咖喱鱼的配料；另一种是豆荚形的果实，成熟的可以加工成亚参糕，是马来名菜亚参虾的主要配料。

藤仔籽，一种藤类结的果实，其外形、大小、颜色几乎与荔枝一样，就连果肉也像荔枝，可是你只要咬一口，酸得你牙齿发软，但酸中带甜。当地人用它制出来的果醋比米醋更高级。

臭豆，因其有一种特殊的臭味而得名。臭豆树属于合欢树科，臭豆荚也像合欢树的豆荚，不过，臭豆比合欢树的豆大得多。

豆蔻树，它的果实叫豆蔻，果肉很涩，不好吃，可用糖制成有特殊风味的蜜饯。最可贵的是，其果核的表面有一层橘红色的花瓣状薄皮，叫豆蔻花，可以提炼出名贵的豆蔻油。

以上讲的是我记得起来的，在山麓的边缘地带所亲眼见过的品种，只是极少的几种而已。

湿地森林

红树，一种高可达二十米的阔叶常绿乔木，有含鲜红色的液体的厚树皮，当地人用它染衣服和渔网，抗海水侵蚀。其木材是烧制高级木炭的主要材料。它的果实像长长的鼓槌，尾端尖尖像锥子，成熟时整个儿从树上掉下来，其尖硬的尾部深深地扎入湿地，海水冲不走、淹不死，过不了几天，就下生根、上吐芽，长出嫩叶。若掉下时刚好碰上涨潮，没法扦入土中，它就浮在水上随波逐流，能从尾部长出众多的侧细根，一旦搁浅，细根立即扎入土中，好像在与潮水争时间。在它迅速长大的同时，原已长出来的侧根和主根也变长变粗，扎入土中也更深。等它长成大树时，它长出侧根的位置离湿地表上约一米高。由于树与树之间很密，以至于形成三层景色，上层是深绿色树冠组成的植被，树冠以下至侧根处，是笔直无分叉的褐色树皮的树身组成的柱林，下面呈弓形交错的侧根组成根林。在营造湿地森林时，这种树起了守卫阵地的作用。那海边湿地森林的排头兵是谁呢？

海番石榴树，它的果实的外形、大小和颜色，果肉与种子，都像番石榴，只是叶子较小，树干弯弯曲曲，多分叉，木质坚硬，有灰白色的薄树皮，树的高度在十米以内，胸径可达七八十厘米，树冠很大，颇像榕树。它的侧根很奇特，在主根的土下约二三十厘米的地方，长出多条放射状的与地面平行的又长又粗的侧根，长可达七八米，有碗口粗。更奇的是，这些侧根的横向处，下方长出密密麻麻的须根向土里深扎下去，上方长出密密麻麻的粗硬的小板根，露出土的部分有十几厘米长，尾端非常尖利。这种板根的木质坚硬，但很轻，可用来制作浮标。这种树分布在湿地森林的最外围，是夺地造林的排头兵。还有一种叶子像柳树叶的大树，也是夺地造林的功臣。

巴豆树，其果实外形似我们日常当蔬菜吃的长豆，但它不是豆类，倒是很像红树的条状种子，不过细小得多。种子不大，树身却巨大，巴豆树堪称湿地森林的巨人，属细叶乔木，树干笔直没分叉，木质坚硬，耐海水浸泡，高可达三十几米，胸径可达六七十厘米。它是本地人做屋柱的好材料。可是这种大树没长侧根，只靠主根深扎入湿地，因此多分布在湿地森林的腹部，且数量稀少。

在湿地与陆地的交界处，往往有成片的亚答树，树干只有半米高，属矮棕榈科，叶子的枝干有好几米长，粗而坚韧，上有尖刺。叶子像椰子叶，但每张叶片可达两米多长，宽十几厘米，用它编织成的亚答叶片是当地人代替瓦片的主要材料，使用寿命为两三年。用亚答叶片盖的屋子叫作亚答厝。亚答树结的果实像油棕树的果实，但个头大得多，一串大果实有几十斤重，由几十个小果实组成。每个小果实像奇形怪状的小椰子，里面的果仁呈椭圆体，银白色，微甜，可当水果吃，用糖制成亚答子罐头，是马来亚的特产。

湿地森林的树木的果实，有差不多的开花结果期，都能漂浮于海水，都有落地生根长芽的本领，因此在它们的开花结果期，乘船沿湿地的河沟看两旁的湿地森林时，可见到各种树的花和果挂满枝头，还有漂浮在水上的成熟果子，形成引人入胜的景观。

大直弄里的"动物园"

动　物

陆地上有老虎、野猪、毒蛇、猴子等。野猪较多，常成群结队，由母野猪带着小野猪，在陆地与湿地的交界处觅食；也不乏单独行动的大野公猪，体重可达四百斤。猴子就更多了，经常趁退潮之时，成群跑到湿地觅食，常常几十头一群，几百头一群也有，雌雄老幼都在。毒蛇中，以眼镜蛇和银环蛇最多，有的一窝可达几十条。巨蟒有时也会跑到居民家里做客，只要你不去攻击它，它不会咬你。我家的屋内大梁上也出现过巨蟒盘绕其上，其身最粗处有十几厘米，身长好几米，估计有一百多斤重。飞禽方面，常见的有啄木鸟、猫头鹰，最令人害怕的是巨型食血蝙蝠，差不多有鸽子大，昼伏夜出，经常飞到猪栏啄食猪的血，然后带着满是血迹的嘴巴，飞到人晒在屋外的衣服上面抹擦干净。一般来讲，晚上出门最迟十二点就要回家，以免碰到下半夜活动的食血蝙蝠。

海边的湿地森林里，有巨蜥，是鳄鱼的近亲，体长可达两米，体重可达两百斤，种群不小，不主动攻击人。有鳄鱼，常出没于湿地森林的河沟里，也经常在涨潮之时游到建在湿地上的住家桥下，潜伏在那儿，伺机食人，非常凶恶残忍。有水獭，昼伏夜出，经常趁涨潮之时，游到浅水滩食鱼，是捕鱼高手。

湿地森林的树冠是众多海鸟的栖身处，大型的海鸟较少见，有一种灰黑色的小海鸟，种群大得惊人。有一次，天空非常晴朗，我看见一朵黑云突然从远处的湿地森林的树冠升起，移动速度很快，越过我头顶上空时，把太阳光也遮住了，后在离我约几百米处降落在滩涂上，这时我才知道是鸟群。值得一提的是，有一种羽毛很漂亮的小海鸟，当它们在谈情说爱时，会以对歌的形式来表达，歌声非常悦耳。不过，并不是轻易能碰上的，我也只碰上几次而已。有一次，我坐在家门口，听它们在离我家门口很近的一棵树上对歌，被它们的美妙歌声陶醉得竟睡着了。

　　湿地森林交错的树根下，到处是螃蟹的巢穴，而有的无皮的木质侧根还附生着牡蛎。本地人对牡蛎不感兴趣，所以它可以长得很大。父亲在湿地森林的小河沟钓螃蟹时，偶尔看见较大、较易得手的牡蛎，就敲剥几个带回家煮线面吃。有一次，父亲带一个特大的牡蛎回家，它的外壳足足有小脸盆口那样大，剥开壳，取出的牡蛎肉近一斤重，太大了，只好切成几十小片，用它煮线面，足够全家人美美吃上一餐。

丰富的滩涂产品

　　花蚶，因其体液鲜红，也叫"血蚶"。最大的有大人的拳头大，重可达半斤。其在繁殖的高峰期，在滩涂和浅水滩非常密集，随便用手往泥滩上耙抓几下，就可得一大把。不过靠双手捕捞，效率不高，用铁丝编制成有条形缝的耙蚶斗，在潮水深半米至一米的泥滩上，双手握住耙斗的两柄，往泥滩上耙拖一米多远，在水中摇洗几下，就可得十几斤的鲜活蚶。一天可以收获上千斤。在这短暂的几天当中，村里一片大忙的景象。家家户户都去耙蚶，一天下来，有好几万斤的鲜蚶进村。接下去，家家户户忙着煮蚶，剥熟蚶肉，晒成熟蚶干，包装好后运到城市销售。物多必贱，本村人吃太多了也不爱吃，母亲偶尔用鲜蚶肉炒茄子，味道还不错。数量巨大的蚶壳就往屋下的泥滩上倒，堆积成小山。

　　蛏，生长在海湾中，最低潮位时，水深在两米以内的浅水滩最多。蛏的触角很灵敏，稍有动静，立即钻土逃遁。它的钻土速度很快，只能用双手配合防它逃遁，才能捕捉到它。它的两片薄壳的边缘锋利无比，有时手在捉捕正在逃遁的它时，还会被它割出一道好几厘米长的伤口，很痛。平时几乎没有人会去捉捕它，但它在繁殖期很密集，全村的妇女和小孩便去捉捕，一天可捕获四五十斤。这是本村的妇女唯一能参加的渔事活动，每当此时，浅水滩上热闹非凡。与蚶一样，本村人也是将鲜蛏加工成熟蛏干。本村人很少吃它，偶尔煮鲜蛏粥。这里出产的蛏有深黑色的外壳，个头比中国南方沿海养殖的大得多。

　　蚬的种类很多，我只介绍一种本村人叫"土鬼"的。壳薄，只有三厘米长，通过它的须根，成串整片生长在一起。它的繁殖期一到，可以把最低潮位时还有半米多深水的浅滩变成露出水面半米多高的蚬礁小岛。这种蚬的肉也很鲜美，但加工成熟蚬肉干太费事，没有人感兴趣，它是鸭子很爱吃的食物，养鸭场的人会来弄一些去养鸭子。另外，螃蟹也很喜欢吃它，这时许多螃蟹会从四面八方赶来蚬礁进行大会餐。我们趁潮水涨时，每隔三四米放一张系有蟹饵的蟹网，一共放三十几张网，呈一直线。全部放完后，把船往回划到第一张网，开始逐张网拉起来看，每张网都有螃蟹，少则一只，多的有两三只，而且都是半斤以上的大螃蟹。巡两次网，花一个多小时，就可以收获五六十斤的大螃蟹。

蚌有好几种，一种是壳薄、壳径只有两三厘米的黑壳蚌，虽不是很密集，但滩涂上到处是它的栖身之处，就连我家屋子下的滩涂，花半个小时也可以捕获两三斤。它的肉味鲜美，但很少人特地去捉它，只有小孩闲着无事时，顺便到屋子下的泥滩上捉些煮来换换口味。另一种厚壳、壳径在十厘米左右、浅灰色的大蚌，本地人管它叫"罗干"，生长在陆地与湿地交界处的泥滩上。在它的繁殖期，一平方米面积有两三百只。退潮后，它的两扇厚壳完全张开，把自己的肉体完全裸露出来为饵，当有小昆虫来舔食它时，两个厚壳立即猛力一击合，发出卟的一声巨响，慢慢消化那只小昆虫。当附近有什么动物在走动发出声音时，一时间，它们纷纷关起家门，发出一阵清脆的响声。我曾经捡到一颗这种大蚌，它紧钳住一只小动物的脚，而那只小动物当然是咬断自己的脚逃命。这种蚌的味道还可以，只是性太凉，吃多了会拉肚子，很少人对它感兴趣。

扇贝，这是一种珍稀的大型贝类，它的肉不怎么样，但它那两块紧系在厚壳内侧的肉韧带，味道极鲜美，用刀把它从壳上割下来，晒干后就是有名的干贝，闽南话叫"江瑶柱"。这种贝生长在土表面有积水的滩涂上。有一次，我捉获一只长二十多厘米、宽七八厘米、厚五厘米左右的青蓝色贝，拿回家问父亲，才知道是名贵的扇贝。母亲就用它那两块大韧带肉，煮一大碗面线给我吃，味道果真是名不虚传。

螺的种类不下几十种，现在只介绍几种较有捕捉价值的。首先，能上酒席的野生海螺，非花螺莫属。这里滩涂产的花螺，一般有乒乓球大，肉味鲜美，但产量很少，即使在它的繁殖期，一天也只能捕获三四斤。角螺和刺螺，生长在滩涂上有积水的地方，可剥其肉加工成螺片干，但很费事，也不太好吃，我们对它不感兴趣。大海螺，壳为浅黄色，有斑纹，最大的有半个篮球大，生长在浅水滩，产量稀少。厚壳螺，生长在湿地森林里，非常密集，到处可见，可剥其肉做鱼饵。

大钉螺，本村人叫"峇里洞"，体长一般十厘米，口径两厘米多，厚壳，壳呈灰黑色，肉肥而鲜美；生长在湿地森林里，非常密集，到处可见，爬行缓慢，对潮水的涨和退非常敏感。当开始由平潮转为涨潮时，它能立即感觉到，开始缓慢地往附近的大树爬。更神奇的是，它们好像懂得数学计算，爬行的速度控制在潮水涨到树的根部时，它刚好爬到树的根部。接下去按顺序，往树干上爬，先到的先爬，后到的紧跟其后。潮水涨到什么位置，最后爬的就爬到什么位置。涨满潮时，每棵树干上的临水处往上一米，它们一只紧接一只贴在树干上，不重叠，不留空间，好像一张灰黑色的粗厚布把这段树干包裹起来，起码有一两百只之多，好几斤重。这时，只要把船划进湿地森林里的河沟，靠近沟岸边的树干，两人合作，一人把大口袋的口贴紧树干的水面，一人用双手从树干由上往下扫，它们大部分都会掉进口袋里。这样扫十几棵树干，就可收获上百斤。开始退潮了，它又跟着潮水，倒退着爬到湿地上觅食。

海番薯得名是因它的外形、大小、颜色都十分像番薯，但表皮非常光滑，半透明，生长在水深一至两米的浅水滩，多捕捞做鱼饵。海星和海葵，在滩涂上到处可见。沙蚕，生长在湿地，可以加工成美味的土笋冻。土鲨，生长在湿地，形状似鲍鱼的肉体，主要用途是做鱼饵。章鱼，生长在水分较多的滩涂，钻洞穴居，很狡猾，不易捕获。但也有捉章鱼的高手，一天可以捕获五六十斤。

海蛇生长在深水域，偶尔随涨潮游到浅水滩觅食，周身呈黑色，体形细长，有剧毒，被它咬一口会丧命。但一般是踩到它的颈部时，才会被它咬。

水蛇，粗短的体形，体长虽只有七八十厘米，腹围却可达七八厘米，全身呈灰黑色，无毒，不主动攻击人。生长在滩涂，穴居，常成群结队随涨潮游到屋下附近的湿地觅食。小孩子常捉它来玩。它爬行很慢，转身也不太灵活，只要胆大，动作快些，抓住它的尾巴，用力上下转一两圈，它的骨头节节脱臼了，便任由人摆布。有时几个小伙伴涨潮时相约到屋下附近的湿地，进行抛水蛇的友谊赛。

虾蛄生长在浅水域和滩涂，它在水中的游动情况与虾差不多，在滩涂上则会爬行,穴居。它的肉极鲜美,但没有人专门捕捉它们,只是常常被网捕到。我们只捉体长在二十厘米以上的,其他小的都放生。有一次,我在滩涂上意外地捕到一只特大的虾蛄,近四十厘米长,一斤多,煮熟美美地吃了一顿。

跳跳鱼在滩涂上到处可见,穴居,胆怯,人一靠近,它立即进穴。这里有两个品种。一种是小的,闽南话叫"火鰡",跟中国沿海滩涂上所见的一样,只是个头比较大,一般有十五厘米长。有人用小竹筒在滩涂上为它做穴捉它,一天可捕获四五十斤。还有一种是大型的,灰黄色的鳞片,体长可达二三十厘米,重可达一斤。它用巨嘴挖泥筑巢穴,穴呈喇叭状,穴口直径可达五六十厘米,穴深可达七八十厘米。其肉味不佳,一般用它做螃蟹饵。

海鲇鱼和淡水鲇鱼没什么两样,只是皮呈深黑色,体形较瘦长,最大的有两三斤重。它在滩涂上挖穴筑巢,巢的进出口非常隐蔽,不易被发现,一个巢里少则几十尾,多则一百多尾,涨潮时出巢觅食。有人专门捕捉它,用一种竹编的狭长的鲇鱼笼,鲇鱼能进笼内而出不来。一般在笼中放入它们最喜欢吃的饵料,退潮时找到它们聚居的洞口,将笼子对准洞口而放。涨潮后再退潮时,一只笼子可捕获几十尾,且个头都是一斤以上的,一天捕获两三百斤也不难,关键是要找准它们的巢穴。

螃 蟹 类

黑壳螃蟹有两只深红色巨螯。灰壳螃蟹有两只浅蓝色巨螯。这两种螃蟹都是生长快、繁殖也快的,最大个有两斤左右重,是本地捕获量最大、最有经济价值的螃蟹。湿地森林里的湿地是它们的安乐窝,广袤的滩涂和浅水滩到处有它们爱吃的各种贝类。

梭子蟹,闽南话发音为"戚",这里体形最大、较密集、较有经济价值的是花壳梭子蟹。它的壳为白底蓝色花斑,腹部为雪白色,脚和螯皆是浅蓝色中带雪白色,最重的个头可达一斤。平时钓螃蟹,偶尔也钓得几只梭子蟹,在蚬类的繁殖期,它形成大的群体与其他螃蟹争食蚬肉,往往在捕到五六十斤螃蟹的同时,也捕到二三十斤梭子蟹。由于我们这里的交通很闭塞,到最近的太平市单程得两天的时间,热带地区气候炎热,因此海产品都是加工晒成干品运走的。唯螃蟹不用,只要不时给它盖上湿毛巾，它就可存活两三天。但梭子蟹在离水后，最多不过几个小时就死了，因此鱼贩子只收购螃蟹，捕到的梭子蟹只好自家吃。其实梭子蟹不但肉多，味道也很鲜美，不亚于螃蟹肉。但吃多了也会怕，且二三十斤，大几十只，一家人一餐怎会吃得完？于是母亲将它们煮熟后，剥其肉炒辣椒，做成一道非常不错的菜肴。我善于快速而干净利落地剥蟹肉，也是从小由母亲教我的。

长脚蟹，头胸甲呈正方形，只有四五厘米长，而它们的八只侧腿，每只有二十几厘米长，滩涂上到处可见。它的经济价值是做猪饲料。

穴居蟹生活在湿地与陆地交界处的硬湿地，体呈圆柱形，只有三至五厘米长，两只蟹钳，一只小得几乎不存在，另一只大得出奇。穴居蟹有两个品种，体色分别为鲜红色和浅蓝色。退潮时，它们纷纷从洞穴里爬出来，在附近觅食或一动也不动地晒太阳，这时，它们栖身的硬湿地上，像铺上红色与蓝色相间的地毯，妙在那景色是活的。只要它们的附近有什么大的动静，或人走近它们，上述迷人的色彩立即消失。它们密密麻麻生活在一起，每只都有自己的洞穴，一受惊，数以千万计的大群体在同一时间内以最快的速度，各回各的洞穴，不会拥堵，动作快而准，真令人佩服。它们的经济价值是供人观赏。

虾　类

最名贵的当然是大龙虾，但很稀少，偶尔网到一只便视为珍品，舍不得卖，自家享口福。

九虾是一种头较大、壳较厚的黑虾，有九节壳，是九节虾的一种，但最长只有十五厘米左右，是本地虾类的最大种群。九虾在繁殖期聚集于浅水滩，涨潮时群游到滩涂上，极易捕捞，有时一网下去，多至十几二十担。这时几乎家家户户忙于煮虾，全村到处散发着熟虾的香味。然后又忙于晒煮熟的虾，晒干后的虾脱去虾壳就成了鲜红色、香喷喷的虾仁。这是虾仁中的上品。本村人的经济意识都很强，那些煮虾时留下来的虾汤，以及加工成虾仁后留下的虾壳，都是养猪的上等饲料。

小白虾，一般长十厘米，有半透明的白色薄壳，它在繁殖期时也很密集，网捕收获甚丰。可加工成白色半透明的熟虾仁。

虾米，也叫"虾皮"，一般长两厘米，壳白色且透明。到它的繁殖期时，群体非常大，聚集在一起。有一次涨小潮时，水流缓慢，风平浪静，艳阳高照，我看到它们好大一群，足足有一百多米长、十多米宽、二三十厘米厚。捕捞它们也很容易，它们的经济价值也很高，可以加工成虾皮、虾酱、虾饼和虾膏。

鲨 鱼

鲨鱼的种类很多，它们的肝特别大，所含的鱼肝油特别丰富，与猪身上的板油差不多。人们明知这种地地道道的鱼肝油非常滋补，但嫌它有腥味，对它不太感兴趣。我家很穷，我经常去捡人家不要的鲨鱼肝来熬油，拿它当食用油。厨艺不错的母亲用鱼肝油炒出香喷喷的菜，把腥味赶跑了。

锯鳐，也叫剑鲨，它的前吻平扁狭长，形成剑状突出，边缘是坚硬的吻齿，横看像一把锋利的锯子，竖看像一柄锐利的双刃剑。锯鳐最大的有好几米长，重五吨以上，堪称鲨鱼族中的巨无霸。

青鲨，也叫"大白鲨""食人鲨"，背是青色，腹部是白色，会食人。我看过钓到最大的一头有一千多斤重。

双髻鲨头部的两侧长出两片骨质，形状像少女梳的两个发髻，更怪的是它的一双眼睛是长在髻形骨质的外侧。这种鲨鱼很凶残，最大的也有一千多斤重。

花斑鲨，也叫"良纹鲨"，我看过钓到最大的一头，有三四百斤重。

有几种较小型的鲨鱼，头似犁的，叫"犁头鲨"；叫声似小狗吠的，叫"狗鲨"；尾翅黑色的，叫"黑色尾鲨"。

魟 鱼

黑皮魟鱼和花纹魟鱼，它们的背脊皮似工业用的粗砂纸，细长而坚韧的长尾巴的头部长有两根大毒刺，都是非常凶猛的鱼。我看过钓的个头最大的有三四百斤，那两根有剧毒的尾刺有十多厘米长。像这样大的巨魟鱼，鲨鱼也不爱去惹它。它对敢于藐视它的鱼类，采取的攻击方式也很特别，不与对方正面交战，而是引诱对方猛追它，眼看快追上时，它却来个出其不意，突然让身体像箭似的快速倒退，冲向对方头部，把屁股对准对方的巨口，将两根长毒刺刺向对方，同时，其强有力的长尾巴向对方的身体鞭打带卷摆。此时若对方猝不及防，就在劫难逃了。

燕鲂鱼的体形似燕子展翅，脊背的表皮光滑，没有尾刺，倒是有长尾巴。听说它可长到几百斤重，但我见到的最大才几十斤。

胡子鱼

有一种类似鲇鱼的鱼，其唇也长有肉质的胡子，属无鳞鱼，闽南话叫"成仔鱼"，有好几个品种。我见过的有五种：一是尖珠，头形较尖，灰白色的皮，钓到的最大二十多斤重；二是硬头，因其头盖骨特硬而得名，全身浅蓝色，钓到的最大二十斤左右；三是岜莪，全身呈金黄色，钓到的最大十斤左右；四是白色和黄色的两种成仔鱼，一般重两三斤；五是吕扛鱼，头特大，绿青色的头，浅绿色的身体，钓到的重达十几斤。

其他鱼类

鲳鱼中最名贵的是闽南话叫"刀底"的浅蓝色鲳鱼，体形最大，可达三四斤重，极少网到。白鲳鱼，体呈银白色，较易捕获，最大可达一斤重。黑鲳鱼，体呈灰黑色，常以整群出现，有专门捕它们的网具，最大的有两三斤重。黄鲳鱼，体呈金黄色，很漂亮，可达一斤多重。

白鲷鱼，闽南话叫"白翅鱼"或"白皂鱼"，体呈银白色，肉味鲜美。黑鲷鱼，闽南话叫"黑翅鱼"。红鲷鱼，体呈浅红色，很漂亮，是鲷鱼类中最名贵的珍品，肉极鲜美，较少钓到。以上这三种鱼的个头可达七八斤重，主要以钓获为主。

翻车鱼体形非常怪异，尾部短到几乎看不见，好像是被人将其从肚脐以下整个砍掉似的。它在深水域中生活得很好，巨口利牙，是一种非常凶猛的大型鱼类，据说可达半吨多重。

这里的海湾，常见到几十只成一群的海豚嬉水，海豚体呈灰白色，当地渔民从不伤害它。有时幼豚会误入网中食小鱼，我们捕获了，就放它回海。

海鳗鱼全身金黄色，很漂亮，但一看到它那细长的嘴巴两侧露出特殊结构的上三排和下三排的利齿，对它就不敢掉以轻心。听说死的海鳗会咬伤活人的手指头。已死的海鳗，身上非常滑，在解剖它时稍不小心，手指头碰到它的利齿，立即血流如注。所以在钓它时，用的是带细钢线的鱼钩。它的体长可达两米左右，身粗可达十多厘米，体重达十斤以上。

比目鱼种类繁多，体形较大的有两种，闽南话分别叫"打铁婆"和"塔西"，个头最大的也不过两三斤重，属于浅海鱼类。

带鱼中活动在浅水滩的为黄翅，周身为银白色，很漂亮，极易网捕，主要是做猪饲料；活动在较深水域的是有黑灰色的翅、周身为银灰色的大带鱼，最大的个头有好几斤重，主要用鱼钩来捕获。大带鱼很凶残，连同类也吃，所以会有这么一种现象：一条大带鱼上钩了，靠近它的其他带鱼不但不会受惊离开，反而争着咬食它的尾巴，如此后面一只咬住前面一只的尾巴不放，成长长的一大串。当我们快速提上第一条时，运气好的话，还可以附带多捕获两三条贪吃的大带鱼呢；运气不好的话，那条已上钩的带鱼已被同类吃得只剩下带钩的带鱼头。

鲥鱼生活在浅水滩，随涨潮游上滩涂觅食，非常密集，有粗鳞与细鳞两个品种。用专门捕它们的鲥鱼网围捕，一张才二十多米长的围网，拉网时卡在网眼的鲥鱼密密麻麻，可捕获一百多斤。

石斑鱼有两个品种，闽南话分别叫"珠隔鱼"和"隔猴鱼"，都是捕获量很小、味极鲜美的名贵海鲜，钓到的个头最大的也不过两三斤。

这里还盛产目鱼和鱿鱼，但没有人专门捉捕它们，只是偶尔网到一些，直接加工，晒成目鱼干和鱿鱼干。

这里也盛产马鲛鱼，其肉味鲜美，多是从海钓中获得，最大的个头可达好几斤重。此外，这里还盛产具有一定经济价值的小型鱼类，如凤尾鱼、大银鱼、小银鱼、江鱼、角鱼、斑鲈、红鱼等。

金鼓鱼，也叫"扁鼓鱼"，体形扁而宽，两侧面是浅绿色带黑色圆形的斑点，是浅水域的中层鱼，涨潮时，常成群结队游到屋下觅食，很容易钓到，常常装了饵料的鱼钩一投入水中，立刻有鱼上钩。我在一个小时曾钓得五六十尾，每尾都有半斤左右重。它的背部和腹部的刺有剧毒，捉它时若不小心刺到手指，则需忍受二十四小时似割肉般的阵痛，很不好受。

箭鱼体形较大，墨绿色的背，银白色的腹部，体形似长长的圆木棍。头部的利齿似海鳗鱼，额上长有一根像箭的长刺，多是单只行动，个头大的有两三斤重。小潮时，我们屋下的水深只有半米多的时候，它常出现。我最喜欢看它如何袭击猎物。有一次，我看到一群小鱼在离它四五米远的地方悠然地游动，它则非常缓慢地靠近小鱼群，并表现出一副漫不经心的样子。突然，只见它身影晃动一下，小鱼群立即散开，四处逃命，这时它额上的那把长箭已插上一条小鱼。它用力将头部摆动几下，把那条小鱼甩离箭头，接着张开布满锐牙的大口，撕咬几下，就把那条小鱼吞进胃里。它攻击对方时的速度极快，快到连它的身影也无法看清楚。还有一种游在水上层的小箭鱼，个头很小，银灰色。傍晚快涨满潮时，若风平浪静，会群体出现觅食。这时可见水上空大大小小的海鸟，东一群，西一群，在啄食小箭鱼。它们又喊又叫，伴着夕阳和彩云，真是一幅富有诗意的美景。有时在屋前的桥下发现小箭鱼的大群体，我就钓它们，一个小时可以钓上好几十尾。钓这种鱼，只要在钓点的水面上放一只大口箩筐，用一根一米多长的细竹竿系上一条一米多长的细棉线，不用鱼钩，只需在线的末端绑上一小块鲜虾肉就行，投入水中，立刻引来群体抢食。抢到鲜虾肉的小箭鱼，唯恐被人家抢走，紧含在嘴里不放，即使将它带离水了还是死含着不放，直至把它提放入箩筐内抖几下，它才会松口。

还有一种灰白色、周身从肉到骨头都软绵绵的小型鱼，最大的个头也只有半斤多，有的人叫它"软骨鱼"或"豆腐鱼"，但本村人叫它"刺硬鱼"，因为它很凶猛。我们在解剖时，常发现它的胃里有它身长的一半、体粗几近于它的身体的整条小鱼。它的嘴巴与食道都很大，最厉害的是它那嘴巴的上下两块硬骨上是两排细而锐利的牙齿，人去抓它的头部时，稍微不小心，就会被它咬伤手指头。

巨型水母，也叫"海蜇"，最大的直径可达五六十厘米，重达十多斤，可腌制成海蜇皮，是宴席上冷盘菜肴中的主角之一。中小型的水母种群很大，它们每到繁殖期，便在水中密密麻麻地游动。它们当中也混有一种毒性极强的小型水母，当地人因其体形似荷包，叫它"荷包水母"。其毒性很强的长尾须只是碰一下，皮肤立即有像被火烫烧的感觉，并出现红肿症状，且必须经过二十四小时才会结束，所以也叫它"火烧蜇"。这种毒蜇的尾须有几十根，一只小小的荷包蜇，虽然其体长只有十厘米左右，可是毒须却可达一米多长。本村曾有人在下海拉网捕鱼时，不幸被它的好几根毒须同时扫到脖子，差点送了命。

虎鱼很小，也不常见，但我见过，也领教过，那真的是与谈虎变色差不多。这是一种深黑色、长相奇丑、体长只有十多厘米、重不到一两的小鱼，浑身长着大大小小的毒刺，皮肤一旦被它刺破，得忍受二十四小时如刀割般的剧痛。

以上是我较熟悉、接触较多的海洋生物，印象很深，至今记忆犹新。

渔 业

谈到渔业，就离不开渔船和渔具。

当年的渔船都是村民自制的木壳船，最大的载重几十吨，几乎每个成年男村民都掌握一些木壳船的制造和维修技术。渔船的动力是人力划桨，风力驾帆。到较深海域捕鱼的大船，一船配备好几个人，几天的饮用淡水、咸鱼干、大米和烧火柴，还有水产加工必备的盐和盛具，防卫必备的武器如水手专用的纯钢利斧、缆绳，捕鱼必备的渔具如鱼叉，动力必备的帆具如桨，等等。如果就在海湾附近捕鱼，只需用载重一两吨的渔船就行，配搭两人，当天出海，当天回来，所需携带的东西简单得多。

驾帆的技术很复杂，可通过帆的升降来控制帆的受风面积大小，通过好几根帆索的收放，来控制帆面受风的角度，通过船的尾舵来控制船的行驶方向。以上三个方面的操作全靠人力，若是顺风，只需根据风速来调节帆的受风面积就行，最难的是侧面风，各方面都得操作得当，船才能按我们的意愿平稳前进，否则弄不好还会翻船。在十三岁那年告别这个渔村时，我已是一名合格的小驾帆手了。当然，我还是个孩子，力气小，只能驾小船使用的四平方米的小帆。

划桨方面，大船人多，桨也多，讲究的是如何协调划桨，而单人划双桨则讲究双手和双脚一起配合。单人单桨划船的花样很多，要求的划技也很高。比如摇橹，它是通过桨面在船尾后面的水中翻转来使船前进，有点像螺旋桨，但又不完全像，因为它的桨面在水中运动的轨迹不是圆形的螺线，而是∞形的曲线。除了独木舟的那种单根双头桨不会划以外，其他的划法我都会。

还有一种似船非船的载体，专门用在滩涂上讨小海，那就是滑泥板。讨小海时，把可装四五十斤贝类的大开口箩筐放在板上两侧的木棍之间，用绳子绕木棍绑好，人单脚跪在板上，双手抓住箩筐口边缘，随时注意调节整体的重心位置，原则上重心稍微偏后一些，便可以开始滑行了。用没有下跪的那只脚往泥滩向后一蹬，靠脚力的大小和方向，来控制整体前进的速度和方向，边前进边观察泥滩上各种贝类的不同透气孔，边停下来捡捞它们放入箩筐。一般是退潮时出发，开始涨潮时回来，大概有两三个小时的时间，涉及的泥滩面积可达几十亩。一般可收获三四十斤的贝类，主要是蚶和花螺，碰到潜伏在泥滩的大螃蟹也抓。

滑泥板不失为泥滩上便捷的代步工具，也是在泥滩上捡贝类不可或缺的工具。我曾试验过，空载时，单脚往泥滩上向后用力一蹬，板带人可滑行好几米远，比如要走一公里长的泥滩，使用滑泥板只需十分钟左右的时间。如果用力连续往后蹬，且是刚刚才退潮，泥面上还有一层薄薄的积水，使得泥面非常滑，则板带人简直是在泥面飞行了，实在有趣。有时我想，何时才会把滑泥运动列入竞技项目呢？以我的亲身体会，其实滑泥运动很好玩，很安全，即使一时没掌握平衡技巧，弄得板翻人跌倒也没关系，不会受伤，至多浑身是海泥而已，权当洗一次海泥澡，杀杀菌，有利于健康！

不论是钓具，还是网具，都脱离不了下列原材料：绳和线、铅锤、浮标。那时塑料制品还未问世，一般用麻线绑鱼钩，棉线织网，粗麻绳做缆绳，软木做小浮标，密封的粗长竹筒做大浮标。

渔网都是用那种专门织渔网的各种型号的棉线，雇妇女在家织的。母亲也向渔主领来棉线，在家利用空余的时间织渔网，赚点织工费来补贴家用，所以我很小（六七岁）就从母亲那里学会一整套的手工织网技术，包括织网、增减网眼、补网等。渔主从我们手中接到的是片状的网，他们还要完成下列的工序：在网上配备浮标和铅锤，然后用鲜红色树汁把渔网染成红色，渔网经阳光晒干后变成暗红色，到此，才算整张渔网已制好。这种染过色的渔网较经久耐用，且经过海水浸泡久了，颜色慢慢变成红黑色。

单钩单线的钓具一般是小孩钓着玩的。家家户户的生活垃圾直接往屋下的湿地上倒，潮水涨时，那些生活在浅水域的鱼类随潮水而来，争食我们倒下去的残肴剩饭，其中以海鲇鱼、青绿色的胡子鱼最密集，最容易上钩。我们小孩子只要在自家门口就可以钓个痛快。而渔民们用串钩进行海钓。串钩是用一根长七十米、直径为一厘米的麻绳，在其上每隔六十厘米绑上一根长五十厘米、直径为五毫米的麻线，在其末端绑一根长五厘米、直径为五毫米粗的鱼钩。一根七十米长的麻绳上共有一百个鱼钩，很科学地卷放在一只宽口的浅箩筐内，并使每只鱼钩按顺序地搭在箩筐边上的粗草绳上。要出海时，每只鱼钩上鱼饵后，垂放在箩筐边缘外就行。放钩与收钩就像放网与收网那么方便，一次出海，一般带上十至十五箩筐的钩，即总长度为七百米至一千零五十米，总鱼钩数为一千个至一千五百个。放钩时，以一个箩筐的鱼钩为单位，在其七十米长的麻绳头尾两端，再绑上一根直径为十五毫米（根据水的深度而定其长）的麻绳。这条粗麻绳的下端绑有小铁锚，上端绑一根长为一米多的密封的竹筒（浮标），竹筒的上端再绑上一根细竹竿做旗杆的两米长的小红旗（目标），每只箩筐的钩又组成一个整体连接起来，最边缘的两端的垂直线最粗，直径为二十毫米。这种钓具有超强的抗拉力，比如说，那根绑鱼钩的麻线只有五毫米粗，如果有一尾一百多斤重（甚至好几百斤重）的大鱼上钩了，要挣断这根麻线是很容易的，问题是一拉动这根麻线，立即牵动到整体，产生怎么拉也拉不断的效果，除非把它咬断。大的海鳗鱼有这个本事，所以钓它得用一段长十多厘米的钢线去绑鱼钩。还有一种不用上鱼饵的串钩，但鱼钩是没有倒钩的，而是锋利无比的钢钩，再厚的鲨鱼皮一碰上它，立即被穿透。这种串钩布阵不同于上述的直线型，而是上下共三层的圆形封闭钩阵。每层相隔两米，每层有三个同心圆的串钩。圆心处钩住一尾好几斤重的活鱼做诱饵。这是专钓特大鲨鱼的。当它咬住诱饵，它那巨大的身躯在摇头摆尾时，身上已开始着钩了，可是它不在意，以为凭它的力大无穷、皮厚，被小钩刺破点皮没有什么了不起的，等它发现原先看不上眼的、绑在钩上并不怎么粗的麻线（直径只有四毫米），怎么扯也扯不断时，则为时已晚。开始时，它愤怒，用大力想挣脱身上的利钩，令它想不到的是，越挣扎身上着的钩越多。这时它开始恐慌，想逃跑了，但又一次令它想不到的是，怎么游得那么吃力。因为串钩的每根母线的下部都系有小铁锚，上部有粗长的大竹筒（浮标），虽然它力大无穷，但要连钩带绳索，将好多根大竹筒，好多只小铁锚，一起拖走，当然吃力。且越用力，身上到处越痛，钩得越紧。这时它才意识到没命了。而此时船上的渔民观察到什么呢？刚开始，看到钓点的水面上的小红旗纷纷猛烈地摇摆，就知道有鱼上钩了。后来又看到原先的小红旗的位置被搞乱，并且一起缓慢地平移，由此得知上钩的鱼大体上有多大。接下去，看到小红旗都不移动了，便知道大鱼已停止了挣扎。再观察几个小时，看不出有什么异样的动静，才把各条麻绳上的小铁锚和长竹筒取下来，将各条麻绳合拢成一条特别粗的缆绳系在船尾。船上渔民齐划桨，缓慢地把它拖回来。用这种钓具，在湿地森林里的湿地上，布下上述的钩阵，也可以捕到在湿地森林里神出鬼没的巨蜥（重可达两三百斤）。

现在来谈谈各种网具。常见的定置网有两种，一种是在水中呈漏斗形、有小网眼的长网尾，固定放置在涨潮和退潮时水流较快的水域，主要是捕虾，快平潮时起网，把网尾的虾倒入船舱后，再放网，因此我们称它为"虾弄"。另一种是由竹片编织的细条形网眼的竹网，固定插在流速不太大的、水深在一至两米的浅滩上，呈迷宫状，主要是捕一斤至五斤重的鱼，本地人称它为"鸡弄"。

小拖网，本地人叫"其沙"。网长六七十米，宽两米多，网的下端系有一连串的小铅锤，上端系有一连串的短粗的圆柱体浮标。网的正中位置有一漏斗形的、好几米长的尾网。这是一种细网眼的渔网，每当生活在水深一至两米的浅水域的各种小型鱼类非常密集时下网，一人腰系网绳，双手抓一块大软木板（起救生圈的作用），跳入水中，另一人在船上划船放网，呈直线状。放网结束后，在水中的那个人用力站游（只靠双脚踢水），在船上的那个人划桨，两个人拖动网的同时围拢。当完全合拢时，开始起网，这时两个人，一个在水中，一个在船上，配合得很默契。在水中的那个人，双脚板把网下端的两边夹紧，船上的人也用手使网下端的两边合拢紧，再拉上来，这样才不会跑鱼。最后，网内的鱼都进入网尾，把整个网尾拉上船就行。

一到鱼汛，涨潮到使滩涂上的水深一米时，就可以用小拖网捕鱼了，这时的浅水域到处是渔船，好不热闹。我那时才十二三岁，父亲与渔主合伙捕鱼，我也跟着出海，帮忙拉网。印象最深的一次是，我在水中站游，潮水才涨到一米深，帮忙拉网时，水中的鱼密集到紧贴我的身体窜来窜去。当拉起网尾时，估计有十几担的收获，我们那只可载重七八担的小船装不下去了，只好放生一部分。

渔船靠岸后，把网具和收获的鱼拿上岸，又是一片繁忙的景象，那真的是男女老少齐上阵，挑灯夜战。因为捕获的鱼和虾，起码有十几二十种混在一起，得把它们分门别类选出来。先把较有经济价值的品种挑选出来，把几种有毒性的小鱼挑出来扔掉，如虎鱼、龟鱼（河豚）等，剩下的无经济价值的鱼和其他小杂鱼，归为猪和鸭子的饲料鱼。所选出来的，最大宗的是九虾，而黄瓜鱼、白瓜鱼、凤尾鱼、大银鱼、小带鱼等数量也不少。接下去又各忙各的，有的煮虾，有的腌制咸鱼，往往忙到午夜方休。隔天清晨，家庭主妇又忙着为丈夫和儿子准备出海前的主餐（鱼汛期间，打破往常一日三餐的惯例）。这餐过后，要经过起码七八个小时的强体力劳动（捕鱼、往返的划桨）才回家吃晚餐。等丈夫与儿子出海后，主妇们又率领小孩，有的忙着晒已煮熟的虾；有的忙着从特大的腌制大木桶里捞出腌浸的鱼，洗干净后，拿去晒干；有的忙着把晒干的虾进一步加工成虾仁。这时全村散发出阵阵的虾仁香味和咸鱼香味，而家家户户的晒鱼坪上，到处是红色的熟虾和各色咸鱼。

大网眼的流动网，我们叫龙仔或梅仔，是专门捕鲥鱼用的，两个人一只小船，一人放网，一人划船，成一直线的网阵。放完网后，把船划到离网不远的地方，然后一个人划桨，一个人用木板击水，发出巨响，吓得在网附近洄游的庞大鲥鱼群慌不择路，四处乱窜，两腮纷纷被网眼卡住，难于挣脱，只好待渔翁来抓了。在鲥鱼汛期，只要下一张几十米长的鲥鱼网，就可收获一百多斤的鲥鱼。

还有在高潮期间涨满潮时，用竹栅栏或网栅栏在滩涂上布置一个大U形的栅阵，开口宽约一百米，水深一米，U形的底部宽约一百米，中间开个直径为几十厘米的小口，紧接着一个直径为四五米、十分牢固、经得起鱼群碰撞的栅室，此处水深约两米。U形的两旁七八十米长。随着潮水的退落，水位逐渐下降，栅栏内的鱼开始想逃出去，但它们只会往水较深的地方跑，不会从水较浅的 U 形口跑，于是它们纷纷在 U 形的底部闯栅栏。待水退至 U 形口使滩涂露出时，栅栏内的鱼死定了，拼命往栅室里跑，此时栅室内的水深还有一米左右，可以用手捞网开始捞鱼。待水完全退出栅栏后，此时栅栏内还有不少鱼，渔民们纷纷在滩涂上继续捕捉，待水退至最低水位即平潮时，此时渔民们也捕捉得差不多了。虽然栅栏内在靠近栅栏的地方，尚有零零星星的小鱼和不少的大螃蟹，但他们嫌费事，不要了，让我们去捕捉。我印象最深的是，有一次我看见有一支船队在离我们村约一公里的地方布置栅栏，我就划小船到那边等，等到潮退到一定程度时，我看他们捞鱼，我很羡慕，一只捞网下去，提上来时沉甸甸的，有十几斤，最先捞上来的，都是五六斤重的鱼。等他们捕捉得差不多时，得到他们的允许，我到栅栏旁捕捉小鱼，最多的是一种名叫"塔纱"的粗鳞比目鱼，还有螃蟹等，收获还不错。可惜时间太短，才捕捉一个小时，潮水已涨到栅栏旁，他们已开始在收栅了。我问他们，像这样围一次栅栏，可以收获多少鱼。他们说如果运气好的话，六七十担吧。

以上这种捕法，本地人叫"截泊"，多是潮州人在经营，成本较高。那些用竹片（带竹皮）编的栅栏片很笨重，每片宽约两米，长两米，把它们竖直插入滩泥时，每隔一米还要竖直插上一根粗竹竿，以加强稳定性。这样一来，一百多片的竹栅栏，两百多根长为两米、直径为五厘米的固栅竹竿，就要用好几艘较大的渔船来载，加上插栅和收栅都很费工，得好几个人协作才能完成。

有一种很奇特的 V 形小推网，V 形的两腰是两根像汤匙的推杆，汤匙状的曲面在 V 形的开口处，以减少推进时所受的阻力。V 形的开口宽一米多，V 形内是蚊帐纱布做成的网。V 形底部有一个长为一米多、直径为三四十厘米的尾网。这是专门用来捕捞小虾的网具。它的操作也很有特色，涨潮时在水深为半米左右的滩涂上，把上半身伏倒在船尾板上，下半身在水中，一手抓住船尾板，另一只手抓住网尾的柄，然后身体向前倾斜，双脚板踩滩泥往后蹬，船和网同时向前推进。

还有一种利用杠杆原理的手拉定置网。网是边长为两米多的正方形小网眼，由 × 形的支架撑开，一般固定放置在屋前的滩涂上。潮水退尽露出滩涂时，把网拉高吊着，待涨潮时，才把网放下，每隔一两分钟，拉起来捞鱼虾，算是妇女的家庭副业吧。主要进网的是虾、鲗鱼和海鲇鱼，一次潮水大概能收获十几二十斤。

手抛网，一般的渔民都会操作它。别以为随便抛出去就行，技术性很强呢。要把网抛得远的同时，使网口呈近似圆形，在预定的水面落下，才算操作成功。在本村，很少人用它专门来捕鱼虾，只是在捕鱼淡季时，偶尔用它在屋前屋后撒网，捕些鱼虾做菜肴而已。

专门用来钓螃蟹的网，本村人叫"蟹网"，呈正方形，边长五十厘米，由边长四厘米的正方形大网眼组成，两根厚竹片构成×形支撑着，在厚竹皮上对称地系上两块小铁块做铅锤。在×形的交叉处，下端绑一只螃蟹喜欢吃的小鱼，上端绑一条长五米的粗棕绳（可根据水的深浅，通过打结成所需要的长短），绳子的另一端绑上一只稍大的浮标，一次出海，带上三十多张蟹网。钓螃蟹一定要在涨大潮时，才有希望获得丰收。小潮和退潮时，螃蟹一般不食饵。我父亲是以钓螃蟹为生的，我也有近四年的钓螃蟹生涯。

钓螃蟹是紧跟潮水的上涨时间的，以清晨两三点至中午十二点开始涨潮时为宜，潮水从平潮的最低水位开始涨至一米多深时，可以下网了，每隔四五米的距离放一张网，呈直线形。三十多张的网全部放完后，把船划回到第一张网之处，就可以开始提网，看看是否有螃蟹跑进网内咬饵。提网的速度要快，螃蟹才不会从网里跑掉。一旦网离开水面，大的网眼使螃蟹寸步难行，倒翻网底，让它跌落船舱内，然后再把网放入水中。但不是简单地放回原处，因为螃蟹一直在紧跟潮位觅食，我们的下网位置也要紧跟。因此要把网向潮水上涨的方向平移十多米至二十多米远才放下，如果把三十多张的网全部收齐放在船上，把船划到上述讲的位置，再逐张放下去，那不但费事，也太花时间。于是产生了一种多快好省的操作方法，把蟹网直接抛到预定的位置就行。抛投的技巧可与抛掷体育比赛的铁饼相媲美，而它在空中飞行时，也跟铁饼一样，整张蟹网也是边旋转边前进的，但比铁饼在空中飞行更好看。蟹网的上方所绑的绳子，跟着蟹网一起前进，绳子的上方所绑的浮标（红色的软木小球）也在空中跟着飞行，划出一道很好看的曲线轨迹。

说起抛掷蟹网，我出过洋相。刚开始学抛掷时，因为我们用的钓蟹船很小，长只有五六米，最宽处才接近一米，最多只能载重几百斤，当地叫这种小舟为"舢板"。钓螃蟹时，一般只需两个人配合就行，一人负责划船，另一人负责放网与收网。父亲手把手地教我如何抛掷蟹网。可是当我按照父亲的示范动作去抛掷时，蟹网还没有抛掷出去，人倒是跌落海中了。原来是踩在船板上的双脚没有与上身的双手动作协调好，导致重心不稳引起的。应用右手抓住蟹网的重锤附近的适当位置，左手握住卷成数小圈的绳子和浮标，在船上做出抛掷的动作但不抛出手。重复练习几次之后，如何保持身体站稳的问题总算解决了。接下去要把蟹网抛出去，又闹出不少笑话。那蟹网一脱手之后，就不听话了，在空中乱翻筋斗，不是斜插入水，就是倒反过来落水，连父亲也笑起来，说这怎么可以捕到螃蟹呢。再说也抛不到预定的落水点，也没有按照事先预定的飞行路线，偏差太大了。他叫我不要急于求成，轻轻地抛出几米远，先掌握要领再说。在父亲的耐心指导下，我终于全面掌握了抛蟹网的技术，并且深深地爱上了抛蟹网，蟹网在空中飞行的样子看得我入迷，现在回想起来仍回味无穷。抛蟹网，要求平平地落在预定的落水点，从这些要求来讲，有点像现代的抛秧苗，但从它在空中的飞行轨迹的要求来讲，又更像运动会上的抛掷铁饼。但不管是抛掷铁饼，还是抛秧苗，都是站在稳定的地面上，抛蟹网时，双脚可是站在会摇晃的小船上，并且在抛出手时双手要同时出网、绳和浮标，所以难度更大。

有一种专捕海鲇鱼的竹笼子，本地人叫鲇鱼笼，由三道削得很尖锐的竹签组成喇叭状入口，竹尖向内交叉。鲇鱼能很顺利地游过这三道入口，到最后，也是最大容积的腹部，挂着它们最喜欢吃的东西，可是当它们要游出笼子时，那些竹尖使它们的身体游不过去。其实现代的一种叫火车网的小定置网，就是根据上述的鲇鱼笼来设计的。

还有一种专门用来耙捞水深三至五米的水域的蚶的渔具，它是用铁丝编织成缝宽为一厘米的网斗，斗前有耙齿，斗中竖置一根长四米的竹竿，两人合作，一人负责划船，一人耙蚶。

由于本村非常偏僻，交通极不方便，大量的海鲜品来不及运出去，当时制冰的成本十分昂贵，所以海鲜基本上都加工成干货运走。唯有螃蟹能在喷洒咸水、保持一定湿度的条件下存活两三天，能活着运到陆上城市的菜市场出售。

因资源极其丰富，渔业成了本村的经济支柱，还带动了其他产业的发展。

家禽养殖业

因为没多大经济价值的海鲜加工过程中会产生大量的鱼头、内脏、虾头和虾壳，所以村里家家户户有了养猪的好饲料，只要搭配些木薯渣或米糠，就可以煮成猪爱吃的营养餐。由此法，一头猪崽养成两百斤左右的商品猪，只需半年左右的时间。本村有两家专业养猪户，存栏都在三四百头，还有不少人家以养猪为副业，养的猪多的有上百头，少的也有十几头。养鸭业也很发达，小杂鱼和小蚬贝都是鸭的营养饲料。本村有两个养鸭专业户，存栏都在千只以上，还有不少人家养鸭子，多的上百只，少的也有二三十只。只有几十户人家的渔村，猪的存栏数竟有好几千头，鸭子的存栏有好几千只。

为什么本村出产的生猪、鸭子、鸭蛋深受城市居民欢迎呢？这就要说本村的猪民和鸭民的生活条件之优越了。先说猪，住的地方是在湿地上搭建起来的，从远处看其外观，与人住的房屋没什么两样。所不同的是猪栏就搭建在地板上，用直径十五厘米、长六至八米、剥去树皮从湿地森林砍伐来的原木，相互架成一个长约七米、宽约五米、高约一米的猪栏，且其中有两边是离地板十厘米的，地板的前边向后边稍微倾斜，方便在给猪洗澡时把猪的大小便冲洗出栏外，落到海里。猪栏上方的屋顶有好几米高，加上猪栏四边是通风的，每天涨满潮时，水面离猪栏的地板才几十厘米至一米，这时打海水向栏内的猪群泼去，就是给猪洗澡了。这么大的一个猪栏（四五十平方米），才住十头猪，不会太拥挤。加上一日三餐都有海鲜，营养丰富，这样养出来的猪，皮嫩且很薄，瘦肉的纤维很细，肥肉不太多，当然大受消费者欢迎。同样，这里养出来的鸭子和鸭蛋也是上等货。

物流与就业

关于交通运输，凡是建在湿地滩涂的房子，涨潮时房子前面都可停靠渔船，有的还有可以起吊一两百斤重物的简易起吊设备。但真正比较规范的码头却只有一座，那是当地政府建的，选择村里的名叫"白沙埠"的陆地（海拔只有半米多高）为起点，建一座宽为三米、长为两百米、高为两米，由又厚又宽的枕木铺成的牢固木桥。在此木桥的末端是由纯海泥组成的软滩涂，再接一段宽为三米、长为一百米、高为两米的钢筋混凝土桥，此桥的末端超过退潮的最低水位处十米，水深达一米多，从而保证了客货混合装运的小汽轮可以随时靠泊。在我的印象中，每艘小汽轮可以载十几个人，二十多担的货物。到底是谁经营的，有几艘，已记不得了。不过还记得当时码头一片繁忙的景象。运往小直弄（最靠近本村的一个陆地小村）码头的是品种繁多的鱼干，各种贝干、虾仁、虾饼、虾膏、活的螃蟹，还有生猪、鸭子、鸭蛋等。而回程运来的是日用百货、瓜果蔬菜、喂猪和鸭子的搭配饲料（干的木薯渣，米糠）和制作捕鱼工具的原材料。

本村居民的经济状况，总体来讲是不错的，不存在什么失业率大小的问题。成年的青壮年男人是出海捕鱼的主力军，儿童在课余时间也要参加一些力所能及的小水产加工工作，青壮年的女子是水产加工的主力军。老人嘛，女的织渔网，男的补渔网，反正没有无业游民。本村也有为数不多的几户人家比较贫困，有的是家里吃饭的人多，出海捕鱼只靠一个人；有的是父老子幼，我家就是这种情况。父亲虽然才五十岁出头，但身体不太好，体力不强，加上他那种艺人的性格，不善于运筹经济上的事，而我是长子，还是个孩子，下面还有比我年幼的弟妹，因此我家在捕鱼的淡季里，有时候也会到无米下炊的地步。当然在捕鱼的旺季里就较好过了。不管怎么说，不至于天天穷到吃不饱。再说实在无米下炊了，就改吃人家拿来喂猪的小杂鱼，照样能填饱肚子。

我家穷，我和母亲都利用业余时间干些计件工资的工作，以补贴家用。我的母亲给人家织渔网，是属于来料加工的家庭作业，我去帮人家加工水产品。当然，有时我也帮母亲织渔网。

水产品加工

说到渔产品的加工，在一般人的想象中很简单：刮鳞后，去内脏，然后用盐腌一天后，取出晒干就行。其实复杂得多，尤其是某些大鱼的加工。就以一头一百多斤重的大鲂鱼来讲，操起有点重的、非常锋利的大切鱼刀，该如何操作才能加工成为厚不到一厘米的大 V 形的鱼片，且要求每片厚薄均匀、肉纹分布如树叶纹，每片只含中间一条软骨。这些我都已熟练地掌握了。又比如把虾煮熟晒干后，如何去壳，使之成为虾仁？如果用手逐只剥壳，那是效率很低、很原始的方法。我们是把它们装入面粉袋里，只装半袋，双手握紧袋口，就像高举锄头那样，将面粉袋往地上摔，用力的大小要适宜，边摔边翻动面粉袋，不需多久，就把袋里的虾仁和碎虾壳统统倒在竹编的筛箕上，筛去碎虾壳就行。我经常帮人家从事这项工作，赚点加工费补贴家用。

村　貌

有一块很小的冲积沙地，面积大约五公顷，一般的潮水是淹不到的，特大潮位也只是刚好浸湿地面而已，此地本村人称为白沙埠。人们稍微用土垫高，就可建房子了。村里为数不多的几座钢筋混凝土的建筑物，都在这个地块上，它们是齐天大圣庙、福建会馆（两层）、两间杂货店、一间中药店、一间蔬菜水果店、一间咖啡店、一座小学、一间警察局和一座两层的烟土（鸦片）专卖店。

除了白沙埠以外，建筑物只能建在把茂密的湿地森林砍伐掉的湿地上。每幢房子的地板应该离湿地的表面多高，原则上是以最高潮水位离地板尚有半米高为宜，因为湿地总是向低潮水位的方向倾斜，因此房子的地板离湿地的高度随着湿地而变化。最外围的湿地边缘，地板离开湿地的表面已在一米五以上，而那些引桥的终点已是潮水的最低水位处了。此处的泥滩很松软，桥柱子入土很深，且采取了防陷与防倾斜的措施，增加了桥柱子的密度。桥面离泥面三米左右。

这个村的房子还有一个特色，拥有大渔船和钓具及渔网的渔户，他们较有经济实力，房子的占地面积很大，结构也很有特色，在靠近陆地边缘的湿地上建起较讲究、生活得舒服些的住宅房，紧接着建一座宽一米多、长约十米的木桥。桥的末端紧接着的是面积很大的晒鱼场（类似陆地上农民的晒谷场），一般面积约二百平方米。晒鱼场的另一端紧接着水产品加工厂的厂房和附属的养猪场。在水产加工厂的迎海面的大门口，紧接着建一座宽约一米，直达到潮水最低水位处的，很牢固的长引桥。桥的末端有可起吊几百斤重物的土起吊机和一架供人上下船用的缆绳软梯。有人可能会问，住家离加工厂和养猪场这么远，就不怕小偷光顾吗？其实当时民风淳朴，真正是夜不闭户，不要说加工厂和养猪场在夜间没人去偷窃，就连晒鱼场上晒的鱼和虾也没有人看管，晚上只用油布盖上防雨而已，从来没听说过被人偷了。所以，村上的警察局里附设的一间小牢房从来没关过人。像我家这么穷的，全村大概有两三户吧，没有像样的网具，只有三十几张小捕蟹网，堆叠起来放在屋前的地板上就可以了，有一只小船拴在屋后。

渔民住的房屋都是木头的，屋顶盖的是亚答叶片，两三年换一次。各户来往都是走木头桥，反正各户都有自家建的小木桥通到主桥。主桥也是小木桥，通到白沙埠陆地。本村的渔户，男女老幼都是打赤脚，没有穿鞋子的习惯，只有到陆地的城乡走访亲友时才穿鞋子。只有在白沙埠建屋居住的人家才养些鸡。在本村可以听到鸡鸣、鸭叫、狗吠、猫叫和猪叫，但牛和羊以及脚踏车，在本村是看不到的。

马来渔夫

在我很小的时候，还见过马来人捕鱼的船队。有一天的傍晚，天上金黄色的晚霞很迷人，风平浪静，从海湾口的方向驶来一支船队，渐渐地看清楚了，一共有五艘船，每艘船的弦上还吊着一只小小的独木舟。一看这些船的形状，完全不像华人的船只，瘦瘦长长的，船长十多米，宽一米左右，有点像端午节比赛用的龙舟，但更像现代体育比赛用的多人划桨的赛艇，因为每艘船上有七八对桨一起划。当它们离我更近时，我看到船上的人个个是马来渔夫的着装，还集体唱着马来人的民歌。果然是马来族人的一支捕鱼船队，看他们一起划桨、一起欢乐地歌唱的样子，应该是获得大丰收了吧！天际边迷人的晚霞，富有诗意的船队，悦耳的马来渔夫之歌，时隔六七十年仍记忆犹新。

清末遗老

我很小的时候，还在本村见过五六个六十几岁的老渔民，他们个个留着很长的清式辫子，身上穿着清式的服装；有些上了年纪的女人裹着小脚，三寸金莲穿着特制小鞋，在门口晒着她们的长长裹脚布，梳清朝的发式，穿清式的女装。不过没几年，他们一个个都不见了，连剩下几个裹着小脚的女人也解放了自己的小脚，不再用裹脚布。

本村的居民，在最鼎盛时大概有一百来户，算是个不小的渔村。百分之九十以上是华人，有几户是广东的潮州人，福建人占绝大多数，其中又以同安人和南安人为主。从中国来的老华侨与第二代以后土生土长、回过中国的华人后代，已剩下没几个人了，绝大多数的华人后代只知自己是唐山人而已。村上的通用语言是"三结合"（马来语、英语、闽南语）。当然，每个华裔都会讲些马来话，因为海湾的众多湿地森林中的河流的尽头是马来人的村庄，他们有时也会来海湾捕鱼。

淡水贵如油

本村不仅盛产种类繁多的海鲜，而且还有皮薄肉嫩的生猪、肥鸭、优质的大鸭蛋。村上的杂货店和瓜果蔬菜店里，应有尽有，所以在吃的方面不成问题。住的环境也很好，屋子宽畅，空气新鲜。当然，海鲜的味道也混在空气中，引来不少的苍蝇与蚊子。生活上最大的困扰是没电缺水。淡水的来源是雨水，那真的是水贵如油呀。不少人家除了一日三餐的用水和喝的开水以外，水产加工的漂洗和煮猪饭，也需要用不少淡水，为此，家家户户都建有用厚木板制成的蓄水池，大的可蓄二十立方米的雨水，我家只建了一个可蓄五六担雨水的小蓄水池。洗澡时，只好先洗个海水澡，最后用一瓢淡水从头淋到脚就算洗好了。其他如洗衣服和洗菜及食具等，都是用海水洗过后，再用淡水洗一遍，淡水尽量节约着用。

这里是热带海洋性气候，雨季里经常下阵雨，吃水用水的问题还不大，但在干季时，好几天没下雨是经常的事，这下蓄水池的水，因为没有新的雨水注入，而变成蚊子的幼虫（孑孓）游动的死水。我们熟视无睹，照样用它来煮一日三餐和烧开水喝。有两件事给我留下难以忘却的印象。有一次，将近半个月没下过雨，全村大恐慌起来。人没淡水可饮用是无法过日子的，大家只好发挥互助精神，有大渔船的人家腾出船来，其他人家出劳力划桨，一起到最近的陆地（小直弄）码头附近的小溪弄来淡水，倒入船舱，划桨载到村里，各户分一些淡水，解决燃眉之急。渔船的船舱本来是放渔具和装鱼的，现在淡水在里头放了好几个小时，难免带点鱼腥味，我们也顾不上这些了。我还记得，当时连洗完海水澡之后，也没有用淡水再擦身一遍，弄得浑身都是盐硝粉末，很不好受。

还有一次，也是好几天没下雨。某日下午两点多，下了半个多小时的倾盆大雨，每家每户都赶快将小水桶和其他能装水的用具拿到屋檐下的水槽泄水处盛雨水，也趁便清洗蓄水池。用不了多久，蓄水池就装满了新的雨水，家庭主妇指挥着媳妇和未出嫁的女儿，与老天爷争时间，洗衣服，洗生活用具和食具，还痛痛快快地洗雨水澡，这是各家门口的繁忙而欢乐的情景。男同胞们更是老中青少齐动手，把晒鱼场上铺在大竹席上的鱼产品，随着竹席卷起来就地放着，盖上油布防雨，接着打赤膊大洗雨水澡。十岁以下的男孩，个个全身脱得精光，在大雨中互相泼水嬉戏，我也是其中的一个。不久，雨过天晴，空气特新鲜，洗过雨水澡之后，浑身舒服得很。

照明问题

说到本村的照明问题，远离陆地，缺电也是很自然的，只有在祭神的那几天晚上，村上的会馆出面向各户摊派资金，到陆地的城市请戏班来演戏。这时戏班自备发电设备，才使本村的村民有机会见到灯光，但也只限于照明戏台及其周围而已。在捕鱼的淡季，设在白沙埠的赌场在晚上营业时用汽灯照明，亮如白昼。咖啡店、小食摊、讲古场，到了晚上也都点上很明亮的臭土灯。在捕鱼旺季时，各个加工鱼的场所都点上汽灯。家家户户基本上是用有防风玻璃罩的煤油灯照明，夜晚出门则用手提防风马灯。

关于汽灯和臭土灯，现在很多人没见过，我不妨介绍一下。汽灯，最底部是一个耐高压、类似烧开水用的壶，可以装煤油，壶的上端侧面有加油口和打气杆。开口处接上一小段不锈钢的空心而密封的圆柱体，侧面设有气压显示器，顶部设有控制出气量的阀门操作杆。阀门上接有一段细的不锈钢无缝钢管，上接多个细的出气孔的圆盘形灯座，灯座上绑着石棉纱织成的、用来发光（相当于电灯泡）的网罩。灯的上方有薄铁片制成的圆盘形的白色反射光罩。用此灯时，先向壶内注入足量的煤油，然后打入空气，气压不能太大，否则石棉网受热变化太大，易烧坏。打开出气孔，点燃石棉网，当网色变红时，可再打气，随着气压的加大，网色由红变黄，最后变成耀眼的浅蓝色，此时的亮度最大，比日光灯还亮，并发出嗡嗡的低鸣声，可继续打气至额定的最大气压为止。停止使用时，只需关闭出气孔就行。汽灯的优点是不怕风，亮度大而稳定；缺点是耗煤油大，昂贵的石棉网易被烧坏，且在使用过程中不时要打气，以保持较高的气压来维持亮度。

臭土灯，是用一个小圆柱体的铁罐装入外形像小石头的碳化钙，加适量的水，用一段有喷气孔的弯金属细管焊接在有对应小孔的铁盖上。碳化钙与水起化学反应后产生可燃性气体，在喷口处用火柴点燃，立即喷射出很亮的一股浅蓝色的火焰，可以照亮一片十多平方米的地方。要点燃多少时间，该放多少的碳化钙和水，事先要计算好，免得浪费。最糟的是没计划好，以致在灭火后，剩余的碳化钙还在与水起化学反应，放出有毒且伴有令人难受的恶臭气体，也因此当地人称此灯为臭土灯。

鳄鱼、猴子为患

除了没电和缺淡水给生活上带来不便以外，猴患与鳄鱼患严重威胁人们的安全。三四米长、好几百斤重的食人鳄最可怕。鳄鱼本来栖身于湿地森林内，湿地森林里的小河沟更是它们的安乐窝。但它们经常趁涨潮时游到村里建在湿地上的人来人往的桥下，然后潜伏着，一动也不动，只把眼睛和鼻孔露出水面。它很耐心，可以一直潜伏到潮水开始退时才离开。在涨潮时，如果是艳阳高照，人在桥上走动，千万别停下来与人讲话，因为你的身影很可能被阳光投射到桥旁的水面上，这时如果在你站着的桥下早已潜伏了食人鳄，你可能就没命了。别看鳄鱼的外表似乎既笨又蠢，好像很老实的样子，其实它很狡猾，诡计多端，非常凶残。它只要看到桥上人在水面上的倒影，就能立即准确地判断出人在桥上的位置，然后用它那强有力的长尾巴，向你身上猛力一扫带卷，把你卷拖下水，然后把你拖到它的水下巢穴吃掉。这对于不懂事的小孩就更危险了。每当这个时候，父母亲有事要出门，就把我和弟弟绑在柱子上，不好受也得受。听老人讲，在我还未出世之前，曾发生过这样的事，有一个孕妇，在家门口附近的桥上打水洗用具时，一条潜伏在她附近的大鳄鱼慢慢地、不声不响地从桥下向她靠拢过来。当她再次在桥边打水时，就被它的长尾巴扫落桥下。

我家的位置紧靠湿地森林，成群结队的猴子经常出现在我家的厨房后门，观看着我们。我们最多点燃一个大鞭炮把它们吓跑，千万别打它们，否则会遭到它们的恶意报复。有一次好危险，厨房的后门忘记关，我的母亲用火柴引火到烧柴煮食的整个过程被门外的群猴看见了，它们只是静静地看，不吵不闹，我们也不在意。隔天我们去串门走亲戚，回来时，发现厨房被搞得乱七八糟，炊具被乱动过，放在灶上的一盒火柴被擦得一根也不剩。母亲说猴子很好奇，模仿力很强，昨天它们看见我们煮东西，今天趁家里没有人之时，就来模仿煮东西。万一它们拿着火柴到处乱点火，那后果将不堪设想。

海上龙卷风

我们村附近的外海海面上，在下午无风而闷热的时候，经常发生龙卷风。龙卷风远看似一根黑色的特长的大喇叭，开口向上，上接天上的大片黑云，下接海面，喇叭周围是灰白色的云雨。有时还伴有闪电与雷鸣，一般不久就从海上消失，极少在本村登陆为害。本村几乎人人都懂得一些气象的基本常识，比如什么样的云彩会形成阵雨、小阵的大暴雨、龙卷风等等。凭长期生活在海边所积累的气象经验，有的时候也会看不准。我记得有一天的傍晚，就在我们村的海湾口，出现了可能形成海上龙卷风的积云，但人们习以为常，认为不会影响到本村。谁知就在晚上十二点，海上形成了强大的龙卷风，虽然它只是从我们村前的海湾水面上掠过，但其外围的风力还是很大的，我们家摇晃得很厉害，吱吱咔咔作响，我吓得大哭起来。父亲说过一阵风就会停下来，果真只过了半个多小时，风就停止了。还有一次，就更神奇了，要不是我亲身经历，我也很难相信。附近海上的龙卷风刚消失不久，在本村下了小雨，我在家里，听外面有人喊："快来看呀，天下起鱼雨了！"我跑到屋外一看，还真的有鱼从天上掉下来呢。

益华小学

本村的男女村民，基本上都是文盲，能识几个字的寥若晨星。起初，在本村的白沙埠有人办了一间私塾，我去看过，只有十几个学生。后来有人牵头，募捐集资兴建一座单层的砖木结构，有水泥地板、玻璃窗的教学楼，共四间教室，可容纳一百多名学生。同时还建了一座可容纳三四户居住的教师宿舍，配上厨房、浴室、厕所。这就是华人集资办的私立小学——益华小学。

益华小学是很艰辛才办起来的，值得一提。那是在 1937 年，我才六岁，本村的孙悟空庙和拿督公庙的背后是湿地与陆地的交界处，湿地树种与陆地树种的混生地带，处于非常茂密的原始混合林状态。村里先进行建校的用地规划，建一座教学楼、一座教师办公兼住宿的综合楼（包括生活上所需要的配套）、两个学生用的厕所、一个标准的篮球场（兼操场）、一个小体操场。为了扩大学校的视野，减少蚊子和猴子来干扰学生上课，也防止鳄鱼和毒虫来危害学生，本村人对学校四周茂密的原始林进行纵深一百米的砍伐。从学校旁边再开一条宽十米、深一米的河沟，通到湿地的最外围的滩涂，全长约三百米，涨大潮时小船能直接驶到学校旁边，卸下建材和学生学习用品，同时也可利用潮水带走师生的生活垃圾。又在学校门口修一条两米宽的水泥路，直通到孙悟空庙前面的水泥小广场。还要在学校的学生主要活动场地（如教室和操场），在原有的湿地上再用水泥垫高一百五十厘米。

以上的措施，是想给学生创造一个优美的学习环境，海风可直接吹到教室（当时缺电，电风扇无用武之地），减轻暑热。教室视野开阔，可直接看到海边和一百米以外的茂密的原始森林，使卫生和安全有保障。

砍伐茂密原始森林、挖沟和填土，在当时的条件下，全靠人力和最简单的劳动工具来完成。当全村的男劳力利用捕鱼的淡季在砍伐树木时，我有时也跟着父亲到现场参观。原来只需把大大小小的树砍倒就行，有的树木可以就地锯成木板，供建校之用。最麻烦的是藤类，得耐心地顺着藤，摸到藤的头部，才能把藤树砍死。这个过程的危险性很大，因为在覆盖着一层厚厚的枯枝烂叶的藤枝底下，是毒蛇、蝎子、蜈蚣、巨型毒蜂等毒虫筑巢的地方。我曾亲眼见到一窝银环蛇，大大小小有几十尾之多。

经过一年多的努力，益华小学终于建起来了，教室的光线很好，屋顶采用可反射阳光的白色薄铁板（波浪形），且屋顶离地板有五六米之高。地板是水泥地板，墙为一米高的红砖墙接上一米五的木板墙，其中有不少玻璃窗户。篮球架也安装好了，篮球场是沙土面。此外，还安装了爬杆、浪桥等较适合儿童活动的体育设施。

为了解决师生的饮用水问题，也不知从陆地的什么港口，用汽艇拖来一只储淡水用的特大储水柜，据说是某工厂捐献的。这是一只用钢筋混凝土制成的，厚十五厘米、长十米、宽七米、高一米五的长方体储水柜。里头还用厚只有五厘米的混凝土隔板隔成许多可容纳一立方米的水的小方格。储水柜可装大几十立方米的淡水。男劳力们利用涨大潮的高水位，花了好大力气才将这庞然大物拖到靠近教学楼的地方。教学楼屋顶的两面屋檐安装有两条长长的、由木板钉成的 V 形雨水集流槽（有小小倾斜度），再接上一段 V 形槽，直通到这个大储水柜。由于教学楼的屋面不小，收集到的雨水很可观。

我曾在益华小学读了两年书。学校开设的课程有国语（即汉语）、算术、英语、中国历史、中国地理、自然常识、音乐、美术、体育，一个星期上六天课，每天上五节室内课和一节课外活动课（包括搞卫生），全用汉语教学。学校还备有各个学科的教学用具，如手风琴、脚踏的大风琴和各种各样的挂图。从太平市用重金聘来三位多才多艺的教师：林剑明任校长，主教国语，兼史地两科；苏天福与林海洋（女）是一对刚结婚不久的夫妇，天福老师教体育、自然常识、英语，兼生管（全校才几十个学生）。海洋老师教音乐和美术。三个老师都才三十出头。

村民的精神生活

村民们没有报纸可看，也没有收音机可听，有的有钱人家有手摇的留声机。捕鱼淡季时，成年的村民们以聚赌来消遣，女的以四个人为一组，有的打麻将，有的玩四色牌（象棋牌），有的玩暹罗的白牌（国际象棋牌，因为都是白底黑色的图腾，所以叫白牌）。不管玩什么，赌注都很小，纯娱乐性质。男村民多浸泡在赌场里，赌注也不是很大。我的父亲从不去赌场，他还对我们说：只要你不去看人家赌博，就不会嗜赌。

村上的赌场设在白沙埠，就在福泉兴杂货店的对面，晚上从七点经营到十一点，白天不营业。没人赌时我进去看过，只不过摆放十几套的麻将桌椅而已，可容纳几十个人聚赌，赌场有赌具出租，如麻将牌、四色牌、牌九、扑克牌等。有好几盏汽灯，免费供应茶水与咖啡。赌场老板会向参加赌博的赢家抽取一定数额的赢款。这个赌场还有一个不成文的规定，女性与小孩都不准进入赌场。

到赌场赌博的人，肚子饿了想吃消夜，没问题，赌场斜对面的那间咖啡店一直营业到赌场散场后呢。那里面除了煮咖啡和卖糕点之外，还出售各种现炒现卖的小食，如炒虾面、炒米粉等。在赌场门前，还有一个海鲜小食摊，卖各式各样的海鲜粥，如鱼片粥、鱼丸粥、蛏粥、蚶粥等。

赌场外还有两个小赌摊，在一张矮桌上摆着赌具，叫"十二支"的，一赔十；叫"勿浪艾"的，一赔三。还有一个讲古场也来凑热闹。讲古人是个微胖的中年男子，用地道的闽南话讲古，故事取之章回小说，如《西游记》《三国演义》《包公案》《施公案》等等。讲古人点一盏臭土灯，摆上一张小方桌，坐在凳子上。桌子前面摆了十多张的小矮凳子给听众坐，听众主要是老人。讲古人每晚从七点讲到九点，结束时，桌上放一只小铜盘，由坐在凳子上听讲的听众随意给听费，其他站着听讲的人，可以免费听讲。我也经常跑去享受免费的听讲。这个讲古人的口才非常好，脸上的表情配合双手的动作，紧紧地随着所讲的情节而变化。他讲的《施公案》，给我留下了终生难忘的印象。

猴齐天庙

本村华人信仰佛祖、观音菩萨、关公（即关云长）、猴齐天（即孙悟空）和拿督公。我问村上的老人猴齐天之名的由来。他们说猴齐天意即这是一只当过官的猴子，官名叫齐天大圣，另外，它还是一只修炼得道、寿命与天并齐的猴王。

村民信仰的上述诸神圣所受到的待遇是不一样的。佛祖、关公、观音等，都在各家各户里住，享受各家各户的香火；而拿督公和猴齐天，村民们给他们建了庙宇，猴齐天的待遇更高，还会请来戏班为他庆祝生日。此外，还物色一个男童来当他的替身至老死，一生不得婚娶，吃穿无忧，由全体村民供给。这个猴齐天的替身我见过，当时是个五六十岁的老头，瘦瘦高高的，看样子身体还健康。猴齐天庙是他工作（念佛经）和生活的地方，他不与人家来往与交谈，谁也不知道他的人生观如何，他的身上充满神秘感。

名为猴齐天庙，但实际上庙内正中央坐的还是佛祖，不管怎么说，猴齐天毕竟只是唐三藏的徒弟，想坐在佛祖的旁边还远远不够格。但村民们又崇拜这只会七十二变、神通广大的神猴，于是把庙内长长的神殿隔成三间一样大的神殿，猴齐天独占左边的神殿。它的站像是按照《西游记》里所描写的受封为齐天大圣时的扮相，威风凛凛，令人敬畏。而右边神殿供的是南海观音的神像。庙内两边面积颇大的墙壁上，就是我父亲画的一百零八尊罗汉。这间庙也算佛庙吧，稀罕的是，孙悟空一经村民给其改名换姓，叫猴齐天之后，竟坐上神殿了。我后来到过很多地方的寺庙参观，总不见神殿上有孙悟空的神像。

猴齐天庙的神殿前当然少不了供桌和香火炉，庙前有一个长三十米、宽二十米的水泥小广场。它一端与庙连接，另一端与戏台连接，左右两侧与看台连接。在猴齐天的生日庆典时，这些都派上用场。除了庆典外，庙里平时的香火并不旺，那个猴齐天的替身还兼守庙之职，天天负责给神殿上的诸神烧上一炷香，并打扫卫生。

而那间坐落在原始森林边缘的拿督公庙，建筑面积只有二十平方米。以前马来人较多时，它还算不寂寞，后来这些马来族人移民到别的村落，本村就成了华人村，而华人很少有人会去问候拿督公，以致庙都快给小灌木和杂藤遮没了。庙里的土面上都是蝙蝠粪，墙角到处是老蛇洞，庙的上方，不管是大梁还是盖瓦片的横梁，都倒挂着无数的巨型蝙蝠。像鸽子大的蝙蝠的睡姿很特别，用双脚的爪子钩住梁，收缩一双薄膜构成的翅膀，整个身体下垂。每年大年初一的一大早，母亲会带我到拿督公庙，向他老人家拜年，请他吃点心，享受马来式的香火。而最令我发怵的是那些倒挂着睡觉的大蝙蝠，我曾经大略数了一下，至少有上百只。它们会不会就是在下半夜从事吸血活动的魔鬼呢？

一年一度的猴齐天诞辰庆典是本村最热闹的时候，有祭神的活动，有猴齐天替身的表演，有潮剧的演出。说来颇令人费解，可以这么说，观众绝大部分是祖籍为福建省同安县和南安县的华人，不请高甲戏班或梨园戏班，偏偏钟情于潮州戏班。潮州戏班每次来演好几天，自带柴油发电机，发的电也只是供演出和小广场上的照明。本村人也只有这个时候，才有机会看见灯光。其实那些演员来这里演出，酬金不少，但代价很大，得忍受好几天炎热和无淡水洗澡之苦。因为通常是少雨的旱季才请他们来演出，村里只负责供应他们吃的用水而已。庆典最高潮的那天，下午两三点的时候举行活动。天气非常晴朗，小广场上，靠近庙前的地方，摆满了各家各户用特制的漆篮子装着的供品，有的有钱人家还雇人来烤全猪做祭品。由于本村盛产猪、鸭子、鸭蛋、鱼、虾、螃蟹，所以供品就以上述这些煮熟的特产为主。小广场划出两个地方，其中一个地方的地面上是长五六米、宽一米多、厚十多厘米的木炭，烧得红红的木炭上还发出一些高温的浅蓝色的火焰。就在离烧红的木炭堆两三米远的空地上，那个猴齐天的替身出现了，此时特大香炉也同时端上来，放在数个供点小香用的大香炉群之中。三根一米多长，直径十厘米粗的特大神香，也点燃了，纸钱烧得正旺。那位猴齐天的替身，上身赤裸，穿一条武术练功用的裤子，用布带将腰扎紧，打赤脚，右手持一把有点生锈、有点沉重、长约六七十厘米的双刃古剑。为了向观众展示这是一把很锋利的古剑，他朝一根直径三四厘米的竹竿砍一下，竹竿应声而断。接着他围绕熊熊燃烧的炭火走一圈，边走边举利剑往自己的背上砍几下，表示猴齐天已练就铜肤铁骨，刀枪不入。我也在场，确实看到剑砍过背后，背上只留下一条细细的浅红痕迹，而且很快就消失。接着休息一会儿，替身又开始赤脚从炭火上快速踏步走过，脚还真的没被烫伤，这意味着猴齐天在太上老君的炼丹炉里练就不怕火烧的本领。又休息一会儿，替身重复上述动作再表演一次才结束。

对上述表演，还是小孩的我，当时只觉得很神秘，现在我当然知道这只不过是经过一番特殊训练之后的特技表演而已。当时村里人是很怕海龙王的，但海龙王又怕猴齐天，把猴齐天请来做保护神，那是再好不过的了。

卫生与健康

现在再讲讲本村的环境卫生。那些建在陆地与湿地交界处的房子，地板与地面只隔了几十厘米，生活垃圾和人粪尿都往地板下倒，小潮水淹不到，那真的又臭又脏，引来大量的苍蝇和蚊子。但大潮水的那几天，水淹上来时，居民们就大搞卫生，趁退潮时把垃圾弄到屋外，让潮水带走。总之，一个月当中，这些人家总要体验小潮时不卫生，大潮时很卫生。而那些建在湿地上的房子，环境卫生就非常好。我家建在湿地与滩涂的交界处，但地板离地面近两米，小潮水也可以淹到一米左右，当然很卫生。

本村的村民即使再穷，也可以捡人家不要的小杂鱼吃。多从事渔事劳动，青壮年男女几乎个个都很健美，可与游泳运动员媲美。村里一共只有三个重型的特大胖子，都是四五十岁，分别叫"兵仔""胡狮""鸟隆"，是福泉兴杂货店的老板。村里也有几个瘦得皮包骨的老人，那是一群老鸦片鬼。本村只有一间中药店，老板既售药也替人看病。

新芭与沙笼

本村所在的喇叭状的海湾的两侧直到尽头处，一共有七条大的河流，最宽处都在一百米以上，长好几公里，河的两岸都是非常茂密而广袤的湿地森林。可借河道通往十八登、小直弄、淡勿洛、双溪吉隆、双丽佛等村庄。海湾出海处的对岸还有两个渔村，它们相隔不远。一是新芭，全是福建籍的南安人，多从事定置网捕虾的行当。全村才三十几户，我只去过一两次，所知很少。另一个是沙笼，因它是在一条较小的河沟出口处的岸边，我与父亲常到那条河沟钓螃蟹，也常到该小渔村小憩一会儿，所以与该村的村民很熟。全村只有十几户人家，都是广东籍的潮汕人。全村的房子都建在一个海拔两米多高的小沙丘上。他们都从事捕小白虾的生计，产品有虾膏、虾酱、虾饼。村虽小，却有一所小学，一个教师教十几个学生。富有传奇性的是，教师是一位瘦瘦高高、卷发、黑皮肤的印度人，只有二十多岁。据说，他是个弃婴，被一家人扶养长大成人，又让他接受华文教育，读到初中毕业。他会讲很流利的中国官话和闽南语，不会讲印度话。

来人间的第一个月

母亲对我说："怀孕到快分娩时，你的祖母来我们家住。有一天晚上，十一点多，天下大雨，我和你的祖母吵架，她把我赶出大门。我便想到你的三叔公家住一个晚上再说。撑着雨伞，走出门口没几步，一阵肚子痛，你就在大雨中出世了，连叫接生婆都来不及，只好自己接生，用牙咬断你的脐带。你一出世就哇哇大叫。你的祖母闻声，立即把我与你一起接回家里。我们母子所幸都平安无事，算是命大。"

我长大后问母亲："当时生我时，您坐月子吃什么？"她说："当时我们家很穷，好鱼好肉和蛋是吃不起，其他补品更不用说。但你的父亲以钓螃蟹为生，螃蟹总吃得起吧。到你出世前的半个多月，你的父亲每天钓螃蟹回来时，从中挑选出两个一斤多重的大红膏母蟹，把它们养起来。等到你出世时，已备足了大约四十只，在坐月子时每天拿出一只，用生姜和黑麻油把它煎熟，中午和晚餐各用半只配饭，早餐是两个大的香饼（厦门馅饼）配牛奶（罐头炼乳）。就这样，照样奶水足，喂得你饱得直打嗝呢！"我有个疑问："螃蟹养了半个月，岂不是都给养瘦了吗？那还有什么营养价值呢？"母亲笑笑说："你的父亲才不会那么傻，比如说，第一天吃昨天刚留下来的一只，你父亲又从今天刚钓到的挑选两只来替换最早养的那两只，这样天天都可吃到肥的，每只的壳上都用白漆写上收养的日期，不会搞错的。至于备养四十只，只是防一时没有红膏母蟹吃。"我还问："那你在坐月子期间，是祖母帮你做家务？"她说："你的祖母已是六十多岁的人了，又裹着小脚，还能帮忙做家务吗？你父亲天天出海钓螃蟹来换钱用，我还能坐什么月子呢？除了家务照常做以外，还要服侍好你的祖母。"

腋窝下的奇痣

　　我身体上有个特殊记号，即右腋窝的深处长有一颗紫红色大痣。但仔细一看，它是由许多紫红色小痣群聚在一起组成的，颇像一朵紫红色的"痣花"。但只要我不抬高右手，谁也看不到它的存在。从我能记忆的四岁开始，一直到现在，此奇痣从不碍事，不痛不痒，只是随着年龄越来越大，它也跟着颜色越来越浅，表皮也越来越平，但没有完全消失，至今尚留有痕迹。十几年前，我到马来西亚探望老母亲时，就此痣问她，她说："你的这颗怪痣也弄出些怪事来。你出世至一周岁，很爱哭，找不出原因，我就怀疑是不是你的那颗痣妨碍你右手的举动使你感到不舒服，但你的祖母说那是一颗贵痣，千万不要去乱涂药，更不能去乱抓它，慢慢适应会好起来的。亏你的祖母想得出，每当你哭闹时，她就让你闻几下鸦片烟，你就不再哭闹，乖乖地睡着了。果真过了一周岁，就没事了。"哈哈，婴儿时就闻鸦片烟的我，却一辈子不与鸦片烟土接触，传奇得很哪！

难忘的三姐妹

母亲经常给我唱儿歌，那是对我的催眠妙方，很有效。至今，我还会唱几首当时母亲经常唱的儿歌，多数是用闽南方言唱的，也有用广东方言唱的。还有一件令我一生难忘的事。那一次，我的父母亲哄我睡觉后，趁机双双带着二弟到太平市的二叔家住几天。我醒来之后，不但没见到父母亲和二弟，还发现我睡在三姐妹的家中。我以为父母不要我了，把我送给这三姐妹当小弟弟。我伤心地哭个不停，她们三个百般地哄我，逗我玩，唱儿歌给我听，还教我一些女孩子爱玩的小游戏。我当时大约五岁，很怕生，她们像亲姐姐那样疼爱我，晚上让我与她们同睡在一张大床上。有时候半夜醒来，哭着要找妈妈，她们有的搂抱我，有的哄我，使我获得安全感。她们三姐妹，最大的才十五六岁，最小的才八九岁，都长得蛮漂亮的，她们走到哪里就带我到哪里。我还记得，在本村，从中国传过来的七巧节变成了少女节。在我与她们短暂相处的几天中，刚好碰上少女节，她们约上好几个闺中好友，举行庆祝活动。带我参加时，与会者有人提出异议，说怎么可以让小男孩也来参加呢。她们为我解释："他才五岁，不带他来，万一发生什么意外，我们怎么向他的父母亲交代？"虽说我与这三姐妹相处才五六天，但给我的印象很深。

哑而不聋

父亲为我取名天顺，含有我在大雨中一出世就被雨水淋湿却安然无恙之意。而我父亲的名字叫雨水，真是顺天之意呀。可是，眼看我一年又一年地健康长大，到了四岁还不会讲话，于是左邻右舍的小伙伴都用"哑巴"来代替我原来的名字。一直到六岁，我才会叫会喊，嘴巴也会有正常人讲话时的动作，可是人家不懂得我在喊叫什么。这时，连我的父母亲也叫我哑巴，我便默认了这个名字。更糟糕的是，偏偏我哑而不聋，惹来不少的烦恼。我最怕跟人家吵架，因为人家只需要挖苦我几句，就会把我气得半死，大哭一场。私塾的那位老先生曾当我的面对我的父亲说："你的这个儿子，一副聪明相，哑而不聋，可能是迟说话。我也见过有人也是哑而不聋，一直到七岁才会讲话，可是不讲则已，一旦会讲，谁也讲不过他。"我的祖母差不多也是这么认为的。

在我当哑巴那几年里，发生过一件令我一生忘不了的事。那时，我家门口旁边的湿地上筑了一圈篱笆，搭成一小间鸭厝，里面养了十几只鸭子。有一天，父亲出海钓螃蟹，母亲带着二弟去走访亲戚，时值退潮，母亲叫我看守好篱笆内的鸭子。没多久，开始涨潮了，有一只鸭子竟从鸭厝前的木台阶上飞越篱笆，跑到篱笆外的水面上。我急得直跺脚，双手比画着，大喊大叫，邻居听到了。我是想叫他帮我抓那只鸭子，可是他们听不懂我在叫喊些什么。这下我急得大哭起来，用手指着那只逃出篱笆的鸭子，他们终于帮我把那只鸭子抓回来。七岁时，我还真的会正常讲话了，从此告别哑巴生涯。

名叫无疑

从 1938 年至 1940 年，是我的苦难童年中难得的快乐的日子。七岁那年，我终于从哑巴的队列中除名了，至于我是怎么从哑巴到会讲话的，我不记得了。后来我问母亲，她也只是告诉我："好像是在你怕鸭子跑掉而急得大喊大叫大哭之后不久就会说话了。第一次听见你开口讲话是你说舌头有点痛，这时我才发现你原来好好的舌头表面有好多像被刀割的伤痕。问你是怎么个痛法，你说吃太咸时才有点痛。以后看你没再说舌头有什么不舒服，我也就不再过问此事。"

也许是受够哑巴之苦，一旦会讲话后，话就特多。父亲说怎么也想不到我还会讲话，因此给我另起名字"无疑"。无疑这个词，在同安方言中是没有想到的意思。我记得在二十几岁时，有一次，去医院让牙科医生治疗牙齿，那个中年的牙科女医生对我有点奇特的舌头很好奇。她问我："我从医这么多年，还没见过像你这样窄窄厚厚、长长尖尖的舌形，而且当你把舌头变扁变宽时，你的舌末端还保持尖形不变。你的舌面有好多条很明显的深浅不一的沟痕，有的地方深达半毫米，你讲话时是否感觉到舌头有异样？你吃东西时舌头难受吗？"我说："讲话时，没感觉舌头怎么样，倒是吃太烫的东西时舌头很痛，刷牙时不能去刮舌苔，否则会流点血，也会痛。"她问我："你的舌头怪模怪样，是天生的，还是后来怎么受伤的？"我说："既不是天生的，也不是受伤，我小时候是哑而不聋，七岁会讲话时，舌头才变成现在这个样子。"她啧啧称奇说："你可能因祸得福，如果舌面没裂开很多小缝，就你那种舌形是很难说话的。"她说的也许是对的吧！

就读于益华小学

经过本村人的群策群力、奋战了两三年，益华小学终于建成了。一切准备就绪，学校开始招生、正式上课。那间私塾也解散，其学生都转学到新办的益华小学来上课。我也真够幸运，刚会开口讲话，就碰上新办的学校在招生，我吵着要去上课，父母亲也不反对，但家里实在太穷，供不起学费，父亲只好向住在太平市的二叔求助。较富裕的二叔很慷慨地答应资助我与二弟一起入学，除了替我和二弟交学费和书籍费以外，还给我们配备了校服和球鞋。母亲亲自给我们缝制了书包，给我们准备了当作开水壶用的大啤酒瓶。

由于终年炎热，男幼童又不爱干净，刚换上的衣服，转眼间就很脏了。因非常缺乏淡水，不少家长干脆不让孩子穿衣服，全身一丝不挂。我也是其中的一个，因为多见就不足为奇，不懂得害羞，反而觉得这样更舒服，所以一直到六岁都是如此。可是到了七岁的时候，父母亲就不让我像泥鳅那样光着身子到处乱跑，我自己也懂得害羞了，但也只是穿一条小内裤而已，二叔给我配备的校服和球鞋，只是去学校上课时才穿上，因此几个学期之后还是新的。

1941 年，日本占领了马来亚，益华小学也停办了，因此我在益华小学只念到第五册，即三年级的上学期，才当了两年多的小学生。在这期间，在校内所感受的事，如今回忆得起来的只有几件。一是庆祝一年一度的儿童节（4 月 4 日），非常热闹，非常快乐。二是有一天的中午，艳阳高照，碧空万里，无风而闷热，比我大几岁的甘开通同学独自一人在篮球场投篮，因为老师和同学们都回家吃饭和午休，校园内空无一人。悲剧发生了！甘开通同学中暑昏倒在篮球场上，没及时被人发现，等被发现时早已气绝身亡了。三是从太平市来了一支演出队，自带柴油发电机，为支援中国的抗日战争进行募捐义演。我印象很深，一共来了二十几位华裔男女青年，演讲和演出穿插进行，有短话剧、唱歌、跳舞。也就是在那次的义演上，我学会了唱《义勇军进行曲》。四是建学校时，还剩下好几百块砖头，一时还派不上用场，胡乱堆放在操场的一个偏僻的角落。时间一久，几乎没有人注意它的存在了。直到有一天上体育课时，要进行实心球投击竖立的砖头的游戏，老师叫我们几个男同学去那砖堆搬几块砖。我们这些经常戏弄无毒海蛇的小村民对蛇太熟悉了，我们一动那砖堆，立即发现有一个蛇头从砖缝里伸出来，当下断定碰上大蛇窝了，而且肯定是毒蛇窝，便不敢轻举妄动。请老师来看，他直皱眉头，说这事很棘手，里头肯定还有很多蛇，一下子全打死它们是很难的，特别是毒蛇，可以几年不忘复仇，但蛇怕竹啸声，我们把它们赶走算了。于是年纪小的同学挥舞细长的竹竿，使其发出尖锐而刺耳的竹啸声，年纪大的同学用长竹竿拨开砖头。我们从三个方位驱赶，留一个方位让它们跑。呀！真吓死人，想不到这个砖堆里竟蜗居着一百多条剧毒的银环蛇。

童 工

由于父亲身体不好，而我和弟妹一共四人，即父亲一人要供养六人，有些应付不过来。虽然母亲也蒸一些糕点之类来卖，赚点小钱补贴家用，但还是不够。于是，我也利用一年的两次长假（热带不分寒冬和暑夏，所以不叫寒假和暑假），还有星期天和其他公共假日，去找些临时的短工干，赚点小钱，以减轻父亲的压力。别看我年纪小，我还干过下列的职业呢。

我家对面的字灿伯伯，也算是我家的一房远亲吧。他已五十多岁，身体很好，在家负责水产加工和养猪。他有两个儿子，分别叫亚生和亚景，都是二十几岁的强劳力；有一个叫秀治的女儿，二十出头，还未出嫁。这家有大小渔船两艘，大大小小的钓具和网具都有，兼营收购各类海产品，还养了不少猪，存栏数一般是一两百头。在捕鱼旺季时，灿伯会雇几个临时工帮忙，我也主动跑去帮忙。那时只有七八岁，主要干以下的工作：给猪洗澡，或者用长锅铲翻动正在大锅里煮的猪食，或者为煮熟且已晒干的带壳虾剥虾壳。灿伯并没有要求我一定要干多长时间或多少工作量，报酬是让我把他们吃剩的饭菜带回家，实际并不全是吃剩的，因为这当中有完整的好肉与好鱼。由此不免联想到我家的伙食，早餐是糕点和咖啡，午餐和晚餐是干饭。在我的印象中，便宜的青菜倒经常吃，鱼蛋（也叫鱼卵）也经常吃，好像从来没买过禽蛋和鸭子。有一种体形较大的胡子鱼，本村人叫"硬头"，一般的个头有十几斤重，在把它加工成鱼干时，其卵丢弃不要，我家不时也去捡一两串回来，放点姜片和酱油，油煎后配饭吃。这种鱼卵，每粒像金黄色的大鱼肝油丸，一串有一两百粒，半斤多重。如果吃鱼的话，也是向人家买些廉价的小杂鱼。我家从事钓螃蟹和捡贝类，所以经常吃螃蟹和各种贝类。至于猪肉，每个月吃一次，每次买半斤的五花肉，全家好几个人分着吃，每个人都只吃一点点。

有时候我也在晚上到白沙埠，帮卖蛏粥的小食摊洗洗碗，报酬是给我吃一碗美味的蛏粥。之前听人家说，这摊煮的蛏粥特别好吃，可是我没有钱买碗来吃，只好用劳动代替，果真名不虚传。

与小女孩争摊位

母亲很会制作各式各样的糕点，除了拿去咖啡店寄卖以外，也叫我拿一些到各家各户的门口叫卖，但生意不好。后来，我看到有几个年龄与我差不多的小女童在白沙埠商店较集中的地方卖糕点，生意还不错，也加入她们的行列，引得她们联合起来欺负我这个在村里出了名的"忠厚"男童。她们讽刺我、挖苦我，说："这个地方是我们女孩子的地盘，请你滚蛋！""一个男孩子跑来与我们女孩子混在一起，真没出息。""我看你长得比我们还漂亮，要不你也扎辫子，穿与我们一样的花衣服，我们才欢迎你与我们在一起。"……我实在讲不过她们，只好还是到各家各户叫卖，因为受女孩童欺侮，心情很不好，走路时走神了，一不小心踩空，连人带糕点都跌到桥下的湿地上。幸好是退潮，否则会被海水淹死的。回来后又给母亲打骂了一顿。从那以后，母亲不让我拿糕点去卖了。

为生存，学游泳

有一次，母亲交给我一只小油瓶，到白沙埠的杂货店买一斤食油，我提着从杂货店买来的食油在桥上走回家，快到家门口时，跌落到桥下，差点没命。可是这次没有上次幸运，此时正逢快涨满潮，桥下水深一米五以上，离桥面只有四五十厘米，在水中挣扎的我，意识很清楚，记得第一次被灌几大口水后，沉下去立即浮上来，又被灌水后，下沉后立即又浮上来，第三次被灌水下沉后，又第三次浮上来……终于被父亲抓住救起来了。这时我很难受，父亲采取了急救措施，立即向邻居借来一只大空瓮，将瓮倒放，把我放在瓮的曲面上，让肚子贴紧瓮面。还真有效，被灌进肚子里的大量海水很快被挤吐出来了。事后父亲对我说："我当时在修补蟹网，听到门外有人落水的响声，跑过去一看，只见你背朝水面正在下沉，我一手没抓住你的手，让你沉下去了。第二次你上浮时，我又是没把你抓牢，又让你下沉。这下我意识到你仅剩下最后一次上浮的机会，如果再抓不住你，我就将永远失去你了，不就是一米多深的水吗，我立即跳下去，硬把你从水中抱到桥上。我们天天跟海水打交道，不学会闭气潜水和游泳，怎么行呢？找个时间我来教你。"

有一天，父亲端来一大脸盆的海水，放在一张小矮凳上，父亲对我说："等下你不要太紧张，我把你的脸按到脸盆内的水下，你只要闭气，同时闭嘴，水就不会进入你的鼻孔和嘴巴。现在就开始。"说完立即就把我的脸按进水里，尽管只是按了一下就提上来，我还是鼻孔进水了。父亲说我怎么不听话，没有屏住呼吸。我说他搞突然袭击，没有事先打个招呼。接下去反复练习了几次，我很快就学会了潜水的要领。接着父亲又趁潮涨到半米多高时，拉我下水再实习几次，才算潜水毕业。我求父亲教我游泳，他说："你已会潜水，只要水只淹到你的胸部以下，你就不必怕，手和脚就像狗游水时四只脚的动作就行。"果真行，我没几下就学会了狗刨式的泳术。现在回忆起当时父亲先教我学会潜水，然后再学游泳，我认为这个程序很科学。

女泰医

母亲在生育第五胎（即我的三弟国狮）时难产，幸好接生婆是老女泰医，三弟安然无恙。见母亲大出血，生命垂危，又肥又高大的泰国老妇一手把我母亲抱着，让她呈半躺半坐的姿势，不让她倒下去，一手抓泰国有名的止血药粉，对母亲进行止血急救。母亲在临产前的一天，曾对我说："我这次难产，凶吉未卜，你是我的长子，一定要在我身边，守护妈妈，一定要听话，不要贪玩，否则你恐怕再也见不到妈妈了！"我听她这么说，心酸难过。我说："妈妈，我一定听话，我相信您会好的。"所以妈妈难产，我始终在家，那泰国老妇叫我坐在大门口，眼望前方，千万别离开，她说："你是贵人，只要你把守大门，任何妖魔鬼怪都不敢进门来抓走你的妈妈，现在只有我与你配合好，才能救你的妈妈。"推算起来，当时我只有八岁吧，什么贵人、妖魔，我根本不懂，无所谓信或不信，我只知道不能让人来把我的妈妈抓走，一定要守住大门。每当听见妈妈剧痛难耐的叫声，我流泪了。有好几次听见妈妈央求那泰国老妇让她走，可泰国老妇坚定地说："你不能丢下你亲生的子女不管，他们还很小，很需要你，我不能让你走，你的大儿子守住大门，也不让你走。"我央求妈妈不要走。接下去过了多久，我记不起来，但记得那泰国老妇说："现在好了，已经没有危险。"那泰国老妇救了我母亲一命，可我们家穷，无钱可以报答她。于是，母亲认她做义母，但她说："你叫我为梅姨吧！"于是我称她为梅姨婆。

群猴战巨鳄

　　我遇见过群猴与一只大鳄鱼展开持久战。有一天下午，退潮了，我在屋里听见群猴的喧闹声，打开屋子的后门一望，看见离我家约一百米的湿地森林与海滩的交界处，有好几十只猴子在猴王的统一指挥下，纷纷向那只大鳄鱼的眼睛抛掷泥块和树枝。我很想看它们之间究竟谁怕谁，谁先逃走。可是我只看了十几分钟，就没耐心再看下去。因为鳄鱼很想引诱猴子靠近它，以便利用它那强有力的长尾巴，扫倒一只猴子，拖到它的水下洞穴，美美吃一餐，所以装出一副很老实、闭目养神的样子，任由猴子欺侮它。天性好奇又调皮的猴子看见鳄鱼一动也不动，胆大的壮猴就靠近它，用树枝去捅它的眼睛，可是鳄鱼的长尾巴往靠近它的猴子身上扫打时，动作非常敏捷的猴子便逃跑了。凶残而狡猾的鳄鱼想诱杀猴子，调皮而机灵的猴子却在耍鳄鱼，如此反复地较量，刚开始觉得新鲜好玩，看久了就乏味。

巨鸟折翅

记得有一天的中午，阴沉沉的，飘着细雨，适逢涨潮，那一道道长长的、高一米左右的排浪，缓慢地涌上湿地。村里的老渔民说，那是远海发生特大风暴或海啸引起的排浪。在离村几十米高的上空，奇观出现了。从外海飞来数以千计的大鸟，已不成队形，颇有兵败如山倒的景象，做低空飞翔逃窜。它们在飞越本村时，有的再也飞不动了，纷纷掉下来，有的落在海面上，有的就落在桥面上，任由我们去抓它，连挣扎的力气也没有了，因为折断了半段翅膀。从其体形像鸭子来判断，应该是属于雁类，且都是每只七八斤重，很肥硕，村民们说从来没见过这种鸟，估计是从很远的海岛飞来的。

与巨蟒和平共处

村背后不远，是连人也难以进入的原始森林，那是大蟒蛇的安乐窝。本村人视大蟒蛇为神蛇，它们昼伏夜出，经常于晚上爬到村里来做客，但从不伤害人。蛇也来过我家两次。一次是有一天的清早，我睡醒了，才刚刚张开眼睛，就看见屋子里的一根直径为十五厘米粗的大横梁上，盘绕着一条好几米长、最粗处为直径十几厘米的大蟒蛇，它一动也不动，闭着双眼。不管它是在养神或睡觉，我们都不去惊动它，各自做自己的事，没有去注意它，也不知道它什么时候离开了我家。还有一次，上午涨大潮，水面离我家的地板已不到一米，母亲和我一起坐在地板上，帮人家织渔网，突然我们母子俩同时感觉到地板下有什么东西在动，母亲掀开地板一看，吓了一大跳，我也看到了，是一条大蟒蛇的尾巴在游动，但看不到它的身影，很快它的尾巴也消失在水中了。

学钓鱼，讨小海

我从小就生性好奇，好问好学。自从我七岁开始会讲话以后，看到年纪比我大、懂得的东西比我多的人，我就虚心向他们请教。涨潮时，看见他们在自家门口的桥上钓鱼，我就跑过去凑热闹，说是帮他们钓鱼，三帮两帮，倒是他们帮我学会了钓鱼。看见有的小伙伴在自家门口用小型的定置网（网面积只有一平方米左右）捕鱼，我也央求父亲给我制一张小小定置网，在自家门口放网捕鱼。我还用父亲出海钓螃蟹的蟹网，在自家门口的桥边，于涨潮之时放几张，还真的给我捕到几只大螃蟹。自从我学会了潜水与游泳之后，胆子也大了一些，对海水和海滩也不觉得那么可怕。大人们出海海钓之前要进行准备工作，逐段检查鱼线和鱼钩，有的整一小段的鱼线的拉力和鱼钩的钩尖已达不到要求，他们就剪下来不用，换上新的。我灵机一动，他们是钓大鱼的，我是钓小鱼，应该还可以用。就把它捡回家，每只钩都钩上一条小鱼做鱼饵，快涨潮时，我就把已上鱼饵的钓具，在屋下的柱子上绕一圈，使钩上的鱼饵恰好接触到湿地的泥面。涨潮时，鱼来食饵，上钩了，不管它，等潮水退尽时，收钩取鱼，还真的有所收获，多是一斤左右重的海鲇鱼和银灰色的胡子鱼。

看见年纪比我大几岁的小伙伴，在退潮时驾驭着滑泥板在柔软而光滑的泥滩上滑行自如地讨小海，有的玩又有收获，我很羡慕，也想学驾驭滑泥板的技术。父亲给我制了一块滑板，我要求他教我，他只给我讲了几个要领，叫我反复练习几次再说。我不知从板上跌到泥里多少次，才掌握了此项活动的技巧。

我家只有一艘小渔船，父亲没有出海钓螃蟹时，就把船用一根粗缆绳绑在屋后的柱子上，涨潮了，水涨船高时，我就跳上小船，用小桨学划船。

第二章

日据时代

从 1941 年初至 1945 年 8 月，日本占领马来亚共三年零八个月。这段时间，本村人称为日据时代。

掺石灰的大米

日本占领马来亚初期，每家每户领到免费的一大麻袋的大米（一百公斤）。村里的老大说：接下去将有一年的时间买不到粮食，大家要节约着吃。这是一种难于吞咽的陈旧大米，还夹带不少碎米，更糟的是掺有石灰粉，说是热带气候，大米放不久就会生虫，掺进石灰粉的目的是杀虫。可是这米煮成饭很费事，也很难吃，尽管把米淘洗了多次，还是无法把其中的小粒石灰块洗尽，结果，饭是黄色的，吃的时候还不时咬到小块石灰。

校长的人头

本村地处偏僻地带，交通不方便，生活条件不好，缺医少药，没电没淡水，所以平时连一个日军的影子也见不到，只是叫本村的老大维持治安而已。但这不等于说日军没来过本村。日军第一次出现在本村时，来了一小队，有二十多个，把各家各户的男女老少统统赶到白沙埠集中，叫我们看高高挂在一根临时竖立起来的旗杆上的人头。很多人只看了一眼，就不敢再看下去。接着日本的小军官进行训话，翻译官用本村话进行翻译，他说："你们看到那个人头了吧！因为他帮助英国，反对日本，所以该杀。你们只要不做对不起日本的事，就平安无事。"他翻译了十几二十分钟，无非是说我们与日本是同祖同种，没必要去帮助英国人打日本人，应该相信日本人会把马来亚治理得比英国人更好，但现在日本在跟英美联军作战，希望我们与他们共同克服困难，等战争结束后，一起建设马来亚，共享马来亚的繁荣。其实说来说去，都是宣传"兴亚共荣"的一套。接着发给每人一面纸制的小日本国旗，我们私下称它为膏药旗。翻译官再次把那带队来的日本小军官的话，译给我们听："这次你们没有手拿日本国旗欢迎我们来，按理说这是对我们无礼，每人应自打嘴巴十下，但考虑到你们这是初犯，不予追究。现在你们每人手上都有了国旗，要保管好，下次若皇军来你们村，你们应该知道如何行礼。另外教你们'谢谢'的说法，日语叫'哈里嘉多'"。

日军之所以对本村人的心理状态很了解，只因那个翻译官就是本村的那个讲古人。讲古人怎么摇身一变就和日军站在一起了呢？有人说，他本来就是日本人，不然他怎么会讲日本话？此时此刻，他的出现令我们很惊奇，但那颗人头更令我们震惊。那是林剑明校长的头呀！

台 湾 军

日军第二次在本村出现是怎么一回事？我记得有一天，风和日丽浪静，潮水开始上涨之时，从外海驶来三艘日军的小炮艇或登陆艇，艇上有好几门小炮。据说那是海军陆战队。他们不是来执行任务的，只是路过马六甲海峡时，发现了我们这个渔村，顺便到村里看看。我家和字灿伯家靠近外海，适逢涨潮，这三艘小军舰就直接在字灿伯家门口靠岸。一共有一百多名日军，字灿伯家宽敞的水产加工场地成了他们休息的地方。看来招待他们吃喝是少不了，大家商议后，决定请他们吃海鲜、猪肉、鸭肉。大家有物出物，无物出力，帮忙剖鱼、杀猪、宰鸭、烹饪。

我的父亲领到的任务是立即趁涨潮，到附近湿地森林的小河沟捡一百多斤海钉螺回来。我跟着父亲前后才花两个多小时就完成任务。

这些海军陆战队的士兵个个都是身体健硕的彪形大汉，他们计划在村上吃午餐，然后到各家各户看看，下午退潮时离开本村。午餐时，他们简直是饿鬼，狼吞虎咽，但几大块油渍渍的红烧甜猪肉下肚之后，吃相也斯文多了。最后一道菜是辣椒炒海钉螺，吃得他们个个嘴巴吹气，额头冒汗，赞不绝口，说从来没有吃过这么好吃的东西。可是肚子已填满，暂时吃不下了，剩下没吃完的，他们统统带走。

午餐过后不久，他们在村里老大的带领下，五六个军官开始对各家各户进行"拜访"，家家户户都是全家人站在大门口，手拿着上次日军发的纸制的小小日本旗，以示欢迎。最后来到我家门口的小桥（约十米长，宽不到一米）头，一个军官刚一脚踏上这座小桥，立即把脚缩回来，皱皱眉头，只因小桥立即摇晃起来。村里老大向他们解释：这家很穷，你看他们住的屋子，又旧又窄，但他们对你们还是热情的，午餐桌上你们很爱吃的辣椒炒海钉螺，就是这家去弄来的。这下那个日本小军官才露出一丝笑容，摇摇手示意不必进这家屋子。

我们正在纳闷，这次来的日本海军陆战队怎么个个能听懂我们讲的同安县方言呢？也好像会讲几句带着怪腔调的闽南话。事后才知道，他们都是台湾人，是日本的台湾军。

日 本 化

虽然日军只两次正式出现在本村，但不时有他们的阴魂出现在本村。就说文化方面吧，有关益华小学还办不办的问题，日本在太平市的军政府允许继续办下去，但条件是：去英文和华文，换成日文，用日语教学；去中国历史和地理，改教日本历史和地理；校名则将益华改为益日。我念书是二叔资助的，日军占领太平市之后，经济一片不景气，生意难做，二叔无法再资助我念书，我只好辍学在家。不过，益华小学不久也停办了，因为招不到学生。

另外，在商品方面，英国的商品绝迹了，市场上日本货到处可见。与我们同住的祖母有抽烟，经常叫我替她买香烟，以前是抽英国的手电筒牌硬纸壳香烟，现在是抽日本生产的薄纸包的兴亚牌劣质香烟。其他的日常生活用品，凡是日本生产的，我们统统称之为"化学货"，意即好看不耐用。

世外桃源

由于本村没有日本军队驻扎，不少在本村有亲戚关系的城市居民简直把本村看成世外桃源。有一段时期，日军大抓"花姑娘"（华人少女）去当慰安妇，害得华人少女不敢出门，甚至连待在家里也觉得不安全，都剪掉飘飘的秀发，理成男性的发型，还故意弄得很脏很凌乱；又将乳房用布条绑紧压平，穿上宽畅的男装；这样还不够，还将脸抹黑（用锅底的黑烟屑）。即使采取了这些预防措施，有的还是不幸被日军抓走，于是在城市里，家有少女或少妇的人家纷纷投亲靠友，到日军管不到的偏僻乡村避难。本村也有不少人来避难，多是从槟城、吉隆坡、怡保、太平等大城市来的。光是我家的亲戚就来了两家，一家是住吉隆坡的五姑，全家七八个人来投靠她的母亲（我叫她三婶婆），其中有三个正处于花季年华的表妹。还有一家远房亲戚叫"矮枪"的，是太平市的有钱人家，他带着大老婆及其所生的三个如花似玉的女儿来我们村，先是借住他的近亲子夏的家，后来出资在我家旁边的空湿地搭盖一幢大屋居住下来。至今我还记得这三个远房的姐姐分别叫碧恋、碧婉、碧琼，长得都像她们的母亲，有修长而婀娜多姿的身材，都很漂亮。她们也很疼爱我这个远房的小弟弟。以上两家都住到日本投降后才回到原来居住的城市。有一天，传闻有日本军要来本村物色花姑娘，这一下全村的少女都很怕，以最快的速度摇身一变，成了蓬头垢面黑脸的男乞丐。有的还怕不安全，在亲人的带领下，到村附近的原始森林边缘地带躲起来。后来日军并没有来，真是虚惊一场。

行过路礼免受罚

　　有一年的清明节，跟父亲到陆地的小直弄小镇附近的华人义墓山（即华人土葬的公有墓地）为祖父扫墓。快走到该小镇路边的一小块停车场时，周围站着几个日军，个个像恶煞神，平端着上了刺刀的步枪，在阳光的照耀下，那刺刀发出耀眼的白光。我当时很怕，不敢再往前走。父亲说："不能怕，你越怕，他们越怀疑你，更不能往回跑，那会被他们开枪打死的。他们的目标是年轻人，我们一老一小，他们一般不会对我们怎样，但要对他们行礼，鞠躬或军礼都可以，并要用日语说声'谢谢'，否则会被他们打耳光的。"我与父亲边走边谈上述的话，离那些日军越来越近，小停车场上的水泥地面上的情景也看清楚了，并且给我一生留下忘不了的印象。有一个华人青年被罚在烈日下围绕场地慢跑，还有一个四五十岁的半老叟，看不出是华人或马来人，被罚跪在水泥场地上，双手托着压在头顶上的一块十几斤的石头，烈日当空，我很担心他会被这样折磨死。当我们走到这些日军面前时，向他们恭恭敬敬地行了一个军礼，然后哈腰，毕恭毕敬地站着，等他们放行。他们朝我们父子俩从头到脚看了一遍，接着手一挥，示意可以走了，我们一起说声"哈里嘉多"。等我们扫完墓，再次经过这个小停车场时，那两个被罚跑和罚跪的人不见了，倒是看见两个年轻华人，一个不知是忘记还是没及时向这些日军行礼，被日军赏了两记响亮的耳光，另一个是行了礼，得到允许可以走了，却忘记用日语说声谢谢，被日军训斥为无礼，也被扇了一下耳光。

木薯成主粮

日军刚占领马来亚时，我们领到掺着石灰的劣质大米，说是要吃一年，实际上用不了几个月就吃完了，虽然接下来日本占领军政府对老百姓的口粮进行了定量供应，但那也只是饿不死而已。有钱的人家总有办法通过各种门路买到黑市的高价米，可苦了穷人家，黑市高价米买不起，只好买红皮的木薯来填肚子。这里要说明的是，马来亚出产的木薯有两种，一种是土黄色的薄皮木薯，苦而微毒，不好吃，一般是加工成木薯粉；另一种是紫红色的厚皮木薯，甜而无毒，煮熟后，肉松软，含有极其丰富的淀粉，可当粮食。后者产量很高，多年生，树高可达三米，单株可产几十斤的木薯。我见过一条特大的，简直像一根长树干，长一米多，直径约二十几厘米，重二十多斤。

二叔、大姑的慷慨救济

太平市算是离本村最近的较大城市，大姑和二叔都住在太平市的近郊，都属于较有钱的人家。父亲几乎每个月带我去太平市一次，在二叔家或大姑家住一两天。在二叔的家门口附近，有株高七八米的优良品种红毛丹树，果肉如荔枝那般香甜，肉厚汁多。有一次到二叔家，刚好碰上它硕果累累，二叔的子女天天吃名贵的水果，对红毛丹不感兴趣，而我生活在渔岛，很少吃到水果，干脆爬到树上边采摘边吃。二叔还让我多采摘些带回家给我的弟妹们吃。大姑的家在太平市的远郊（跑马坡），经营养猪业，存栏有三四百头。我印象最深的是，猪栏的附近生长着香蕉、红皮木薯、多汁且甜如蜜的啫喱果、甘蔗等，都长得很茂盛。我不解，姑丈那么有钱，还种这些东西干什么，况且又不爱吃这些东西。就此事，我问姑丈，他说："猪栏附近都是猪粪尿渗透的肥沃之地，我也不过是拿些苗木随意种种而已，并没有去管理它。你看这里周围都是整片的草地，那是因为这里很早以前是赛马场，所以地名才叫跑马坡，我种些绿色植物，可以吸收猪身上散发出来的难闻气味。至于所生长出来的农产品，从来不拿去卖。有什么亲戚朋友来访，他们看中那一种，就自己去采集一些带走。"所以我与父亲每次来大姑家，都会带走一些红皮木薯、香蕉等等。在日据时代，它们可是我家粮食的重要补充来源。甘蔗太笨重，不好带走，至于那香、色、味俱全的啫喱果，看见不少金头苍蝇在叮咬它，哪还敢吃。虽然姑丈送我们的农产品，只要挑一两百米远的沙土路，就可到柏油路面的大公路旁搭乘开往小直弄小镇的巴士。问题是从该小镇到小直弄的小码头，还有五公里的肩挑路程，而该小码头到我们住的村还有两三海里的水路。我与父亲，一老一小，力气不大，所以每次从姑丈家挑走的农产品最多不超过一百斤。

神吃过的我也吃

　　无论是到二叔或大姑的家，都会留下一些难以忘却的趣事。离二叔家不远的地方有一条小河，叫哥达河，穿过该河的马路叫哥达街，在河边靠马路的地方有一间中国神的小庙，香火还很旺呢。我如果有来二叔家住一两天，有时会到那小庙偷吃祭桌上的祭品，如红枣、龙眼干等。有一次被守庙的老头发现了，我拔腿就跑，他和蔼地把我叫住，说："我不会抓你，你不要怕，这些陈旧的祭品是施主烧过香的，鬼和神都已吃过，你喜欢吃，可以拿去吃。"他干脆把一大盘的红枣倒在一只大纸袋里送给我。他还说太久的祭品，都当垃圾处理掉，以便让新的祭品有地方摆。大姑的家，离大马路有一两百米远，这大马路的一侧有几十株的老嘉将（译音）树，是芒果的另一个品种，树干的横截面近似圆，青褐色的表皮很粗糙，它成熟时从树上掉下来，果皮仍然是青褐色，但散发出非常浓郁的芒果香味，在几十米远的地方犹可闻到。它成熟的果肉非常香甜，但果肉的纤维又粗又长，且几乎每粒果肉内都有大果虫一至两只。但这种芒果不能多吃，据说很上火。在太平的市场上有出售这种芒果，很便宜，但很少人买来吃，怕吃出毛病。上述讲的这一小片果园，既没有用篱笆围起来，也好像没人管，因为我每次到大姑家住一两天，都会在清晨时到这片果园捡熟透的、掉在地上的芒果，一会儿就能捡到几十粒，从来也不见有人来干涉我。

吸血蝙

大姑家的周围是草地，经常可见到数百头牛——一种半野性的长角黄牛在吃草，由印度侨民中的孟加里族人放牧。大姑妈家不远处就是柏油公路，其两旁是两米宽、经常修剪的草坪，看起来绿茵茵真可爱，很干净。草坪外侧是杂草丛生的排水沟。有一次，我和父亲站在马路边等车，我就坐在草坪上，好比坐在柔软的绿色草垫上，很舒服。才坐一会儿，觉得压在草坪上的右小腿好像被什么虫咬了一下。只是小痛一下而已，我并不在意，但一起和我们等车的人提醒我，当心被大蚂蟥吸血。我赶快站起来，为时已晚，一条好大的蚂蟥（长七八厘米），紧贴在我的右小腿上，我用拇指和食指用力捏它，滑滑的，捏不住，用小树枝去拨，也无法使它离开小腿，它吸得非常紧。一起等车的人用香烟头往它的头部一按，它立即松口跑了，可是被它咬破的伤口，血流不止。这下我才害怕起来，一起等车的人说："不要怕，它吸你多少血，就会再流一样多的血，流够了，自然会止血。"最后，果真如他说的那样。

往这条公路没走多远，就到了公路旁的新坂村。我有时也去参观该村的橡胶厂，看该厂是如何将刚从橡胶树上取出的乳白色橡胶汁制作成出厂时的商品——棕褐色的橡胶片。

姑丈家有电灯而没有自来水，好在地下水位很浅，挖水井才一米多深，就见水涌出来，虽然是很浑浊的黄泥水，但没关系，通过一套很简单而又很科学的过滤方法之后，就是清澈透明的无毒水了，可以直接饮用。做法很简单，在一只大木桶里放上一层干净的沙子，再铺上一层小块木炭，顺次铺上去，一共有三层沙子和三层木炭，总厚度大约五十厘米，浑浊的黄泥水经过这六道过滤之后，从安装在靠近大木桶底部的水龙头流出来的水与自来水没什么两样。

稻　田　村

本村往双溪吉隆村的大河沟出口处，有一条开口约二十米宽、长约一公里的喇叭形河沟，尽头是一片平坦的黑土带，海拔有一米多，地上是连人也走不进去的茂密的原始森林。也不知道是谁出的主意，组织陆地居民来开垦这一大片肥沃的黑土地，用于种植稻米。在这之前，涨潮之时，我和父亲有时候也来这条河沟钓螃蟹。有一次，我们决定掀开这条河沟尽头的神秘面纱。当我们快到它的源头时，河沟两岸尽是茂密的亚答树林，有一条高一米、宽约两米的土路，我和父亲把小船系在路边的椰子树的树干上，走到路上一看，路的另一侧是一片淡水的沼泽地。路两端不远处被树林遮住，望不到尽头。路两旁是两排椰子树，每隔几米一株，都是优良的品种，树高只有两三米，但每株树上硕果累累，显然不是野生的。我曾数了其中一棵结果最多的椰子树，光是已成熟的、大如篮球的、黄澄澄的椰子，就有大几十个。每株椰树下，都发现了椰果的外皮。我对父亲说，可能附近有马来族人居住。父亲说："是听说过，有几户马来人曾经在这附近住过，现在情况如何不清楚，听说这里是老虎出没的地方，我们赶快上船走吧。"在船经过亚答树林边缘时，看见不少亚答树上长着亚答果，我们选其中一串已成熟的砍下来，放在船上运回家。整串有三十多斤重，共收获成熟的亚答果肉五十几粒，每粒都有鸽子蛋那么大，清甜可口。后来有人来这里开垦了，才给这个地方起了个地名，叫稻田。

有一天，邻居拿来一条十几斤重的大活鱼送给我家。我仔细看这条鱼，全身披着黑墨色的大鳞片，体呈圆柱形，巨口利牙，眼露凶光，拿条小鱼靠近它的嘴巴，它立即张开血盆大口，露出颗颗似双面刃短剑的U形利齿，想一口吃下那条小鱼。我说没见过这么凶的海鱼。邻居说："这不是海鱼，是生活在湖泊或沼泽的凶猛的食肉淡水鱼，最大个头可达三四十斤重，更可怕的是，它们是群体活动，不论是什么动物，人也不例外，若不幸掉进它们的栖身水域，就在劫难逃了。这种鱼的生命力很强，离水后只要它的身体湿润，还能活一天，即使身上中了鱼叉，只要不是击中它的要害，照样还有很强的攻击力。"我问他是从哪里抓到这条鱼的，鱼名是什么。他说："开垦稻田的工程已经动工了，来了几十个外地人，他们正在开排水沟，清理那条小河和沼泽，快干涸时，才发现这种鱼多得不得了。说是淡水乌鱼的另一种，有的人叫它食人鱼。他们已用鱼叉先叉死那些会吃人的大鱼，已捕了大几十担，正在加工成鱼干，运往太平市的菜市场出售。这条鱼就是他们送我的，但他们说这种鱼的肉味如同嚼蜡。你要有兴趣，这几天赶快去看他们叉鱼的热闹场面，迟了就看不到了。"好奇的我哪能错过这个机会。

我动员父亲一起去看，父亲同意了。有一天，趁涨潮时，我们划船到稻田村附近的小河沟钓螃蟹，顺便到现场看一看。人家已把近乎干涸的河床上的鱼抓得差不多了，剩下一些零星的小鱼，有一两个大人正在用手抄网把它们捞上来，其他的人都在用一种特制的木头铲挖土方。

第二次到稻田村参观时，排水沟已竣工了，正集体开垦荒地，也看见几个人用两人拉的长锯子锯木板，说这是就地取材盖房子住，还说这是名贵的稀少树种，叫黄松。还看见几个人将砍倒的西谷树加工成西谷米。在涨潮时，可以把船直接从河沟的尽头划到各条排水沟的尽头。这些排水沟一般宽三四米、深一米半，涨满潮时，水深可达一米。两岸就是住屋和稻田。因此，排水沟也是交通的河道，有的岸边还分布着稀稀拉拉的树木，那是特地留下来的树种，如腰果树、芒果树等等。

第三次到稻田村参观时，这里已有二十多户农民，据说是从太平市管辖的实兆远镇来的、善于垦荒、经营种植业的福州人，怪不得他们之间的谈话我们一句也听不懂，而他们却会讲我们的话。但各家各户并不都住在一起，属于自己的田地在哪里，住屋就建在那里，一般都建在排水沟的岸边，两三户在一起。村上有一间杂货店，油盐米糖、肉鱼蛋菜、碗筷锅盆等日常生活用品，样样都卖。每个劳力平均拥有好几百平方米的耕地吧，都是种旱稻。我问他们为何不种水稻。他们说："种水稻工程大，麻烦，要育秧、插秧等等生产程序，种旱稻省工，简单，点播就行，况且地势低，年降雨量又大，因此怕涝不怕旱。避开旱季不种，一年尚可种植两季。"

第四次到稻田村参观时，刚好碰上他们收割稻子，其实应该说是在采摘稻穗。他们每个人背个小箩筐，双手同时采摘稻穗放入箩筐内。我也帮他们采摘了一会儿。我问他们，一亩地一季可收获多少水稻？他们说一般五六百斤。虽然产量不是很高，但省工得很，只需用锄头把旱地翻深二十厘米就行，从播种一直到收成，只需中耕锄草，不必施肥、治虫、灌水，所以他们的生活节奏很慢。当然他们也面临缺医少药、没电、吃喝靠雨水的困扰，虽然地下水多的是，但碱性太大，不适宜饮用，严格地说，他们种的旱稻也是全靠雨水生长的。这次去参观他们的收获，是稻田村的鼎盛时期。

第五次（也是最后一次）参观稻田村时，英美联军已进行反攻，日本已兵败如山倒，投降的日子指日可待。垦荒开发稻田村的人，开始陆续离开，回到他们在实兆远的老家，那间杂货店也准备收盘了，只剩下几户还没走。他们说这里的肥沃土地，虽然很吸引人，但生活条件太艰苦，令人难以长期忍受。就说本村吧，也有人开始放出风声，说等日本投降后，立即离开这个咸巴（即海滩湿地）鬼地方，迁到陆地去住，连父亲也说先把我和二弟送到太平市和怡保市的叔父处，然后举家迁到紧靠陆地的双溪吉隆村住。

在日本占领时期，我家的粮食基本由大米、红皮木薯、水产加工的下脚料（鱼头、鱼肚、鱼肝、鱼卵等内脏）等组成。日本军政府定量供应的大米很少，只够保证我和父亲在出海捕鱼时之用餐，其他家庭成员的平时用餐及我和父亲不出海时的用餐，经常是以木薯为主粮。记得有几次，甚至连木薯也吃不上，只好吃海鲜。我们不能轻易吃自家出海捕到的海鲜，因为需要用它换钱来维持家用。邻居灿伯叫我们去捡他家加工鱼时剩下的鱼卵来充饥，于是母亲经常去捡些大鱼的鱼卵，掺一些盐和生姜，煮熟了就可以当饭吃。但父亲说："鱼卵很补，但不易消化，不宜多吃，更不能长期将它当饭吃，偶尔吃一餐半餐是可以的。"

兄 弟 情

记得有一天，是清晨三点多的早涨潮，母亲在一点半就起床烹饪我与父亲要出海钓螃蟹的用餐。我还记得煮的是米饭，菜肴是螃蟹炒葛薯（白地瓜）。两点多，我与父亲正在用餐，这一餐我与父亲得吃一斤半大米，才能保持足够的体力到中午十一点回家。母亲给我盛满一大碗的米饭，我还没吃上几口，二弟醒了，哭闹着要吃饭。母亲对他说："乖乖，听话，让你的大哥吃饱饭，才有力气出海，钓螃蟹回来换钱买米。"二弟说肚子饿，母亲说："等天亮时，我煮木薯饭给你吃。"二弟说木薯饭不好吃，要吃米饭。母亲生气了，打了几下他的屁股，二弟不吭声，我可一阵心酸。我变个花样，只吃个八分饱就说吃饱了。留点米饭给二弟吃。

父 子 情

记得那是雨季，连续好几天阴雨绵绵，有点凉意，又是小潮水，一般人家是不出海的，而我们家，自从二叔与大姑很少接济以后，单靠身体很虚弱的父亲，要养活一家六口人相当困难，虽然我也当上了小渔民，家里的米缸还是经常见底。家里已无隔餐粮，我与父亲只好出海。
小潮水若钓螃蟹，收获甚微，而眼下正是蛏的繁殖期，于是我们就划船
到离村不是很远的那片浅水滩摸蛏。开始时，只觉得海水有点凉，浸泡
久了，感觉海水越来越凉。浸泡了一个多小时，身体虚弱的父亲吃不消
了，只好上船，穿衣服休息。我呢，因为水下的蛏很密集，潜一回水就
可捕获七八只，手脚比较灵敏，运动量也较大，觉得水虽然很凉，但还
承受得了。可是浸泡两个多小时以后，我也有点受不了，嘴唇冻得发
黑，牙齿直打架，手脚也不那么灵敏了。父亲叫我上船，说我们回去
吧。我说："让我再坚持一会儿，多摸些蛏，就可换多些钱，买多一些
米。"坚持了十几分钟以后，眼看潮水已开始上涨，再看看浮在水上的
木桶里的蛏，有二十几斤，可以换钱买到足够一家六口人吃两天的粮
食，便难以再坚持下去了，只好上船。穿上干的衣服后，我对父亲说，
我很冷，让我来划桨，使身体暖和些再说。划了一会儿，不觉得那么
冷，我才坐下来休息。接下来是父亲划桨，这下我思考一下，若按平时
好天气的话，在这蛏的繁殖期，这片盛产蛏的浅水滩可是热闹得很，小
男孩、小女孩、妇女，都来参加摸蛏的盛大集会。可是今天只有我们父
子二人在此摸蛏，原来是这样阴沉沉好几天的天气，令人下海不好受。
父亲边划桨边哼漳州戏的小调（俗称"七县调"），我听不懂他唱的内
容，但看他边唱边落泪，我心酸地说："亚伯（父亲是老大，他干脆让
亲生儿女或侄儿女统统叫他伯父），你为什么哭了呢？哪里不舒服？不
要哭，等回到家，我帮你按摩。"他叹一口气说："你才十二岁（虚岁），
今天让你受这么大的苦，我心里难受。"哦！原来如此。我也动情地含
泪说："亚伯，不要难过，我长大之后，一定为您争气，我会孝敬您，
以后我也会使我的子女的日子过得比我现在更好。"

赐名子仪

说起我现在的名字（子仪），有那么一段传奇的故事。出生时，父

亲给我起名叫天顺，但到四岁那年我还不会说话，先是别人叫我哑巴，后来父母亲也跟着这么叫我，于是哑巴自然成了我的名字。七岁那年，终于能像正常人那样讲话了，为了纪念我这个不平常的经历，母亲又叫我"无疑"，意即没有想到。于是，我一时有了两个名字，学名叫"天顺"，家族名叫"无疑"。日本占领马来亚之后，我辍学的同时也"辍名"，再也没有人叫我为天顺，久而久之，连我自己也忘记了我曾经有过这个名字（要不是以后母亲告诉我），"无疑"成了我的常用名字。

有一天，我和父亲到海湾对面的沙笼村附近的浅水域钓螃蟹，收获不大。快中午时，顺便到沙笼村。人家说这个小渔村是小潮州，因为该村的村民是清一色的潮州人，父亲能讲一口流利的潮州方言，与该村的村民都认识。只有十几户人家的小村，却集资办了一所私立的华文小学，只有一个教员，十来个学生。而这个教员，给我留下终生难忘的印象。他是印度人，高一米七多，修长的身材，曲卷的头发，是个很帅的小伙子，二十多岁。据他自己说："我是个弃婴，被一家华人收养长大成人，并在私立的华文中学念到初中毕业。经人家介绍来这里教书。"他会讲多种方言，中国话讲得最好，他看了很多有关中国的历史和地理的书，对中华民族很有感情。父亲和他很谈得来，他对我也很热情。这次他当着我的面，对我的父亲说："你的这个很迟才会说话的儿子，一副聪明相，将来必事有所成，无疑这个名字，不太好听。我给他取名为子仪如何？"他与我的父亲都是爱看中国古书（即历史小说）的，对郭子仪的典故很熟悉。父亲说："历史上的郭子仪是了不起的人物，我这个从哑巴的行伍过来的憨厚傻小子，取子仪为名，岂不是被人家笑死。"他说："让你的儿子沾上一点历史上的郭子仪的光，有什么不好呢？"于是父亲答应下来了，从此我有了这个文雅的名字，对当时只有十二周岁的我，什么无疑、子仪，我都无所谓，只要不再叫我哑巴就行。以后我长大了，懂得了历史上的郭子仪典故之后，就觉得我好像有窃名之嫌，特别是我在当苦力工人的那几年里，被人取笑我不自量力，明明是社会最下层的劳苦之人，偏偏用大富大贵的人的名字作遮羞布，可笑至极。对此我很苦恼，几次想易名，但一想到那位给我取此名字的印度血统的小学教师，我又不想改名了。

讨 小 海

我只念了两年半的小学，辍学那一年才八周岁半，但我已学会了游泳和驾驭滑泥板的技术，因此开始了讨小海的生涯。其实，驾驭着滑泥板在广袤的滩涂上讨小海是很好玩的，我一般只捡经济价值较高、较易捡到的花螺、血蚶、螃蟹等。毕竟我年纪还太小，父母亲并没有强迫我一定要去讨小海，只是我觉得也不能整天与小伙伴们玩，家里穷得快揭不开锅，我得竭尽所能找些工作做，帮助父母亲养活众弟妹。从经济收入来考虑，给人家打短工还不如去讨小海更自由、更好玩，何乐而不为呢？

也不是天天都能讨小海的，得计算大潮的潮水涨和退的时间，还得看天气好不好，以农历来计算较准确。若是天气晴朗、微风，又刚好是早上八点后退半潮，下午开始涨潮，则可以去讨小海。每个月能满足上述潮水条件的日子只有十天左右，在这十天当中，如果不巧遇上大风和下雨，则讨小海的机会又大打折扣了。每次讨小海的时间只有三个小时，因此讨小海的人很少。

狗打擂台猫跳高

本村的白沙埠有块沙质的平地，长约一百米，宽约五十米，是一般潮水淹不到的地方，也是白天儿童集体游戏的地方。本村儿童玩的游戏有唐山式（如踢毽子）、英国式（如实心球击砖块，也可以说是最原始的打保龄球）、马来式（如踢藤球）。此外，还有其他花样的游戏，如斗狗，小伙伴们把自家养的狗带来，有三四条参加就行。我家没有养狗，但被邀请去当裁判。下场的狗只有两条，采取打擂台的斗法，轮番下场较量，本村养狗的人家并不多，主要是住在白沙埠周围水淹不到的人家，他们都养家禽，养狗不是防贼，而是防老蛇和黄鼠狼来叼食家禽。狗是很聪明的，也很通人性，它们好像都认得本村人，主人从来不约束它们，让它们随意走动，而它们之间也是彼此相识的。它们好像领会我们的意图，在格斗时只把对方打败就行。实力相当的狗相斗最好看，裁判谁输谁赢也很容易，狗夹住尾巴就是表示输了，翘起尾巴高兴地摇摆就表示赢了，且会向主人示意要奖品，主人就奖它一小块生猪肉。

我们也举行猫跳高比赛。村民的住屋，多数是亚答叶片盖的屋顶，多层的叶片错综相叠，成了老鼠的安乐窝，晚上不但成群结队四处活动，而且嬉戏或打架之时，发出刺耳的尖叫声，吵得我们心很烦。因此，几乎家家户户都养猫。猫是非常实际的，你叫它跳高，它瞪着眼睛看你，一动也不动，不过让它去抓吊在空中的小鱼，它倒乐意试试。它可聪明得很，会先看着那条小鱼，若估计无法抓到手就不干。我们让它们先尝到甜头，从一米五的高度开始起跳，这个高度对于成年猫来讲是轻而易举之事。猫毕竟不是人，它不会自觉地遵守比赛的规则，得由我们帮助它们一个个来。它可是四只脚的动物，不会单脚起跳，也没有助跑的习惯，但它的一双后脚的蹬跳力令人惊叹。有一只壮年的雄猫，竟然纵身向上一蹿，把吊在两米多高的小鱼抓到手，荣获冠军。

煮海水取盐

有一阵子，在我家背后大约几百米远的湿地森林，来了十几个外地人，办起了盐厂。他们在湿地森林与陆地的交界处开沟叠土，建起生产盐的工厂。在厂的前方，他们先把湿地森林剃光头，然后开一条宽三四米、深一米的水渠，直通到湿地森林外的滩涂。涨潮时，一般的渔船可以直接在盐厂停靠。而在厂的另一端，修筑了一条宽为两米、离湿地有半米多高、长约两百米的土路，路的尽头就在那座小拿督公庙。修筑这条土路主要是方便到商店集中的白沙埠采购日常生活用品和一些生产用具。他们生产盐的工序很简单，直接把海水煮成盐。我也去该厂参观了好几次，一共有十几个大灶，灶上架起口径为一米多的特大铁锅，倒入海水，燃料是湿地森林的木材。木材消耗大得惊人，没多久就砍伐了一大片的湿地森林，如此下去，那还得了！幸好这个盐厂存在的日子很短，前后只有几个月的时间。据说生产出来的盐，卖出去所得的钱还不够给工人发工资。后来快要离开这个生我养我的村子时，我还特地跑到该盐厂的旧址看看，那里已成一片废墟。那周围被砍光伐光的湿地，又生出非常茂盛的、有六七米高的树木！

打猎队惨败

村上经常有外地来的打猎队，除了猎杀鳄鱼和活抓猴子以外，还猎杀野猪。有一段时间，在白沙埠的福泉兴杂货店的猪肉砧板上，经常有非常便宜的野猪肉出售，那是带皮的全瘦肉，样子很吸引人，可是若按家养猪肉一般烹饪，那是不好吃的，皮煮不烂；若烹饪成咖喱野猪，不失为一道可口的美味佳肴，但只适合牙尖齿硬的年轻人吃，因为野猪肉很粗很韧。留给我印象最深的是那支规模最大的打猎队，有四个彪形壮汉、十二只猎犬、两根装铁沙弹的猎枪和两根长各两米多的标枪。标枪的枪杆是一种坚韧的粗竹竿。最后一次在本村见到这支打猎队时，打猎队成了本村最大的新闻，村里不少人围着看他们，可惜那是一件令人心有余悸的惨事。

有一只体重四百多斤的雄野猪，经常出现在村附近的陆地与湿地的交界处觅食。即使人离它很近，它也不理睬。我也曾经近距离见过它，那两根长长的獠牙很吓人，没人敢去惹它。偏偏这支猎过无数野猪的打猎队不怕它。有一天，他们终于与它相遇了，战局如何呢？该打猎队的一个队员讲了有如下的经过：

我们的猎犬先发现了它，十二条猎犬齐吠，并将它包围起来。而它非常镇定，没有突围逃跑的意思。我们四个人商量对策，觉得用散弹枪打它那全身坚韧的厚皮，未必能重伤它。最后决定，由我们的队长使用长标枪，朝它全身皮最薄的地方——肚皮插进去，然后将它扳倒，让十二条猎犬咬死它。可是当标枪头已插进它的肚皮时，却无法把它扳倒。于是，我们四个人齐上阵，想合力把它扳倒在地，不幸的是，标枪的杆被折断了，只剩标枪头留在它肚子里。这下，它发狂地向我们进攻，杆断的同时，我们四个人还来不及松开手，都跌倒在地上。尽管我们以最快的速度站起来，但最靠近它的队长还是没能躲开它的獠牙，右腿上被划出一道十几厘米长、深两三厘米的大伤口，血流如注。幸好那十二条猎犬舍死救我们，拼命向它发出总攻击。它虽已身受重伤，却凶猛异常。我们没有受重伤的三个人，立即用随身带的止血药粉帮队长止血，进行简单的包扎后，两个人轮流把队长背回来，留我带猎犬回来。问题是猎犬也不听话了，因为它们的同伴死的死、伤的伤，不甘愿就这样放走那只凶猛的受重伤的大野猪。有一只猎犬，肚子被野猪的獠牙戳了一个大洞，连肠子都流出来了，倒在地上，发出性命垂危的凄厉叫声，可是那只横冲直撞的野猪经过它身旁时，它还张口去咬那只野猪的大腿。随着不断的伤亡，猎犬的攻击力也不断削弱，终于让那只大野猪跑掉了。

带去的十二只猎犬，只回来四只。其中，一只是带着重伤、挣扎着跑回来的，屁股有一道大伤痕；一只成了单眼犬；真正没有受重伤的只有两只猎犬。现在最大的问题是那个躺在地上、受重伤的队长生命垂危，可是本村没有人拥有摩托艇，他们只好用重金雇用四个强壮的村民，把队长抬放在船上，用人力划桨，把他送到小直弄小镇的码头，然后大家轮流背他，走五公里才到小直弄小镇，再从这那想办法雇辆汽车送到太平市的大医院抢救。可是这得折腾至少七八个小时，队长看来是凶多吉少。

那个打猎队的队长，是死还是活，本村没有人认识他，也就不关心他了。倒是那只受重伤的大野猪，过去常出现的地点再也没有它的身影，估计多半是死在深山密林里了。

全村几葬火海

有一件令本村村民难以忘却的大坏事。有一天清晨三点多，我被屋外的嘈杂声吵醒了，听见好多大人在大喊："不好啦！起火了！大家快跑呀！"我跑出门一看，火焰有十几丈高，不断传来爆炸声，不时还看见镀锌的薄铁皮（盖屋顶用的）被烧得通红，随着爆炸声震飞到天空，落入海水里，真吓人。还有关在猪栏里的猪被火烧的惨叫声，听了更是吓人。这时恰好又是潮水退到最低潮位，大部分建筑物都在湿地滩涂上，无海水可救火。加上所有建筑物都是木结构，特别是用亚答叶片盖的屋顶，又正好是少雨的季节，更易着火，所以一旦发生火灾很难扑灭。村民们唯恐跑来不及而被活活烧死，哪还顾得上去搬家里的大件物品，只把几件平时穿的衣服和现款带走。火是从白沙埠烧起来的，蔓延得非常快。村民们分两路逃生，住在靠低潮水位的人家，一般都有引桥到达低潮位处，有简易的木梯，自家的渔船就用绳子绑在木梯上，因此都上船往海上逃生。我家也是如此逃生的。而住在白沙埠和背靠湿地森林的人家，则就近往湿地森林逃生，因为这当中有一条宽几十米的空旷湿地，起着防火的隔离带作用，再说湿地森林根本烧不起来。我们这些乘船逃生的人家，只把船划到离村上百米的地方就安全了。我们离火场并不远，都在观看火情。猪的遭遇很惨，因为是小潮，低潮水位离村很近，有的猪栏下面是滩涂，而有的还有半米深的水位。猪急起来也会跳栏逃生，可是它们跳栏后，慌不择路，到处乱窜，最后都跌到泥滩上，四只脚陷入泥中，动弹不得，等着被活活烤死。有的泥滩上还有半米深的水位，它们就像狗游水那样逃生，遗憾的是它们向水深的地方游，结果都被海水淹死了。至于鸭子，虽不曾被烧死，但都游走了。

火势来得猛，灭得也快，倒不是我们扑灭得力，而是烧得再也没有什么可烧的东西了，清晨三点多起火，至五点就熄灭，前后不到两个小时，可是全村几乎被烧光了，只剩下村头村尾靠近湿地森林的孤零零几间小屋躲过此劫。我家之所以幸运，是涨潮了，那些还在烧的余烬很快就被潮水淹没。全村存栏的上千头大肥猪，大部分都随海水而去，死不见尸，有些被烧成烤猪；而那些身陷泥中、被活活烤死的猪，皮下的肉还完好无损，可以吃，任由人去割来吃，但每家每户也只割几斤而已。有人曾在这些死猪（估计至少有一两百头）身上打主意：何不趁现在，它们才刚被烧死不久，赶快将它们加工成咸肉？后来又考虑没有市场，谁也不爱吃咸肉。最后只好利用涨潮，把这些死猪推移入海，让海水带走它们。

事后村民们对这场突如其来的火灾进行分析，觉得很蹊跷。我们村从开始建村至起火那天前，从未发生过火灾，村里的男女老少个个都有很强的防火意识，明白用亚答叶片盖的屋顶，一旦着火就没得救，深知一家失火全村遭殃的利害关系。况且昨晚又是小潮水，不是捕鱼旺季，也没有人家于夜间进行水产加工，一般人家在晚上九点过后就熄灯睡觉了。据说是福泉兴杂货店首先着火的，因此不少人认为，是外来人故意纵火烧福泉兴的，目的是趁火打劫。

本村的经济，自从日本占领马来亚之后，大走滑坡路，这场大火是一场损失惨重的大灾难，虽说没有人员伤亡，但几乎家家户户破产。本来就有些人嫌本村的生活条件太差，不太想在本村住下去，这下更不想重建家园，倒是想搬离本村。虽然后来本村还是重建起来了，却已无法恢复元气，显得很萧条与荒凉。

十一岁的小渔民

我的讨小海生涯是自由而快乐的，有得玩，又有收获，但随着年龄的增大，我得出海，成为正式的渔民，成为家里的正式劳动力，减轻父母亲的经济压力。然而才十一周岁的我，要求与大人一起出海，没有一个人肯要我，他们说等我长到十六岁再说。因此，我只好与父亲一起去钓螃蟹。在十二周岁时，我与邻居亚甲的大儿子太生合伙出海钓螃蟹，他比我大三周岁，船和钓蟹网均是他家的，收获所得换钱后，他与我六四分。

　　自从我正式加入钓螃蟹的行列之后，才深刻体会到渔民的苦与乐，感受到海上作业的艰辛与风险。湿地森林里的小河沟，退潮时可见到河沟两旁的树根部位，到处是大大小小的螃蟹穴。涨潮时，小虾小鱼随潮水游到河沟，螃蟹纷纷出穴觅食，这时抛下带有蟹饵的捕蟹网必丰收。我们去钓螃蟹的小河沟，涨潮时水深一至两米，水面宽在七八米至两三米之间。河沟长一百多米至四五百米，在这样的河沟里划船，用单根短桨较方便，但有遇到鳄鱼的风险。当然也不是每条河沟都有鳄鱼栖身，若碰上潜伏在水面的鳄鱼时，不要慌张，更不能与它斗，在狭窄的河沟里是斗不过它的，快速退出这条有鳄鱼的河沟便可保平安。在我近两年的钓螃蟹生涯里，到过无数条大大小小的海边湿地森林内的河沟，很幸运没遇上鳄鱼。但有一次，我和父亲到一条从没去过的湿地森林内的河沟钓螃蟹时，不知怎么搞的，河沟内静得出奇，我总感觉到一种莫名其妙的恐怖感。父亲突然连续小声地说"怪哉"。我问他看到了什么，他用手指给我看。我一看，河沟旁边的树上挂着一顶帽子。父亲说，我们离开这条河沟吧，而我此后也不敢再来这条河沟钓螃蟹。

　　湿地森林的河沟内，螃蟹很密集，但到这里来钓螃蟹的人并不是很多，倒不是因为怕碰上鳄鱼，而是有一种小动物比鳄鱼更难以应付，那就是叮人很痛、个头很大的湿地黑蚊子。它们黑压压一片，不计其数，嗡嗡叫，会向来人的身上到处下手。尽管我身上穿着染有防蚊树汁的长袖衣和连脚板也裹住的特长裤子，头戴斗笠，脸部和一双手掌还是被它们叮得红肿，奇痒难耐，但为帮父亲养活弟妹们，我再难受也得受。

　　有的湿地森林被烧炭人砍去一大片，只剩下大大小小的树桩，树桩周围都是螃蟹的洞穴，涨大潮了，它们纷纷出来觅食。我记得有一次，和太生一起去钓螃蟹，当潮水涨到三十厘米的水位时，就可以放网开钓了。螃蟹非常密集，每张网拉起来，都有二至三只的螃蟹。涨到平潮时，有一米多深的水位，就得赶快收网，不能再钓了。一定要赶在潮水退至半米深的时候，把船划出这片到处有树头的湿地，否则人和船搁浅在这片湿地上，那就要活受罪十二个小时，得等下一次涨潮时才能脱险。那一次，我们只钓了三个多小时就收获螃蟹一百二十多斤。

有一次，也是和太生到海湾对面的湿地森林边缘的浅水域钓螃蟹，在回来之时，为了节省划桨的力气，我们拉起简易的小帆，借风力驶船。刚开始还算顺利，驶至中途，风向突变，我们应变不够及时，差点翻船，好险啊！等收帆后，船已离开预定的航道了，浪大且潮流急，凭我们两个小孩的力气，是无法顶风逆流走捷径的，只好任由船顺风顺流漂到离村子好远的岸边。恰好此时已开始退潮，我们才顺着潮水的方向划桨，直到晚上八点多才回到家，双方的家长才破涕为笑。按正常的情况，我们在下午五点之前就会回到家的，可两家人一直等到天黑下来，还不见我们回来，双方的家长担心我们会被海龙王招去做小女婿，焦急万分，父亲们束手无策，母亲们边哭泣边烧香和纸钱，拜求海龙王放过我们。说实话，我们两个小孩，当时也是有点手慌脚乱，但我们很快就头脑冷静下来，迅速考虑对策，才决定采用尽量保存体力的上述战术。

伴随我终生的伤疤

我深深感受过缺医少药带来的灾难。那是一个退潮的上午，母亲不慎把一件日常生活用品掉到屋下的泥滩上，叫我下去捡上来。我是捡到了，可是左小腿靠近膝盖的地方，被埋在泥滩中的破瓮片划出一道七八厘米长的伤口，连白森森的小腿骨也暴露出来，幸好伤处是在小腿骨的前方，才只渗出点血而已。若按常规的医疗手段，应该先用清水洗净伤口，再用碘酒等对伤口进行消毒，之后缝上十几针，用消毒过的白纱布包扎起来，休息几天后拆线，再然后休息一段时间，让伤口完全长出新皮之后才能劳动。可是，村里没这样的医疗条件，我也没那么娇气，母亲用盐水给我擦洗伤口，痛得我冷汗直冒，然后往我的伤口塞香灰，再扯一块破布条包扎起来，伤口就算处理好了。第二天，我照样出海钓螃蟹。我的免疫力还算不错，经过一段不算太久的时间，不仅没有感染，还长出了粉红色的新皮，只是留下一道像大人的嘴巴那么大的粉红色的伤痕，伴随我终生。

马六甲海峡战事

在日本快撤离马来亚的那一年，我们村也看到了日军与英美国为首的联军在马六甲海峡交战的景象，因为我们村就在马六甲海峡岸边。有一段时间，海上传来隆隆的炮声，震耳欲聋，昼夜不停，不时可看到远方海面的地平线上冒出黑色的浓烟。若伴随一声巨响，是有战舰被炸沉了，若看到有股黑烟在天空出现，是有飞机被击中……只是距离太远，看不到战舰和飞机的身影。但在本村的上空，人人都看到了飞得很低的日本战斗机。那是双螺旋桨的小飞机，三架成一个等边三角形飞行，整个机队由很多的三角队形组成，构成大雁飞行的队形，有一架领头机。因为它们呈很有数学规律的组合，数它们一共有多少架飞机并不难。我记得，最大的机群一共有一百五十架飞机。我一共看过三次飞越本村上空的日本战斗机群，它们都是飞往马六甲海峡，飞得很低，连机身上的太阳旗也看得很清楚。机群的声波实在太强了，连我们的屋子也轻晃起来。

有一天，涨大潮时，从马六甲海峡的海面上漂来好多每包重一百多斤的熟橡胶片。那当然是运胶片的商船被炸沉了。本村人并没有大捞一把的胆量，因怕是日本商船被炸沉，若趁机捞日本的战略物资，一旦被日军发现，会被抓去杀头的。有几个胆子大的，捞了几大包回来，囤放在家里，准备等日本投降后，再拿出去卖。

海 盗

日军撤离马来亚，而英军还没登上马来亚的这段时期里，我们村简直是混乱一团，成了海盗窝。海盗们劫持商船、抢货，若护船人员敢抵抗，则杀人。本村有一个刚结婚不久、儿子才一岁多的小伙子，与三个外地人合伙组成一个海盗团伙。原先，村里人也不知道他究竟在经营什么生意。有一段时间，他们夫妇俩突然变成绅士与贵夫人的打扮，身上戴有大颗钻石的金戒指、很粗的纯金项链和名牌手表，他的老婆还挂上钻石耳环。他怎么那么快就成了暴发户？他哪来的那么多钱？我们以为他是做走私鸦片生意。但纸是包不住火的，村民们终于知道了是怎么一回事。根据这伙海盗的逃生者讲："我们已抢过两艘商船的货和现金，一切都很顺利。但这次我们栽了，那艘商船的人好像很听话，我们鸣枪叫他们减低航速，他们照办，我们的船靠近商船，手持武器，依次上商船，留我在船上接应，突然听到机枪的扫射声，我就知道出事了，我们带的是步枪和手枪呀，我立即跳入水，潜游逃生。幸好这艘商船是在近岸处航行，我才游得回来。"当然，其他三名海盗被打死了。

海匪？山匪？

记得有一天，一只小汽艇送来五个全副武装的兵，他们个个背着枪，肩上斜披着子弹袋，腰挂着鹅蛋大的手榴弹，一个外号叫"大佛"的本村人召集我们到白沙埠开会。那个兵头对我们讲些什么，我们听不懂。大佛当翻译，他说："这是马来亚国民党派来的一支小分队，他们是广西人，马来亚'共匪'要来攻占我们的村，他们要来帮我们击退'共匪'，他们还带来大批枪支弹药，帮助我们进行军事训练，学会使用枪支打仗。"我当时还是个小孩，一听打仗就很害怕，不敢去打听有关这方面的事，不过，还是有小伙伴告诉我，我们村有些大人在学开枪和使用手榴弹。这下子，村里不时可听到枪声和手榴弹的爆炸声，战云密布。也许是我父亲太老了，才免于参加打仗。

共产党说要来帮我们消灭海匪，国民党说要帮我们消灭山匪，弄得村民人心惶惶。究竟是怎么一回事呢？本村有一个非常魁伟的渔民，被人家抓去填海了，有人说他说了不该说的话。大佛也带来一帮人，把我的父亲抓去填海。是非只因多开口，当有人问他对内战的看法时，他双手合十，说："阿弥陀佛！罪过！罪过！"幸好父亲是被村里人称为"大仙"的大穷善人，为村民做了许多好事，因此不少村民替父亲向大佛求情。也许是众怒难犯吧，大佛才对父亲网开一面，但要求父亲当众认错。父亲当众说："是非只因多开口，今后改之！"大佛说："知道就好，今后讲话要多多注意。"这件事成了村里的新闻，有人偷偷说："佛和仙本是一家人，怎么大佛要抓大仙去填海呢？仙敌不过佛呀！"

大佛还叫各家各户叠起沙包防子弹，白沙埠表土上的海沙几乎被我们淘光了。马共确实从海上乘船来，攻打过我们村几次都没攻下，因为每次我们事先得到消息，做了防御的充分准备，都没有死伤人。马共最后一次攻打我们村，给我留下难忘的印象。有一天上午，马共从海上开来两只铁壳的机动大船向我们村进攻。时逢潮水退到最低位，在我村猛烈的反击下，船在距离我们村两三百米远的海面上停下来，双方进行猛烈的枪战。我家的位置是在村的最前沿，首当其冲，迎接了不少的子弹。幸好我家早已叠起沙包，一家人都躲在沙包背后。我记得很清楚，子弹钻进沙包时受到阻力发出沉闷的声音，子弹从头顶上空飞过时发出的尖锐呼啸声。后来，听到一声撕裂声，原来是马共的其中一只铁壳船的右舷处，被打出一条大缝。这下我才知道，原来铁壳不是钢板，只是木板外包薄铁皮而已。这时，马共便撤退了。

兄打工，弟入学

日本快投降了，父亲到太平市找二叔、大姑、祖母商量我和二弟的去处，后来祖母又到怡保市找三叔商量，最终决定让我到怡保市的万里望小镇给三叔和一个叫陈文忠的南安人合伙经营的新成美杂货店当学徒，学做生意。二弟国成就住在大姑家，由大姑丈资助他念书。我们兄弟俩一走，我们家就少了两根经济小支柱，由二叔不时给予援助。对此决定，我当时是无所谓的，认为只要能离开那个没淡水、没电照明的大直弄渔村就行。

父辈们给我们兄弟俩指出奋斗的目标，我从商，二弟走仕途。他们是根据我和二弟从小到大所表现出来的特征而做决定的。我和二弟都在益华小学念过两年半的书，论期考成绩，他都是全班第一名，我最多只第五名；论升级，我按部就班，只念到三年级的上学期，而他连跳两次级，已念到小学毕业班了，相比之下，他更是读书的料。另外，不管我在讨小海或出海钓螃蟹时，表现出好奇、好冒险、好探索的性子，常有意外的大收获，也正是这样，我比同行的人往往有更大的收获，父亲认为我有从商的天赋。在日本占领马来亚的三年零八个月里，我不要说什么自学文化，连读过的小学课本早就不知扔到哪里去了，业余时间只顾着玩，不懂得珍惜。二弟天资聪颖，基础好，又好学，他稍微复习就可以争取考进太平市的华联中学的小学部毕业班。

但是命运往往会跟人们开玩笑。三十岁以后，我们兄弟俩来了个对调，眼看父辈们对我们俩的期望快达到时，却突然来个传奇性的变化，我成为学者，二弟反而成了商人。

日本投降了，在1945年9月的某一天，父亲用自己的小渔船，送我与二弟离开大直弄渔村。当时，我以大直弄没有丝毫的留恋，有的只是对未来充满希望的激情。

第三章

万里望小镇

　　从 1945 年 9 月至 1952 年初，我在万里望小镇生活和工作了近七年，由十三周岁的儿童变成二十周岁的青年，尝尽了人生的辛酸苦辣。从十五周岁起，我开始天天写日记，至二十周岁时，一共写了五本。只可惜，我在 1954 年回国时只带了最后一本日记回来。

小镇景观

　　这是一个离怡保市只有五公里的小镇，华人管它叫"万里望"。镇上只有三条街，呈工字形分布。"工"字的下面一横，是怡保市往端洛镇的交通大道中的一段，当地人称为大街，长不过三四百米，街两旁的商店不多；"工"字的上面一横，是后街，只有两百米长，街两旁有一些小商店；"工"字中间的一竖，叫巴刹（即菜市场）街，华人管它叫碧街。街的一端是大巴刹，另一端是夜市中心，整条街虽只有两百米长，但大商店林立，是该小镇最繁华的地方。

　　住在街两旁的人家并不多，大多人住在郊区，许多小聚居点星罗棋布。以大街为分界线，有两种截然不同的景色，一侧是地势较低的绿色地带，另一侧是地势较高的光秃秃的白色荒漠地带，大大小小开采过的废锡矿坑所形成的深水湖泊星罗棋布。在绿色地带里，有一个叫椰园的地方，各户的房屋分散在高高的椰子树林下，都是砖木结构的两层房子，有银白色的镀锌薄铁皮的屋顶，棕色的木板墙。楼上是寝室，楼下是客厅、饭厅、厨房、浴室和厕所，屋内为水泥地板，水与电俱备。屋前屋后，种有芒果、红毛丹等热带果树。家家户户养着鸡，任由它们在椰树下的草地上啄食草籽和虫子。远远眺望这个小村庄，绿色的树荫下若隐若现的村景，偶尔听到的几声狗叫，加上缕缕炊烟，构成一幅富有诗意的画面。小村背后一百米远的地方，是各家各户经营的农牧渔生产地。池塘里放养白色鲢鱼和黑色大头鲢鱼，池塘边是菜园、猪栏、鸭舍，旁边还种上香蕉树，用的都是农家肥料。

人文与行业

全镇人口中，华裔占百分之七十多，印度裔占百分之十几，马来人不过百分之几。镇上通行的语言是广东话，在这里若听不懂广东话，则成了聋人，若不懂得讲广东话，则成了哑巴。因此，镇上的印度裔和马来人当中，也有不少人会讲广东话。在华裔当中，以广东的珠江三角洲地带各县的人最多，粤东以梅县为中心的各县的客家人次之。潮州人没几户，福建人只有闽南人和莆田人，比潮州人多一些，但也不过十几户。

万里望镇的主要经济支柱是锡矿业，还有就是农业、畜牧业、淡水鱼养殖业、生铁铸造业、榨油业、食品加工业、橡胶鞋业等。居民从事的行业与民族有密切的关系。马来人主要是政府的公务员和马打（即警察）。印度裔中有三种人：一种是相貌与肤色似阿拉伯人，身材很高大，似西欧的荷兰人，男的头缠白布条，蓄络腮胡子，女的鼻子带鼻饰，我们称他们为孟加里人，主要从事警察、保镖、牛车运输、牧牛；一种简直是印度裔的贵族，他们经商，放高利贷，当医生、律师、教师，普遍接受英文教育，皮肤较黑，男的喜欢穿白色的印度服装，女的喜欢穿纱丽；还有一种被印度裔称为贱民，我们称为吉宁仔人，个子瘦小，卷头发，皮肤黑如漆，他们多从事环保工作（如扫马路、倒马桶、清排小沟等），又脏又臭又累，待遇很低，居住条件很差，穿得破破烂烂，都是文盲。

现在再来讲华人。广东珠江三角洲各县的人多经商，从事农业、畜牧业、淡水鱼养殖业。粤东各县的客家人多从事采矿（锡矿）业，办工厂，当工人。潮州人做小本生意。海南人多经营餐饮业，其代表菜肴为海南鸡饭。福建人当中，闽南人多经商、办工厂，莆田人办食品加工厂（如粉干厂）。该小镇并不出产花生，但"万里望花生"是驰名世界的产品，主要是焙炒技术独特，炒出来的带壳花生，外壳保持原色，里面的花生仁是棕红色，易脱膜，入口香脆，吃了还想吃。

锡　矿

作为该镇支柱产业的锡矿都是露天开采的，整个矿区一般是一平方公里，大致分为采矿区、选矿区、矿渣区。我参观过一个锡矿场，它的开采现场是一个开口很大、深几十米的大坑。两台大功率的挖掘机（又叫铲土机）把含锡砂的沙质土挖松后，装入容积为一立方米的大铲斗内，运到不远的指定地点；接着三四根大功率的水枪把这些沙质土冲到附近的一台大功率的大水泵处，然后把沙质土浆抽到地面直接送到选矿槽，至此采矿的程序算完成。整个过程高度机械化，用不上十个工人。选矿过程是整个采矿的关键，技术要求很高。选矿槽是选矿工程师设计的，利用含锡砂的沙土浆在槽内的流动，不断加入清水，加以轻轻耙动。整条选矿槽有一百多米长，用的工人较多，有二十几个人，这里用到锡砂的密度大于其他沙土的原理，让水把沙土送走，留下锡砂。至于能不能达到预期的效果，那就看工程师的设计水平了。从选矿槽最后流出来的废矿泥水浆会被引流入指定的废矿坑。而这些废矿泥水浆中，还含有少量细如粉末的锡砂，还有不少人争着向矿主承包这些泥浆呢。而承包者又与"琉琅妹"协作，让她们来淘洗出锡砂，第一遍淘洗出的锡砂，收成按一定的比例分享，接下去让她们自由淘洗，收获全归她们所有。

琉 琅 妹

关于琉琅妹，这可是当时万里望小镇的一道靓丽的风景。在该镇的白天，不时可看到三五成群的妙龄女郎，头用黑色的头巾包扎起来，只露出双眼、鼻子、嘴巴，再戴上一顶直径有六七十厘米的黑布帽，帽子边缘有一圈下垂的、长约十几厘米的、折叠的黑纱布，穿着包脖子、袖子超过十个手指头的紧身黑色的长衣，下身穿紧身的、裤脚可遮住脚板的黑色长裤子，脚穿轻便的平底胶鞋。如此的装扮，有几分像阿拉伯的女郎，又有几分像中国古装戏中的小姐。她们每个人都带着一只琉琅盘，用一只手掌和腰部夹带着。所谓琉琅盘，是用一种坚韧而很轻的整根大木头，通过机械加工制造出来的特大木盘子，形状如浅底锅，口径为五六十厘米，棕黄色，是用来淘洗锡砂的。她们走路时，个个帽子边缘的折叠黑布纱微飘着，富有曲线型的健美身材更显得婀娜多姿。她们在夜晚游夜市休闲时，简直判若两人，她们的秀发飘飘，穿着艳丽的连衣裙、高跟鞋，那诱人的白皙脸孔和四肢，使不少青年人禁不住多看几眼。她们一般只念到小学毕业，但谈吐和举止显得很有教养，一般的轻浮之辈是不敢在她们身上打主意的，因为艰辛的淘洗锡砂的工作，练就她们泼辣的性格和很强的手腕力，况且她们都是群体活动的。

该小镇背靠拿乞山脉，森林茂密，是当时马来亚共产党游击队活跃的地带。离小镇只有一两公里远的拿乞村，是马来族聚居的地方。

万里望的巴刹，基本上分成几个摊块，肉类为猪肉、羊肉、牛肉、活鸡鸭，鱼类为淡水养殖鱼、鲜海鱼、熟海鱼、海鱼干，还有蔬菜类。巴刹前临碧街，后面和左侧是一整排的小杂货摊，其右侧是卖衣服的摊位。在小杂货摊的背后有二十几摊的大排档，专门做早茶生意，早点都是广东式的（除咖啡和面包以外）。通常全家人早上六点多到这里吃早茶，七点多结束，而后上班的去上班，孩子去学校，家庭主妇则开始采购一天所需的各种生活资料。

夜　市

马来亚是英国殖民地，可是在万里望小镇却见不到英国人。这里中年以上的华人很守旧，保持着中国的风俗习惯，几乎没有一个华人会讲流利的马来语。这里的广东会馆很多，晚上最热闹的地方是后街与碧街交叉处周围的夜市。在交叉路口旁边，有一幢全镇最高、最豪华的三层楼房，是中华慈善剧社的所在地，里头有业余的粤剧团和汉剧团，一到晚上就有不少业余爱好者在这里拉拉唱唱，排练节目，有时也进行义演。至今我还记得，有一个身高一米九的卖猪肉的小贩，人家都叫他"高佬权"，祖籍是广东的番禺县，他表演的关云长实在棒。还有一个在锡矿场开铲土车的司机，祖籍是广东的赤溪，他唱的汉剧曲子真好听。我十八岁时，经常于晚上八点左右（夜市最热闹的时候），独自一人跑去逛夜市，坐在卖红豆雪（即红豆刨冰）的摊子所设的桌椅上，吹着电风扇，嘴巴品尝红豆雪，眼睛欣赏窈窕淑女，耳朵倾听美妙的粤曲和汉曲，一切烦恼都被驱散了。

电影院、　学校及球场

该镇有一间历史不短的电影院，有几百个座位，有一个戏台可演戏，所以也被人称为影剧院。1946 年以前，放映的是无声的黑白电影，我也去看过几次。后来放映有声的黑白电影，但华人很少去看，因为该影剧院的木头座椅里有臭虫，才坐不久，屁股就被它咬得红肿起来，又痛又痒。有一次，是庆祝印度某神的生日，几位印度富商把整个影剧院包下来，放映一天一夜的电影，免费招待各族人去看。出于好奇，我也去看，放映的是黑白的印度片。可是整个影剧院乱哄哄的，观众全是印度的吉宁仔人，有的坐在座椅上看，有的把座椅移到一边在地上睡觉，还有的带着全家人来看，把睡具也带来，还带来吃的。

镇上只有一间华文小学，叫万华小学，是一座呈 U 形的单层砖木结构的旧房子，只有五间教室，可容纳一百多个学生。我刚到万里望时，日本刚刚投降不久，当时办有夜校，学生来源于小于十八周岁的男女工人，开设算术和中国语文两门学科，由于是义务性教育，由当地的"三民主义"青年团派出青年志愿者来上课。过了不久，影剧院的对面建了两幢单层的教学楼，水泥地板，木板墙，锌铁板的屋顶，可容纳五六百个学生。此外，还建了一幢单层的砖木结构的办公楼，从中国聘请来正式的教师和校长。

万里望小镇的业余体育活动很活跃，有一个公共的足球场，对外开放，谁都可以去踢足球。当地华人还出资建了好几个供平常练习用的简易篮球场，其中有一个水泥地的灯光球场，夜晚经常举行友谊赛。下场者有劳苦大众，也有企业家，反正赛场上只比球技，不比贵贱。由于羽毛球所需的场地不大，因此当地喜欢打羽毛球的人不少。在东南亚各国，最早的羽毛球王国是马来亚，但印尼却后来者居上。

堂　兄

二叔的家在太平市近郊的霞怡甘榜小村，离市区很近，以前父亲也经常带我来小住，所以并不陌生。那时二叔育有三男二女，这些堂兄弟姐妹，总的来讲对我不冷不热。大堂兄林荣发（土名叫巴比），比我大好几岁，已是小青年，但他不爱念书，经常逃学，小学老是毕不了业。

二叔怕他走上歧途，决定将他送到三叔的店里当店员，其用意是希望他学些做生意的本事。

我在二叔家里住几天之后，祖母要带我与大堂兄一起去怡保市附近的万里望小镇，找三叔报到。那天早上，祖母一身的打扮像个老贵妇人，大堂兄林荣发，身上穿的是一套用名贵布料沙士绢做的乳白色西装，结领花，脚穿巴打牌皮鞋，梳着当时最流行的加里卜发型，带上一只崭新的小皮箱，十足像个小绅士。而我呢？还是穿那一套妈妈给我做的短袖衣和短裤，衣服没有经过烫熨，皱巴巴的，幸好在二叔的家住了几天，脚穿上那双运动鞋才不那么难受，但已穿得有点脏了。对着镜子看看自己的尊容，又矮又瘦，皮肤黑得很，加上一头卷曲的乱发，简直像一个非洲的黑小乞丐，连我自己也觉得，我与祖母和大堂兄走在一起很不相称。二弟只在二叔家里住一个晚上，隔天大姑就来把他领走了。

走出二叔的家没几步远，大堂兄就不给我好脸色看了，冷冷地对我说："你这个咸巴人的身上就是有臭鱼味，不要靠近我。"他讲的咸巴人是对长期生活在海边湿地森林边缘的渔民的贬称，是的，我刚从海边登陆没几天，身上的鱼腥味还未褪尽。于是我很听话，与他保持两三米的距离，跟着他在后面走。可是没走多远，他又叫我替他提那只小皮箱，我也很听话照做。我只是觉得，我一手提着用旧报纸包着的那一套做替换用的衣服，还可以腾出一只手来帮他提那只小皮箱，有些小成就感。

走到市区的街道时，祖母雇了一辆人力拉的两轮车（黄包车），祖母和大堂兄坐上去，我就蹲在他们的脚跟前的踏板上，叫车夫把我们拉到巴士车站。这是我平生第一次，也是最后一次坐这种人力车，因为没过多久它就被脚踏三轮车代替了。

在巴士车站等车时，大堂兄碰见朋友，人家问他我是他的什么人，他毫不思索地说我是他雇来替他拿行李的估俚（即苦力工人）。我听了很反感，气在心里不吭声，心里在想："今天是你不认我这个穷堂弟，我会记一辈子的，来日方长，待他日我出头之时，我认不认你这位堂兄还得考虑呢！大堂兄如此对待我，祖母不表态，不帮我说一句话，为什么呢？"

中午，我们终于抵达万里望镇，找到了新成美杂货店，店门竟关着没营业。敲了一阵大门，店里的伙计来开门，把我们接进店内吃午餐。

厨子阿成端来糖水番薯汤，我吃了两大碗，既填饱了肚子，又解渴。我只顾好吃就吃个尽兴，没有考虑影响好不好。吃过之后，看见三叔以异样的眼光看我一下，觉得他可能嫌我是"小孩吃大人饭"。我讪讪地解释："当了几年的渔民，养成了渔民的吃饭习惯，出海时大吃一餐，食量很大，但可以耐饥十个小时，现在我虽说不当渔民了，但习惯一时还改不过来。"三叔听了也没说什么，但我总觉得他对我不冷不热。祖母对他说："我把荣发和子仪交给你了，但子仪还是个只有十三岁的小孩子，第一次远离父母亲，先让他住你家几天，待习惯了，才正式工作，住店里。"三叔很勉强地答应下来。

三叔的住家

从万里望往怡保方向的马路走一公里左右，就到了在马路附近的三叔家，与著名的万里望花生厂家只隔着马路而已。三叔的住家是向人家租的，在占地约一千平方米的铁刺网围墙内，有一幢建筑面积约一百平方米的房屋，但实际的居住面积只有五六十平方米，水泥地面，木板墙，锌铁板屋顶。里面隔成四个房间，每个房间只有十平方米左右，此外还有公用的厨房、餐厅、厕所、浴室和晒衣场。里面住着三家人。三叔租两个房间，其他两个房间分别租给两对年轻的夫妇。他们都是受英文教育的，在政府部门工作，日常都是讲英语，他们白天上班，三餐在外面吃，只有晚上才回来睡觉，虽说同租住一屋，大家却彼此很少交谈。

房屋的周围，空地还不少，屋旁有两棵六七米高的番石榴树，一棵胸径为六七十厘米的大合欢树。屋前不远的空地，长满了半人多高的杂草，靠近铁刺网的地方，还稀稀拉拉分布着番薯藤和角豆。三婶说那是在几个月以前的日据时期种的，那时粮食和蔬菜都很稀缺，自从日本投降以后，慢慢地什么东西都有了，已种下的番薯和角豆也懒得去管理，才变成那个样子。

三婶对我还不错，此时已育有四女一儿，按年龄大小排列，分别叫秀英、秀根、秀意、秀美、荣贵，加上三叔，一家七个人。他们住两个小房间已经很挤，现在加上祖母和我就更挤了。我和祖母，还有比我年龄小的秀意和秀美两个堂妹，我们四个人住一个房间，睡同一张大床，三婶和秀英、秀根、荣贵也是四个人，同住一个房间，同睡一张大床。三叔只好到店里去睡。

咸 水 鸡

第一次远离父母亲和弟妹们，还真的很想家呢，祖母陪我三天之后，看我已融入三婶一家，和堂姐妹们较熟悉了，就回太平二叔的家。这下，我和两个小堂妹同睡一张床就不会那么拥挤了。这几天，秀英和秀根两个堂姐很爱我这个小堂弟，带我到她们家附近的一个小池塘玩水，水只有半米多深，岸边有不少妇女在洗衣服，一条小溪横穿过这个小池塘，使池塘的水变成干净的活水。我教她们游泳，但她们胆子小，怕呛水，所以没学会。那两个小堂妹秀意和秀美，很调皮，常与我玩捉迷藏的游戏，还给我起个外号叫"咸水鸡"，指我是从海边的湿地森林里飞出来的、又瘦又小的野海鸡。（57年之后，我从中国到马来西亚探望秀美时，我问她是否还记得我刚到万里望时住她家的情景。她这时也是老太婆了，但在我面前还是像以前那样调皮，她说："我怎么会忘记你这只咸水鸡呢！"）

这几天，我生活在四个堂姐妹当中，感到很温馨，但我头脑很清醒，我是来新成美杂货店当学徒的，不是来当少爷，我得赶快主动提出去新成美上班，并住在那边。

现在讲讲三婶，她的娘家在小直弄小镇，潮州人，名门望族，姓张。她的大哥叫木森，据说是中国上海大中华轮胎厂的老板；二弟叫映森，在中国念书；三弟叫炳坤，在槟城经商；四弟叫碧生，是马来亚共产党员；她的表弟叫李炯才，原在新加坡当记者，后来在新加坡总理李光耀的内阁任内政部长。后来，我与李炯才有一段传奇性的渊源。

新成美杂货店

万里望小镇的新成美杂货店，是我一生中外出工作的首站，给我留下难忘的印象。该镇的杂货店都是广东人经营的，唯独新成美是福建人经营的，所以在人和方面差些，但其占有地利之优势，就在巴刹边，所以生意还可以。新成美是一家历史悠久的老店，由三家人合资经营，现在的老板是第二代传人，分别是安溪人傅水泅、南安人陈文忠、同安人林文进（即我的三叔）。这三个人还合资在怡保市的旧街场经营和兴合记咸鱼店。

新成美是由两间店面组成的，一间店面经营杂货，另一间店面做仓库。店后面有一条宽两米、长七八米、高三米的走廊，顺序是浴室、仓库、厨房。楼上一部分住人，一部分做仓库。店的侧面是一个有围墙的庭院，有两三百平方米的面积，厕所在它的一个角落。庭院内有一个小酱油厂和三四间小仓库。关于这个庭院的当时景观，我在其中曾照了一张相片做纪念，六十三年过去了，此照片现在还在我的相簿中。

由于老板与伙计一日三餐都是同桌吃饭，所以伙食还是不错的，早餐是咖啡、糕点；午餐是白米饭，三菜一汤，鱼、肉、蛋都不缺；晚餐较简单，稀饭配成菜。三个老板，各司其职，傅水泅负责经营和兴合记，陈文忠负责新成美的经营兼会计，林文进负责进货兼出纳。傅和陈两位都在店里住宿，与伙计一样睡可折叠的帆布床，每个星期六傍晚才回家住宿一个晚上。

蓝 眼 佬

提起我这位叫林文进的三叔，不论从身高、体表特征看，都像白种人。他高鼻子、蓝眼睛、深眼眶，四肢长着浓密且卷曲的汗毛，留络腮胡子，皮肤的颜色介于白种人和黄种人之间，所以人家都叫他为"碧眼佬"，很少人知道他的真实姓名。说来也真怪，我长大后，怎么长得跟他一模一样呢？以至于有人对我产生误会，以为我是他的儿子，叫我为"头家子"。若说我与他在外表上有什么区别的话，那就是我的眼睛只是浅蓝色而已，还有浓眉大眼和微微卷曲的头发。

军需食品上市场

初到万里望小镇之时，到处可见日据时期留下来的痕迹，总而言之，百废待兴。首先复苏的是市场经济，日本占领马来亚之后，再也吃不到任何面制品。如今，市场上出现久违快四年的面粉，立即就有应时而生的面包厂和各种面条厂、饼干厂等等，如雨后春笋。连三叔也与人家合资，办起潮州面条厂。广大消费者的胃口很大，一时还真的供不应求呢，厂家确实乐得笑开怀。可是好景不长，人们吃了几次之后，胃口已恢复正常，于是又出现供过于求。在人们纷纷放开肚皮大吃面条之时，也产生过悲剧，广荣杂货店有一个中年店员，一下子吃太多的面条，胀破肚皮，当场死亡，成了当时万里望的大新闻。

接下去，市场上又出现了短暂的、难得一见的奇特景观。据说，以美国为首的联军，已做好与日本打一场持久大战的思想准备，储备了十分充足的军需食品，现在日本投降了，只好将大量的军需食品就地出售。一种用薄铁罐装的军用餐，很轻，只有半磅重，里头装有一粒压缩面包，还有糖、盐、速溶咖啡、压缩牛肉片、牛奶粉等等各一小塑料包，售价才二角钱，可是人们对它不感兴趣。还有阿根廷出产的罐头牛肉，一罐有五磅重，零售价才一元两角钱。我工作的杂货店，进货价才八角钱，一开始销路很好，我也吃过，味道还是不错的，但吃过多次之后也不爱吃，有的人买回去喂家里的狗。还有美国出产的马铃薯烤薯条，用金黄色的薄铁皮盒装着，很轻，只有几斤重，打开盒盖子一看，所有的烤薯条的大小都差不多，形状统一。薯条浅焦黄色，半透明，香喷喷，很吊人胃口。我工作的杂货店也进了几盒试卖，但一盒也没卖出去。刚开始，是整盒卖，人家嫌太多，而且也不知道是否好吃，都不买。后来打开盒子，按斤零售，一角钱可以买一大包，可是人家拿一根放进嘴里咬几下就吐掉，摇摇头，不买了。我也试尝几口，真是好看好闻不好吃。墨西哥出产的罐头鲍鱼，好大的鲍鱼，一磅装的铁罐，才装一只鲍鱼的三分之一，零售价才一元二角钱。澳大利亚出产的黑豆，粒粒像围棋的棋子那么大，光可照人，一大袋一百磅，非常便宜，但也是好看不好吃。巴西出产的大米，形状像绿豆，雪白，半透明，很漂亮，粒粒像白色的小珍珠，煮稀饭（即米粥）好吃，煮干饭就等着吃米糊。

对以上这些食品，华人最感兴趣的是罐头鲍鱼，鲍鱼炖猪肚可是中国的名贵菜肴。总之，上述食品充斥市场的时间并不长，前后大约半年，而后就消失得无影无踪，唯有墨西哥出产的罐头大鲍鱼，成了常规的商品，但价格一年比一年贵。

接下去不久，硬塑制品也在市场上出现了。我印象最深的是，店里所有的电灯开关（即电闸），全部由笨重、易碎裂的瓷制品，换成轻巧的棕色硬塑制品。当时我们也不懂得塑料这个中文名词，只懂得它的名字叫"不拉士得"（译音）。同时，锡矿和工厂纷纷开工了，给了很多就业的机会。光是冯强制鞋厂就招收了几百人，绝大部分是青年未婚女工，其产品是生胶底的运动鞋（当地叫篮球鞋），在当时可是名牌鞋呢。虽然万里望还谈不上繁荣，但总算开始复苏了。只有大米，还是由政府对居民实行定量供应，凭米簿（即购粮证）采购，使人们还看到日据时期留下来的痕迹。

臭　虫

　　我在三叔家住了几天之后，就搬到店内的楼上住，那里很宽敞，空气好，不热，没什么蚊子。第一个晚上，躺在软绵绵的帆布床上，真舒服，飘飘然地进入梦乡。可是不知怎么搞的，一天比一天难受，睡梦中常感痛痒。我问同事这是为何，同事说是木虱（臭虫）咬我。并告诉我，这种吸人血的小虫，虽然没长翅膀，只会爬，不会飞，但比蚊子更难对付。我生长在渔村，从没见过臭虫，现在它咬我，我倒很想看看它是什么样子的。然而，它究竟藏身于何处？每当我被它们咬醒之时，立即打开电灯，什么也没有看到。后来同事们告诉我，它们都藏身在帆布床边的竹条与帆布的夹缝间，晚上用手电筒往这些地方突然一照，就可以看到它们在活动。果真如此，手电筒一照，它们成群结队，雌雄老幼皆有。我抓住一只较肥大的，掐死它，呀，鲜红的血，还发出一股难闻的奇臭，难怪它的名字叫臭虫。这些家伙，生前吸我们的血，被我们打死时，还要向我们放臭气，真是可恶至极，一定要歼灭它们。但当时还没有扑灭它们的有效的喷洒药水，唯一较有效的办法是用开水烫死它们。为了睡得安宁些，我常利用星期天（休假日），把整架帆布床拎到院子的空地上，烧一大壶开水，往帆布床缘的夹缝浇下去，然后用水龙头清水冲洗。每个星期进行一次，一次可烫死一两百只，但无法彻底消灭它们，因为：一是这幢房已历史悠久，且是住人又放货，到处都是它们可以藏身的地方；二是它们的繁殖快得惊人；三是它们的生命力特强，即使不吃不喝，几个月也不会死。

杂货店的日常

由于店铺就在巴刹附近，所以它的营业时间是与巴刹相应的，早上六点开始营业，上午七点至十一点生意最好，上午十一点至下午三点顾客稀少，较空闲。但老板不会让伙计闲着没事干的，会叫我们送货上门，利用旧报纸糊制包装东西的纸袋，整理货架上的商品，等等。两个老板也有事可做，一个忙于记账，另一个忙于清点存货，列出进货的清单。虽然有时闲着一会儿，也不允许打瞌睡，更不能看报纸，主要是怕顾客来了，来不及留住顾客。店里订有两份报纸，只允许在业余时间看。下午三点至五点也是生意较好的时候。过了下午五点，巴刹收摊，我们也关起店门了。吃过晚餐后，才傍晚五点多，离天完全黑下来还有一个小时的时间可自由支配。而晚上更是由自己掌握。按政府规定，星期天是法定的休假日，商店要停止营业，若敢违反，罚店老板的款。但我们店的老板向政府有关工作人员塞钱，偷偷地开半扇大门，在星期天的上午营业两三个小时，剥夺了我们员工的半个休假日，如果我们敢举报，则找种种借口炒举报者的鱿鱼。杂货店一年当中最忙的时候是农历的 12 月 20 日开始至除夕日的上午，头尾十天，天天早上五点就开门营业，至深夜十二点才关门停止营业。加班加点的报酬是天天晚上加一餐消夜，年夜饭像摆宴席那么隆重。除夕夜，老板向员工送红包，一般相当于其本人的一个月工资。从大年初一至初三，放假三天。

童工的辛酸事

这一年我才十三周岁，长得又瘦又小又黑，又是文盲，还不懂得听与讲广东话，我简直成了又瞎又聋又哑的小孩。我在店里，除了扫地，就是帮忙看看商品，预防被冒充顾客的小偷扒走。货车运货来，帮忙卸车，把五十斤以下的货物搬进店内，太重的我搬不动。至于给顾客送货上门，我不会骑脚踏车，也轮不到我。其他的，我还能干些什么呢？反正不管是老板，还是同事，谁都可以差使我、欺负我、看不起我。那个表面文质彬彬的陈文忠老板，经常讽刺我、挖苦我，说我是咸巴猴子，意即我是从海边的湿地森林里跑出来的小猴。连自己的三叔也讨厌我，他叫我打杂，我在干活时他若看不顺眼，动不动就勒令我滚回大直弄渔村。看样子，他是迫于母命才收容我的。我有四个同事，一个叫张碧生，是三叔的妻弟，是马来亚共产党的党员，名义上是在本店做店员，实际上都在从事有关抗英的政治活动，只是不定时地以店员的身份出现在店里而已。他对我客客气气的。一个叫李振农，二十几岁，是陈文忠老板的亲戚，专门在我背后对老板说我的不是。一个叫林荣发，是我的大堂兄，早在一起从太平来万里望的途中，他就与我划清界限，不承认我是他的堂弟，说我是他雇来的苦力。现在可好，他更进一步把我当奴隶使唤了，叫我替他洗衣服，我不干他就打我。他甚至还叫我替他倒尿壶，我当然不干，他动手用力给我一记耳光，打得我的牙齿流血。我到底被他打了多少次已记不清楚，反正经常被他打就是。刚开始时，他打我我还会哭，但得不到别人的同情，还受到三叔的斥责，说是我不乖才被打。我有冤无处诉，只好在晚上睡觉时，想到伤心处泪湿枕头。还有一个同事叫黄则海，是陈文忠老板的妻弟，比我大三四岁吧，就数他对我友好，经常劝慰我，从不欺负我。这当中，父亲来看过我一次，我向他诉苦，他劝慰说："寄人篱下得忍气，好汉不吃回头草，吃得苦中苦，方为人上人。我与你母亲都希望你以后有出息，为我们争口气。"他这么讲，我若再回到大直弄渔村，岂不是太令他们失望吗？不，我不能回头，我得奋斗。

逆境中求生

面对逆境，我过去当渔民时与大风大浪做斗争的倔强秉性起作用了。有时候我在想，幼时我哑巴，不是也受尽人家的欺侮吗？但当我七岁会讲话以后，就得理不让人。我学什么都很快掌握，使我成了孩子王。可我现在怎么啦？任人摆布？为什么？只因为我现在是一只刚离开母巢的雏鸟，翅膀还没有长硬，只好暂时任人啄。我得尽力使自己的翅膀快些长硬。为此，我必须尽快地去学会下列的东西：一是尽快地学会看工作时常遇到的字的含义；二是学会工作所需要的基本运算，学会打初级的算盘和口算；三是学会骑脚踏车；四是学会讲广东话（包括以梅县为代表的客家话）。四是齐步并进，怎么学？谁肯帮助我呢？我只得靠自己摸索吧！经过我不屈不挠的努力，一年以后，以上目标基本上都达到了。可是这当中，我受了多少皮肉之苦，流了多少次的血，洒了多少的汗，心灵受了多深的创伤，流了多少辛酸的眼泪，我自己都记不得了。

自我扫盲

我认字利用店里每次进货时，大包小包几十种商品包装上的商品名称来记。例如，木耳两个字，打开包装袋一看，就对应上了。很快我就会看很多商品的名称。我此时真的是糊口饭吃而已，老板没有给我分文的工资。幸好三婶还将我当侄儿看待，看我带来的衣服穿破了，就亲自缝纫两套衣服给我穿，每个月她背着三叔，偷偷给我一些零用钱。

陈文忠老板在楼上的一只书箱里放有几十本陈旧的连环图书（小人书），那是他以前在学校念书时买的，我趁他星期天回家之时，偷偷拿来看。这使我发现另一种看图猜字义的方法，于是我从三婶给我的零用钱中拿出一些，向小书摊租些小人书来看。

近半年后，我也识了一些字，但不会写，也不会用。可是机会来了，听说万华小学开设了职工夜校，一个星期上六个晚上的课，每个晚上只上两节课，从七点至九点，开设算术和国语，只交书簿费，其他学杂费全免。我决定报名上夜校，但不敢向三叔讲，因怕他反对。倒是偷偷向三婶讲了，她倒支持我，答应给我买课本和簿子。

夜　校

我到万华小学报名读夜校，经办入学手续的是一位二十几岁的青年男教师，因为他也经常到我工作的杂货店买东西，所以我们认识，他对我讲话也就客气些。他问我要读几年级。我在想，这时我已十四周岁了，总不能报读太低的年级吧，就说念小学四年级。他要看我小学三年级的成绩单，我说早就丢失了。他皱皱眉头说："这样吧，你自己出题目，现在就写一篇短短的作文让我看看。"我实话实说地告诉他："我确实在小学念过三年级，但在日本占领马来亚的那一年，我就辍学了，这么多年以来，我一直为糊口而工作，早先学的那一点点文化，早已交还给老师了。虽然在新成美杂货店工作快一年了，靠自学也认得一些字，但我不会写，也不会用，因此我确实写不出来。"他说："看你出身这么苦，这么小的年纪就工作，可你求学心切，难得呀！那你就试读四年级一个月，如果你确实跟不上，就降到二年级。"我满口答应下来，于是我天天晚上背着书包去上课。尽管只是上夜校，虽然我已是应该念初中二年级的年龄，但我感到机会难得，不可输人。

学骑自行车

从十四周岁起，我开始学骑脚踏车。店里有好几辆脚踏车，都是用来载货的，二十八寸的轮子。整辆车又高又笨重，我曾把它固定放好，试坐上去看看，可是我连脚尖都碰不到踏板，根本无法学。时间不等人，我不能等长高了再学呀。我来万里望，好歹也快一年，也认识了一些与我的命运差不多的小伙伴，多半是夜校的同学，都比我大两三岁。我向他们请教如何学骑脚踏车，他们说："如果你用女式的、很轻便的低矮小跑车来学，你可以先坐上去，用脚尖点地，先学会保持平衡，然后再用一脚踩踏板，另一脚尖着地往后蹬，使车子前进。若顺利的话，可开始用两脚踩踏板试骑，很快就学会了。如果有人帮你扶车和推车，那就更容易学会，而且不容易被摔伤。"我跟他讲了，我不具备他讲的两个条件，他又给我讲了另外一种学骑的方法，我只好用这种方法。

每天傍晚五点，店门关了之后，大家一起吃晚餐，接下去各自去从事自己所喜欢的活动，这时离天暗下来还有一个小时。因为店门口就是巴刹的前面，所以此段马路特别宽，且此时在这马路上难得见到行人，正好让我学骑脚踏车。一开始，我用手握车把，推着走，老是车翻人倒地，不是车压我，就是我压车。幸好都是些小小的皮肉伤而已，没关系，跌倒了爬起来再推。经过两个星期傍晚的反复练习，终于可以平稳地推着车走了。接下去，我把右脚从脚踏车的横梁下穿过，让右脚掌踩在右踏板上，把右手臂的腋窝压在脚踏车的坐垫上，使全身的重量由腋窝来承担，右手掌握住脚踏车的横梁。这样一来，只有左手臂的手掌抓握左车把了，脚踏车前进的方向，全由左手来控制，这就增加了脚踏车在前进过程中保持平衡的难度。

　　我开始操作使脚踏车向前运动的准备动作，先将右脚掌踩的右踏板升到最高的位置，然后用力把右踏板往下压的同时，缩起左脚，让左脚掌立即踩在左踏板上。接下去就像大人骑脚踏车那样，左右两脚轮流用力踩踏板就行了。所不同的是，我以腋窝代替屁股来承受全身的重量，单靠左手控制车子的运动。

　　以上讲起来不复杂，可是刚学时手忙脚乱，顾此失彼，跌得真够呛，别的地方擦破点皮、流点血，忍痛几天结疤就好了。可是偏偏最经常受伤的膝盖最难好，往往旧伤口刚结疤又再受伤。在这段日子里，我的双膝盖都受伤了，幸好我的免疫力很好，只要在伤口处涂上红药水就行，从不感染。为防再被碰伤，只好用旧破布包扎着。可恨的是，有的人看到我这么艰难地学骑脚踏车，不但不来帮我一把，还幸灾乐祸地挖苦我说："咸巴人比猪还笨，也想学骑脚踏车?"但好心人还是有的，有个素不相识的女青年路过时，见我在学骑脚踏车，看我跌倒在地上一声不吭地爬起来，朝我善意地笑笑。我对她说："好姐姐，我真笨，老是跌倒受伤，学不会，你教我好吗?"我这样称呼她，是我母亲从小就教育我，当对陌生人求助时，恰如其分地称呼对方，有时可能得到对方的帮助。现在果真如此，她说："小弟弟，你真勇敢，你不笨，但你心太急，想一下子就学会，反而学不好，我教你，你先用右脚蹬踏板，左脚不要离地，慢慢地一步步前进，不容易跌倒的。等到你的右脚蹬踏板与左手抓车把互相配合得很好时，接下去再学其他动作就很顺利了。"我按她教我的方法，半个多月就学会了。

　　三叔的住家在郊外，周围有很大的荒草地，三婶养了一些鸡。店里每天都有不少的剩饭，三叔叫我把它收集起来，于傍晚店门关了之后带回家喂鸡。在学会骑脚踏车之前，我得提着用一只小空油桶装的剩饭，步行一个来回，很累又费时。而学会骑脚踏车后，就省事得多了。但因为骑法过于奇特，老板不让我送货，不客气地对我说："你跌倒了，受伤是小事，可我的货物受损失你用什么来赔。"

淘气的小堂妹

由于天天傍晚得把店里的剩饭带回三叔的家，又因为四个堂姐妹和她们的母亲都待我不错，因此使我有每天回一趟家的感觉。尤其是秀意和秀美，这两个非常淘气的堂妹，经常跟我开玩笑。她们很喜欢听我讲过去我在渔村时碰到的有趣故事，可是我在傍晚才送剩饭回家，到家天快黑了，我得立即赶回到店里，因此在家至多只有十几分钟而已。她们希望我多待一会儿，为此总想些办法挽留我。我印象最深的是，有好几次，她们姐妹俩好像事先已策划好了似的，当我牵着脚踏车要赶回店时，她们齐动手，一个抓住车把不放，另一个拖住车尾不放。我好言对她们说："不要误我的时间，我明天傍晚还会再来。"她们对我撒娇起来，说："我们不管，就是不让你走！"我有点生气了，我说："你们若再不让我走，我要用力推车了，到时你们会跌倒的。"她们娇嗔："你敢！"说真的，我还真的不敢呢。我好为难，幸好三婶来给我解围，我才得以脱身。

学讲广东话

我刚来万里望之时，广东话一句也听不懂，顾客上门买东西，若眼睛瞄准摆在其面前的某种货物时，我才知道对方可能是要买，至于买多少和讨价还价的问题，只好通过比手势来解决。但有的顾客只说要买某种商品，我就犯难了，只好请教其他同事。有一次，一个四十几岁的工人，是广东的梅县人，用客家话说要买的商品的名称，刚好与闽南话的某商品谐音，结果呢他说不是要这种，我又听不懂，以为他是在问价钱，我用闽南话报价，恰恰闽南话中的元与客家话中的揍谐音，他以为我说他若不买，要揍他，于是他很生气，在我的头上扇一巴掌。老板出面解释，说是语言不通而引起的误会。他又向老板啰唆了几句才走。老板训我几句，我不敢顶嘴。由于天天听的都是广东话，不到半年的时间，基本上听得懂了。

接下去学讲广东话。其实在学着听的过程中，我也学会了讲一些日常生活用语，但还无法用广东话进行交谈。店里腾出一个小小的空间，摆放一张小茶桌，几张小方凳。茶桌上放一小套茶具，泡了一大茶壶的六堡茶（一般广东人喜欢喝的广东出产的普通红茶）；一个烟盒，盒内放一些散装的红烟（一种用食油炒过的烟丝，因其为暗红色而叫红烟）和卷烟纸。它们都是免费招待顾客的，来享受的都是五六十岁的老人（有男有女），他们在店里购物后，若没什么别的急事要办的话，就会坐下来喝茶、抽烟、看看报纸，若有伴的话还互相聊起来，大摆乌龙阵，大念山海经。这其中讲各种方言的都有，如广东话、客家话、潮州话、闽南话等等。其中有一个叫黄岂的福建晋江人，我求他教我讲广东话。他说："若我说一句你跟一句，那是很难学会的，你不是已经会听了吗？那好办，我们这些老人在闲谈时，你可以随意用广东话插话，讲不准的也没关系，我们不会笑你的，还会帮你纠正，这样你不但很快就学会讲，而且会讲得很流利。"听他这么一讲，我真的放下面子，不怕被人笑，大胆地半通不通地讲，在不断发生错音的同时，及时加以纠正，进步很快。又半年多时间过去，我就能流利地讲广东话、客家话和潮州话了。

在学讲方言的过程中，也闹出很多的笑话。我印象最深的是，有一对年轻夫妇推着一辆小四轮车贩卖冰饮料，如冰糖水、冰仙草蜜、冰石花膏。还有一台用手摇柄操作的小刨冰机，把冰刨成冰沙后，用双手捏成一粒直径约十厘米的雪球，然后淋上带有鲜艳颜色的糖水，有粉红色、橙黄色、浅绿色，随买者选择。买者大多是儿童，手捧着鲜艳颜色的雪球，边走边用嘴巴吸，好看好吃又好玩。因为夫妇俩经常把手推车停在店门口附近的马路旁边卖，所以我与他们有点熟悉。我也是儿童，当然也喜欢吸吮这种冷艳的冰沙球。有一次，我向他们买一粒冰沙球，可是我不知道球在广州话中该怎么讲，于是用当地三合一的闽南话中的丸来代替，说我要一粒冰沙丸。他们听了，把冰沙倒进一个碗里。我赶快说是丸，不要碗装的，于是乎，碗与丸之争论不休。恰好有一儿童也来买冰沙球，他们对我说："你赶快走开，不要影响我们做生意。"我只好站在旁边看，当他们把制好冰沙球交到那个儿童的手上时，我用手指给他们看，说我要的就是那种。这下他们俩哈哈大笑，说："闹了半天，原来你们福建话中的丸与我们广东话中的碗是谐音。"他们不但没有生气，反而感到我的童稚很可爱，特别给我刨一个大的冰沙球给我，还多淋些糖水上去，价钱照样是两分钱一个。

运算天赋

在新成美杂货店工作一年之后，售货时所需要的计算，我已基本上掌握。一般来讲，数字较大的运算，采用笔算或算盘较快，三位数的加、减可用口算，而乘、除则用心算。我最拿手的是三位数的累加口算，比如每件商品是几元几角几分，共有十几件，合计是几元几角几分，速度之快不亚于算盘，这恰恰是工作中运用最多的计算，很使顾客满意。当时实行中国的旧秤制，一斤是十六两，运算时很麻烦，比如说一斤是一元四角三分钱，顾客买三两，需付多少钱呢？按正规的算法，得把一斤的价钱先除以十六，得出每两的价钱之后，再乘以顾客购买的两数，才能算出顾客要付多少钱。如果用口算或心算，是很不好算出来的，得借助算盘或笔算，但我通常采用比例法，算出它的近似值，然后再采用插值法，缩小误差。三两是近似于一斤的五分之一，一元四角三分钱除以五，得出两角九分钱（四舍五入），这就是顾客购买三两所需付的金额，但考虑到上述的两次运算都有误差，实际上每斤多算顾客两分钱，而买三两，只多收四分钱而已，顾客是不会去计较的。

　　语言关一过，给我在生活和工作上带来许多方便，接待顾客已没问题，有的顾客还成了我的朋友。我也结交了一些同龄的小伙伴，当然都与我一样是童工，如面包厂的烤炉学徒工海南人吴钟浩，铁工厂的学徒工客家人刘文辉，镜框店的学徒工广东番禺人梁锦祥，水果摊的学徒工福建永定人陈世清。就在我工作的杂货店门口的马路旁，有一小蔬菜摊，是一个年龄比我大一岁的小女孩在帮她的母亲卖蔬菜。她长得好漂亮，嘴巴又很甜，很会招徕顾客，而我是公认的、长得比小女孩还要秀气的小男孩，又很腼腆，易害羞脸红。她是一朵带刺的玫瑰，我越是怕刺，她越想刺我，就这样，我与她成了冤家。

　　在我快结束十四周岁时，父亲来看望我，希望我给他一点钱，家里经济很困难。我告诉父亲，我现在还没有工资，只是糊口而已。他转而求助于三叔，三叔当着我的面对我的父亲说："你的大儿子现在已在工作，你可以去求他呀！"我当时很气愤，但考虑到现在还没有与他顶嘴的本钱，来日方长，等着瞧！父亲很失望地回家了。

学 厨 艺

　　店里那个叫亚成的厨子，早已向老板提出辞职，老板挽留他，给他加工资，但条件是带我这个徒弟。于是，我又多了一项工作内容，说是帮厨，实际上是对我进行厨工的培训，准备接亚成的班。首先训练刀工，我的左手指头因此个个都受过伤，厉害时，整个手指头被锋利的菜刀几乎快切断。后来，我的刀工很出色。每当向人家展示我的刀工时，我以切削黄瓜片为例，观者只听见嚓嚓声，还没看清楚刀锋的起落，一条黄瓜已切削完毕，检查切削出来的黄瓜片，片片均匀薄如纸。

　　可能是我的工作量逐步增加，尤其是有些工作我比其他同事做得更好，因此老板开始给我发工资，每个月二十元马币。我计划每个月自己零用十元，寄给父母亲十元。

告别童年

三叔花了一笔不小的金额，从一个破了产的印度人手中买了一幢房屋，地点在碧街的街尾，靠近拿乞山。居住的面积比旧居宽敞得多，但没有旧居的屋外旷野，所以三婶也不养家禽了，我也省得天天骑着脚踏车载着剩饭回家喂家禽。虽然三叔的家离店很近，同在碧街上，只是从街头走到街尾而已，但我很少回家，因此与诸堂姐妹不常见面了。这其中的主要原因，是我与她们都快长成少男少女了，隐约觉得再也不能像以前那样亲近了，所以彼此见面时都很拘束。我逐渐开始由童年向少年过渡，生理上和心理上也开始变化。

当地华人有这么一种风俗，男孩子到十六虚岁时，要举行告别童年的仪式，三婶很关心我，买了一只刚会啼叫的小公鸡，几大片高丽参，叫我吃掉用高丽参炖的小公鸡和汤。另外，用高丽参片炒糯米制成的高丽参茶，叫我每天喝三次，连续喝三天，说是帮我从生理上更快更好地进入青春期。三婶能这样待我，我已经很满足了。

火烧亲情

好不容易才争取到万华小学的附设夜校试读小学四年级，为期一个月，我很快就跟上去了，而且成绩很好，所以夜校的老师允许我继续念下去。刚开始时，我们是在旧校址（靠近足球场）上课，没过多久就到新校址（电影院的对面）上课。这时的万华小学已初具规模，两幢长长的单层教学楼，一共有十几间教室，可容纳好几百名学生。还有一幢砖木结构的单层办公楼。我印象最深的是，墙壁上一个大玻璃镜框内罗列各位教师的学历，校长是客家人，曾经在中国的南京大学念过书。就说教我数学的那个中年男教师吧，他也在中国的中山大学念过书。

我在旧校址上课的时间虽然很短暂，大概只有一两个月，但却留下一生难忘的印象。记得我上课的教室是背靠足球场的那间，班上一共才十二个学生，巧得很，我是班上唯一的男生，且是年纪最小的。其他人都是十七八岁的少女，其中大部分是冯强鞋厂的女工。当中有三位对我很好，叫我为小弟弟。夜校的学生，流动性很大，经常随着职业的变更或家庭环境的变化，停停念念，能坚持念一个学期的，没有几个。

在新校址上课时，我已是小学五年级的学生。尽管我只是夜校的小学生，但我深感机会难得，因此很珍惜，书也念得很认真。加上我过去的经历，和好奇好问好学的秉性，使我的学习成绩不错。老师疼爱我，同学们爱护我，使我在苦水中生活时感受到温馨的气氛。

白天要工作，劳累了一天，按理说晚上应该放松一下，可是我为了摘掉戴在头上的文盲帽子，得暂时牺牲玩的权利，坚持去夜校上两节课，回来还要复习和做作业，常常得晚上十一点才上床睡觉，而隔天又得早上五点起床，准备新一天的工作。边打工边念书，确实很累。老板怕我读夜校，会影响白天的工作，公开反对我去读夜校，但我还是偷偷去上课，有时候恰好给老板碰上，问我要去哪里，我就说是去夜市玩玩。当然这是骗不过老板的，于是也是老板之一的三叔公然向我摊牌："若不退学，就给我滚蛋！"我不吭声，但心里在想："是祖母把我交给你的，我工作也不偷懒，又没犯什么错误，不就是我去读夜校的问题吗？况且这还得到三婶的支持呢。我既不退学，也不滚蛋，看你三叔又能把我怎样！"从这之后，三叔整天没有好脸色给我看，我对此不在乎，还以为这下没事了。有一天的傍晚，我背着书包要去上课，正好给他碰个正着，他二话没说，就夺走我的书包。老实说，我平时还是很怕三叔的，因此我也不敢去把书包夺回来，只是在想他要干什么。他就拿着我的书包走到厨房，我紧跟其后。他竟当着我的面，从我的书包里拿出课本和作业簿子，统统塞进灶里，擦根火柴，放火烧掉。这还不够，他还厉声对我说："你再念给我看！若不听话，你再念，我就再烧！"我仍然

不吭声，伤心极了反而欲哭无泪。我怎么也想不到他会采用这种野蛮的
手段来对待我上夜校念书，亏他还是我的亲三叔，他这是烧掉我对他的
亲情。就这样，我在夜校才读小学五年级没几天，就辍学了，从此走上
艰辛的自学之路。

当 厨 工

有一天，店里那位三十几岁的厨师亚成，到了该煮午餐时，却只见
砧板上堆放着切了一半的青菜，连人带菜刀都不见了。我向他学厨艺的
时间也快半年了，虽然他的性格很内向，但他有时候也会与我聊聊天，
最近我看他老是愁眉不展，好像心事重重，但又不愿向我倾诉。他只是
向我说："小弟弟，你年纪还小，我碰到的烦恼事，讲了你也不会理
解。"昨天他喃喃自语："死了最好，什么烦恼的事也没有了。"一想到
这，我马上想到，他会不会去自杀呢？结果给我在店旁的院子里的一间
小储货间找到他。只见他靠墙半躺着，旁边放着带血的菜刀，脖子上有
几道带血迹的伤痕。看样子没有砍到大血管，但看他那痛苦的表情，肯
定是伤口很痛。我立即向老板报告，随后来了一部救护车，把他送到医
院，缝针治疗，大概过了一个星期，他出院了。回到店里，与老板结算
工资，他对我说不在这里工作了，但没有告诉我去向。事后有人告诉
我，他是因失恋而自杀的，他一走，我就正式接他的班，当起厨师来
了，三叔不时也向我传授新菜肴的制作方法，原来他过去在新成美当伙
计时，也当过厨师。

自从名正言顺当上厨师之后，我已不再是学徒工了，老板给我每个
月五十元的工资，我每个月寄三十元给父亲，留二十元零用。我没有不
良的嗜好，人家都说我是好仔，那二十元主要用来租书和买书。凭我在
夜校念到小学五年级的那一点点文化基础，算术只懂得四则运算，对杂
货店来讲，已够用了。但看懂报纸还是有些困难，写信更不用讲了。如

何提高写作能力呢？我心中无数！

贵人相救

1948年的上半年，我生了一场大病，若不是遇到贵人帮助，早已不在人世了。事情是这样的：有段时间，我咳得很厉害，三婶说我可能吃得太热，建议我三餐吃稀饭，佐干咸酱菜。我照做了，可是越吃素越瘦，反而咳得更厉害。三叔对我的健康不闻不问，还要我照样工作，我只好边咳嗽边工作。从小不生病的我，也没有想过是不是患了什么大病，更没有想过要去医院检查。虽然有时候，自己也感觉很疲惫，但又没有去想为什么会这样。我就这样稀里糊涂地过日子，以为总有一天，自然会好起来的。

店对面的广祥杂货店是全万里望最大的杂货店，我认识在该店工作的几个年轻人，其楼上设有一间小小的体育活动室，供职工业余体育活动之用。里面有一些体育用品，如乒乓球桌、哑铃、拉力弹簧、练拳击用的沙袋、吊环等等。墙壁上，还有一面可照全身的大镜子。我有时候也跑到那里打乒乓球，但自从咳嗽很厉害以后，大概有两三个月没有去那里打乒乓球了。有一天，我到那边，本来是想通过体育锻炼看看会不会把咳嗽治好。可是他们一见到我，个个大吃一惊，说："怎么才一段时间你没有来打球，我们也不曾注意你，你就变成这个样子！"我说我怎么啦？他们叫我自己照镜子看看。我对着大镜子一照，连我自己也大吃惊。只见镜中的我瘦得四肢似竹竿，脸色蜡黄，两颊深深地凹进去，眼睛特大，而肚子却大起来，像女人怀了几个月的身孕似的。我不禁犯愁起来。他们问我哪里感到不舒服。我说咳嗽很厉害，已好几个月，老是好不了。他们建议我去医院给医生检查，我便想去医院检查了。

我向三叔请假，说要去医院检查，看看我究竟得了什么病。三叔沉着脸说："不就是咳嗽吗？小毛病，请什么假？想偷懒是不是？"那个该死的陈文忠老板，皮笑肉不笑地说："什么时候变得这么娇气？我们不是请你来当少爷。"自这以后，我几乎天天不说话，阴沉着脸，我悲愤，但决不自暴自弃，我在考虑今后何去何从！我暗中向佛祖许愿："佛祖，您若保佑我逃过此劫，我将一生行善以报之。"

真的苍天有眼，我遇上贵人了。有一个叫陈志强的二十几岁的年轻人，身体很壮，长得很英俊，高中毕业，会讲流利的英语、马来语和好几种方言。他也来店里工作，成了我的同事。事后有的同事告诉我，他是英国殖民政府通缉的马共分子，原来在槟城工作，后来英政府要抓他，他才潜逃来这里，以当店员做掩护，陈文忠老板是他的堂叔。不管是我的三叔，还是陈文忠，都很怕马共，对陈志强来避难不敢拒绝。

陈志强来店后的第二天晚上，就关心起我的健康。我简要地告诉他："久咳不见好，老板说是吃荤引起的，只要一日三餐吃咸菜配稀饭就会好。我已瘦成这个样子，整天咳得难受，头晕，四肢无力，也不准我请假去医院看病，还要我照常工作。"他非常气愤地说："老板这不是要你的命吗？不用去医院检查，因为我的父亲就是医生，我也跟他学了一些医学常识，据你所讲的情况，十有八九是得了肺痨病（即肺结核），并且已非常严重。说句不好听的话，你已很危险，阎罗王快派鬼来抓你了！"我哭着说："我才十六周岁，不想死，我该怎么办？你给我出主意，我完全听你的。"他思索了一会儿，然后说："我为什么来这里工作？实话告诉你，我是来避难的，也不好与老板的关系搞得太僵，因此我不好出面叫老板帮你把病治好。但我可以帮你把病治好，关键是你的胃口怎样，食欲如何？"我说："好得很，见到什么东西都想吃，可是老板说要禁食，咳嗽才会好。"他说："我真不知道，他们是无知呢，还是存心要害死你？这些暂时不管，从现在开始，你放开肚皮尽量吃。我看店里的伙食很不错，餐餐有肉和鱼，你如果吃得下，消化得了，则有救了。不过，你已有好长时间餐餐吃咸菜和稀饭，所以开头的那几天要注意，不能吃太多，当心拉肚子。关于让你多补充营养和减轻工作量的问题，我出面去说服老板，谅他们不敢为难你。"

我的奋斗目标

　　一个星期过去，在陈志强的关心与具体指导下，我的进食很顺利。一天，他拿来两大瓶的鱼肝油丸送我，说："每天餐后服用，每次两粒，这两大瓶足够你服用三个月。"我说："怎么好意思让你破费呢？"我要给他钱，他坚决不收，他说："据有的同事说，你家很穷，你每月要寄三十元回家，可你的工资每个月才五十元，也就是说你每月身边只有二十元零用钱，所以我不能收你的钱，我这是帮你把病治好。"我感激地说："您对我的大恩大德，我言谢不足以报，他日你若有什么需要我帮忙的，我当尽力而为。"他说："我不只是关心你的健康，还关心你的前途。我现在问你几个问题，你必须如实地回答我，不许讲假话。你来这里工作多久了？你在学校念了几年书？你将来想做什么样的人？从事什么工作？"我说："我十三周岁就来这里工作，但在这之前，我当了快四年的渔民。我在大直弄的益华小学念到三年级的上学期时，日本占领马来亚，家里生活困难，而学校也停办，我就辍学了。来这里工作后，又念了一段时间的夜校，可惜只念到小学五年级的上学期，老板不让我念下去，并且把我所有的课本全烧了，我只好辍学。我没有去想过将来要做什么样的人，但我想做好人。我也不知道将来从事什么工作，但我想通过努力工作赚多些钱，使我的全家人生活得更好些。"他听了我讲的这些，为我摇头叹息。他说："我希望你今后不管遇到什么样的困难，都不可以没有信心。我相信通过你不懈的努力，你上述讲的两个愿望一定能实现。没有机会到学校念书，可以自学呀。"我说："我通过多看书可以提高阅读的能力，但会看不会写也不行呀。你能不能教我提高写作的能力？"他思考了一会儿，然后说过几天答复我。

开始学写日记

　　自从服用陈志强赠送的鱼肝油丸之后一个多月以来，我食欲很好，利用当厨师的方便大大地给自己加营养。还真的出现了奇迹，首先是不咳嗽了，接着鼓胀的肚子也恢复到正常的状态，脸色也红润起来，体重也增加了好几斤。陈志强为我高兴，他说："你总算从鬼门关里走出来了，大难不死，必有后福。你不是想要提高写作的能力吗？我现在就要求你天天写日记，我这就送你一本精装的日记本，一支钢笔，一小瓶墨水，一本字典。"当他把这些文具交到我手上时，我问他，一共花了多少钱。他不告诉我，而是对我说："这是我对你的一点心意，你只要不懈地努力，执着地追求你希望达到的目标，以后你一定会超过我的，到那时，我若得知你还记得有我这么一个朋友，我就非常高兴了。"我感动地说："我会记得你的。什么叫日记？怎么写？我不懂！"他说："把你在某年、某月、某日一天中碰到的事，以及对这事的看法，写在日记本上，这就叫作写日记，有不懂的字和词，就去查字典。你先试着写一星期，写得好不好没关系，到时你拿给我看，我会帮你的，但你必须认真地记，尽力写得好些。"

　　我真的开始写日记了，令我一辈子也忘不了的是，第一天写日记时，就这么写："某年某月某日，今天共吃了三餐，拉了两次大便，被老板骂过一次。"我自己看了一遍，也觉得很不满意，很想涂改再重写。但一想到陈志强说过，写日记不像写作文，写之前先想想再写，要真实，不要轻易涂改，最终我就不涂改了，争取第二天尽量写得比第一天好就行。

　　我写了一个星期的日记，拿给陈志强看，原以为他看了会笑破肚皮，但他并没有笑我，他说："你的文化水平较低，但只要写得有进步就行，你第七天写的日记，已有七八十字，比起第一天才写那么几个字大有进步。你再坚持天天写下去，一个月以后，肯定比现在又有很大的进步。"果真如他所讲的那样，一个多月以后，我再拿给他看，他说："比刚开始学写日记时大有进步，这是肯定的，你可以讲讲写日记的感受。"我说："刚开始之时，只怕写不出多少个字，根本没有去考虑其他的。后来字越写越多，随之又感到，以前不懂得如何记事，现在又觉得不懂得如何选事记。还有，刚开始之时，我把写日记当成一种提高写作能力的手段，后来我又发现日记已成了我最忠实的朋友，我每每受到委屈，以前为不好随便向人倾诉而苦恼，现在我可以向日记倾诉了。"他非常高兴地说："从你刚才谈的对写日记的体会，说明我没有看错你，你以后写日记，就像刚才你对我讲的那些话，写入日记中就很好了。我送你的这本日记本，记载着你现在的生活状况，几十年之后，就成了你个人的无价之宝，你要好好珍藏，不要丢失。另外，真实的私人日记是不能随便让人看的，要小心保管好。"

我这个杂货店的厨子，还真的与一般饭店的厨师不一样，老板说我不能只管煮一日三餐的饭菜，还要在一定限额的菜金里安排好每天的菜肴花样，使大家吃饱吃好，这就是为什么他们不把我叫"厨子"，而叫我为"总簿"。老板还对我说："俗语说，总薄行使的职能是家长职。你要真的能善于统筹兼顾，做到大家都满意，那你就有当家长的本事了。"我听老板这么说，起初认为未免言过其实，但后来我当了一段日子的总簿以后，深深感到老板讲的不是没有道理。因为不管我怎么安排进货，采购肉、鱼、禽蛋、蔬菜等，想办法加工烹调，仍很难做到餐餐人人都满意。

集 中 营

英殖民政府对付马共的手段很多，除了进山"围剿"、进城逮捕以外，对亲马共（如经济上、政治上的支持）的华人，抓到证据确凿者，即送到集中营关押起来再说。单是建在怡保市的集中营就关押了好几百名亲马共的华人嫌疑犯。为了切断马共的钱粮供应线，殖民政府还把一些分散居住在边远山区的华人统统强行拆迁到所谓的新村居住。有人说，这是变相的集中营。在离万里望只有两公里，靠近马来族人聚居的拿乞小村的地方，就有一个新村。有一次，该村的人向店里购些日常生活的物资，老板叫我送货到该村，并交代要随身带上公民证（即居民证）。我主要的工作虽然是日理三餐，但还不到十人用餐，所以工作量也不是很大，老板当然不会让我太空闲，所以还得兼其他工作。当我送货到该新村的大门时，眼前的景象，使我不禁心里发怵。怎么啦？整个村被用带刺的铁丝网围起来，还有全副武装的士兵在站岗呢！士兵查看了我的公民证和货物之后，才让我送货进村。我与该村的一些村民聊了几句，他们叫苦连天，说虽然有自来水和电灯，但每天工作要进进出出，都得检查公民证，真麻烦，而且离工作的地方又远又花时间。其实，我的公民证是老板花钱走后门给我办的，因为我还未满十八周岁。

花钱学工艺

自从英殖民政府大逮捕在城镇搞地下活动的马共以后，三叔的小舅子张碧生一下子从店里消失，据说是上山打游击了，从此再也没有他的消息。而同是马共的陈志强，虽然还在店里工作，可连他自己也觉得有随时被捕的可能。就在这样自身难保的情况下，他还约我和陈世清，找门路学点谋生的工艺。他从报纸上的广告，看到英国著名的哥士治制皂公司在英国的伦敦设立制皂工艺函授学院，就写信向该学院询问有关事宜，该学院很快就把函授章程邮寄给我们。陈志强说："教我们学会制造十二种肥皂，全部学费要五百元马币。我们三个人合起来学，平均每人只需出一百六十几元，子仪的工资很少，世清的收入也不是很宽裕，我看这样吧，我出三百元，你们两个各出一百元。"我说会不会是骗人的？陈志强说："那倒不会，因为学费是分期付的，首期先付一百元，他们把要教我们制造的第一种肥皂的详细工艺过程告诉我们，并告诉我们各种原料在马来亚的供应公司。我们实验制出的样品，要邮寄到伦敦给他们看，由他们鉴定是否合格。如不合格，叫我们重做一次，再邮寄给他们看，直至他们认为合格为止。接下去我们边交学费边学。"

该函授学院向我们列出的原料有椰子油（软脂酸）、牛油（硬脂酸）、氢氧化钠（俗称烧碱）、硅酸钠（俗称水玻璃）、碳酸钠（俗称小苏打）、松香、香茅油（香料）、蛋黄色素（颜料）等，都是普通的化工原料，也不贵，在怡保市的化工原料商店里都可以买到。我们都是利用晚上的业余时间试制。第一次试制出的产品邮寄到英国的伦敦，给对方退回来说不及格，重做，并指出工艺上存在的毛病。我们第二次重做出来的产品，对方说及格了。接下去再试制其他品种的肥皂，因工艺上大同小异，所以试制进行得很顺利。

关于试制肥皂，因是少量试制，所以整个工艺过程只需一个小时左右，且凝固成块也只需一天，倒是邮寄往伦敦花了不少时间与邮资，所以我们花了好几个月的时间才全部学完。我们学会了制造高质量的肥皂，其皂质近似于哥士治公司的产品。该制皂工艺学院教我们的是直接成皂的工艺，也向我们介绍了传统的间接成皂的工艺，即盐析法。此外还教我们在制皂过程中可能遇到意外情况的紧急处理方法，并向我们介绍大型制皂厂的流水线生产设备。

关于哥士治公司，我们的店还是该公司在万里望的代理商呢，主要是代销下列产品：条形洗衣皂，长约四十厘米，横截面为边长五厘米的正方形的长方体；高级的洗衣皂，边长为七厘米的正立方体；洗澡用的力士牌高级香皂。

这次学制肥皂，要不是陈志强牵头，我们是无法进行的，因为与该制皂工艺学院的来往事宜，全部用英文书写，我与世清都看不懂。

马华公会

也许因为马共的领导人陈平是华人，所以马共的成员基本上是华人，马共活动所需的钱粮也取之于华人。因而，英国殖民政府的不少作为，也是针对华人的，排华事件就是一个例子。应时而成立的马华公会，是马来亚的华人政党。

1948年，发生了全马来亚的排华事件。首先遭殃的是居住在马来族人聚居地方的华人，先是被打，接着被砍头。令人不安的消息，源源不断地传来。小道消息说有的华人全家男女老幼都被杀死，不少华人逃难到华人聚居的地方。事态越来越严重，英殖民政府对此采取两面手法，表面上不管，说是一般的民事纠纷，但暗地里支持马来族人当中的一些暴徒，对华人采取断草除根的手段，想把华人赶尽杀绝。

这些暴徒和英国的殖民政府都把华人的宽宏大度，误以为软弱可欺、可杀，以为这里的华人是一盘散沙，各顾各的，缺乏反抗的勇气和力量，也以为中国正忙于内战，无暇关心这里的华人存亡问题。可是他们太小看马来亚的华人了，其实马来亚的华人，就全世界各国的华人来说，不是人数最多，但就占全马来亚的人口来讲，却是比例最高的。按当时的马来亚的人口统计，华族占百分之四十多，印度族占百分之十几，而马来族占百分之三十几，不论是英国的殖民政府，还是当地的苏丹（马来土皇），都说马来亚是由巫（马来人）、华（华人）、印（印度人）三大民族构成，而真正的、马来亚最早的原住民，是快灭绝的沙盖族。因此，当时华人还是马来亚的最大民族。

马来亚的华族面临被人宰杀的危机，华人空前地大团结起来，宗旨是：人若打我，我必还手以自卫。这下整个马来半岛上，到处笼罩着马来族与华族械斗的恐怖气氛。马来族使用的武器是巴郎刀（马来弯刀）和马来拳术，华族使用的武器是长棍、大刀、中国武术。令人气愤的是，当地的英国殖民政府好像在看热闹。而我最关心的，是老家双溪吉隆村和我工作的万里望小镇附近马来人和华人混居的甘榜（即小村）。

就在离万里望不算太远的安顺市，传来了骇人的消息，由一小撮马来族暴徒挑起的马来族围剿居住在安顺市区的华人，引起当地华人的顽强抵抗，双方发生喋血大械斗。双方死伤惨重，可能因为华人死得比马来人多，所以当地的英国殖民政府抱着坐山观虎斗的态度。而接下去发生的端洛村事件，他们的居心就充分暴露出来了。

在离万里望不远的端洛镇，是华人和马来人混居的地方，但马来人比华人多。那边的华人主要是从事种植业的广西人，团结且尚武，人人或多或少地掌握一些自卫的广西拳术。自从开始刮起排华之风后，他们早已做好保卫家园的措施。终于，在端洛发生了马来人与华人的械斗。这次马来人的死伤比华人多得多，主要是其中五个精通少林寺棍术的广西人，受到一百多名马来暴徒的堵击时，进行英勇顽强的还击，使对方付出了惨重的代价。这五个广西汉子，一时成了知名人士，华人把他们看成是保卫家园的勇士。马来暴徒反过来说他们是屠杀马来人的华人暴徒，而当地的英国殖民政府说他们是杀人不眨眼、穷凶极恶的杀人犯，并立即逮捕他们。这引起全马来亚华人的公愤，摆事实，讲道理，质问当局：侵犯别人家园，并屠杀人的暴徒，为什么不绳之以法？而为保卫家园，进行自卫还击的人，怎么变成了杀人的暴徒呢？那时，华人各界人士齐出动，通过法律程序为那五个广西汉子打官司，同时动员华人保家卫室。为此，还成立了全马来亚华人的公会，简称"马华公会"。在向政府申请时，说是华人的互助会，主要是对受到政府限令搬迁到新村居住的穷苦华人给予适当的辅助，这样一来，当地的英国殖民政府才批准建立，并限制不得参与政治活动，只能是一种福利性质的民间组织。（马华公会以后曾一度发展成为马来西亚的华人第一大政党）

我的老家双溪吉隆村也是马来人聚居的地方，华人充其量不过十几二十户，但两族人相处很和睦，没听说发生械斗。倒是因为靠近马共活动很活跃的木歪山脉，听说政府计划把居住在这里的华人迁走，这消息闹得人心惶惶。我家很穷，正为此事发愁。三叔怕我的父亲找他借迁家的费用，就在我身上打主意，可我那仅有的五十元工资，除了留十几元零用，其余的都给家里补贴家用，我哪还有钱给父亲搬家？于是，他又打马华公会的主意，也不管我同意与否，就带我去怡保市马华公会分会，办理加入该公会的手续。至今我还记得，当时申请加入的华人很多，场面很热闹，还排队等候呢。其实手续也很简单，当场填写一份表格交上去。虽然填写的内容很简单，但以我当时的文化水平，还是填写不来，当然由三叔代我填写，至于他为我填写些什么，我不看（其实也看不懂）也不问。我当时是这么想的，又不是我要参加，而是三叔代我参加。上交表格的同时，交了二元会员费，对方发给我一张会员卡，就这样，我成了马华公会的一名普通会员。

反 排 华

万里望虽说是华人聚居的地方，但也不能掉以轻心。镇上本来就有精武国术馆，教授中国武术，现在万里望的最大华人会馆广东慈善剧社，号召青壮年华人团结起来，共同捍卫华人的人身安全。为此，他们要求人人都要学几招防身的棍术，由拳师免费教授，我也被叫去学了几招，还发给我一根一米多长的木棍。我工作的杂货店，人人都备有一根木棍。整个万里望处于高级的备战状态，镇上周边设立全天候的暗哨，并严密注视着附近马来村庄的动向。有一天下半夜两点多，据说从拿乞方向开来一队手持巴郎刀的马来暴徒，估计有两百人，正向万里望走来。顿时整个万里望沸腾起来了，到处是叫大家准备迎敌的敲锣声。设在全万里望最高点——剧社三楼屋顶的高音喇叭，则正在用马来话，向来犯者宣传，大意说："我们早已准备好了，不怕你们来。但我们希望与你们和平共处，不希望你们来与我们打架。"因我们以强大的实力做后盾，加上宣传得体，来犯者终于不敢上前。

最令全马来亚的华人气愤的是，当地的英国殖民政府竟然对那五个广西汉子判以死刑。由一批受英文教育的华人高级知识分子，分头向政府力争，记者通过新闻媒体揭露事件的真相，律师则与政府打官司，华人组织申诉团还状告到英国的伦敦。

自卫反击

　　自从华人组织起来捍卫家园之后，一些以华人为主要居民的城镇中的马来居民，提心吊胆地生活，唯恐被华人暗杀。其实，只要他们不做不利于两大民族团结的言行，我们也不会对他们怎样。华人是希望尽快结束两大民族的敌对状态，而一般的马来群众也有这个愿望。但当地的英国殖民政府却唯恐不乱，不肯出面召开由两大民族派出代表参加的和平谈判。所以，华人才举行了至少为期三天的全马来亚大罢市。其他地方的具体效应如何，我不了解，但从我所看到的怡保市和万里望镇的情况来看，起着很厉害的经济制裁作用。

　　在华人大罢市的第一天，整个万里望镇立即死气沉沉，连平时最热闹的巴刹也不见人影。我工作的杂货店也不例外，这对我来讲，简直是给我放假，可遗憾的是连玩的地方也罢市了，只好在店里休息。第二天，我特地骑脚踏车到怡保市的商业中心地带的旧街场看看。平时人来人往的贸易活动都停止了，各行各业的华人经营的商店都关门了。我又到全怡保市最大的农贸市场看看，此时正是榴梿成熟旺季，在没有发生排华事件的往年，一般是华人商贩开车到马来村庄收购，运往城镇，转手卖给农贸市场的华人商贩零售。现在谁还敢去马来村庄收购？这种果中之王的水果，很不经放，最多只保鲜一两天，但现在没有人上门收购，种植榴梿的马来人只好自己用手推车运到怡保市的农贸市场销售。主要顾客当然是华人，可是华人在罢市时已明确指出，罢市期间不与马来人发生贸易关系。我走近一个马来人贩卖的榴梿摊，地上堆放着一大堆榴梿，有的早已裂开，熟过头了，发出难闻的腐酸味。那个马来人皱着眉头，用马来语对我说："朋友，很便宜的，买几个去吃。"我对他笑笑，摇摇头走开了。

这次华人举行的罢市，产生的效果很大。不少马来人的经济损失很大，给他们的生活带来许多不便，纷纷公开表示反对与华人打架。华人的新闻媒介也呼吁停止两大民族的械斗。而英国的伦敦，也把我们的那五个广西同胞由死刑改判成有期徒刑。但华人律师团准备上告到设在荷兰的海牙市的国际法庭，争取那五个广西人获无罪释放。后来情况如何，我记不得了。

望子成龙

这一年，既是养猪场老板又是橡胶园主的大姑丈李怡金，将他视为宝贝的独生子李国发，送到三叔的店里住下来。表弟李国发上午骑脚踏车到怡保市的育才中学（华校）上课，下午放学回到店里，帮忙店里做点事，主要是帮忙售货，晚上才复习功课。大姑丈送他来这里的目的非常明确，是要他放下少爷的架子，要求他在搞好学习的同时认真体验工人的生活。为此，他与我们吃同样的伙食，同桌吃饭，大姑丈只给他一点点的零用钱。他放学回到店里时，立即脱下雪白而笔挺的育才中学的漂亮校服，换上与我们同样的着装与打扮。表弟也很争气，一年期满回家时，姑丈很满意，说老实话，我也很欣赏大姑丈教育孩子的方法。（李国发表弟后来留学澳大利亚，毕业于某大学的建筑工程系，在马来西亚的首都吉隆坡当建筑工程师，只可惜英年早逝，死时还不到四十岁。）

说起我这位表弟，他比我小两岁，不论从身材还是相貌都非常像我，以至于有人说他是我的弟弟。尽管他至少在表面上与我相处得也还可以，我也与他合影留念，但他毕竟是在校的初中二年级的学生，而我只是靠坚持天天写日记来提高自己的文化水平，眼下勉强看得懂报纸所刊载内容的大概意思而已。他学的物理和代数，我更是一窍不通。论课本上的知识，他可以当我的老师；但若论从实践获得的知识，我可以当

他的老师。有一次，恰好他的同班同学黄根添来店里找他玩，他们在争
论一个问题，引起旁听的我的兴趣，也就插话进去，发表自己的看法。
这下引起李国发表弟的反感，他讽刺我："你连小学也没有正规念过，
只上了几天的夜校，就想来参加我们的讨论？够资格吗？"我沉默地走
开。但我心里在说："你们也不过只是初中二年级的学生而已，有什么
了不起！等着瞧，看我以后怎么超过你们。"

有缘何处不相逢

　　有几个家住万里望的李国发表弟的同班同学，经常于傍晚来店里找
他玩，都是我给他们开门的，久而久之，自然与他们都认识，但谈不上
是朋友。其中一些颇有些缘分。不妨以其中的富家子弟黄根添与郑亦坤
为例。时隔八年，我在广州石牌华侨补习学校上课，有一天在该校的大
门口，竟然意外地碰见郑亦坤，他也很惊讶地问我为何会出现在这里。
我故意神秘兮兮地反问他："你以为我现在干什么？"他稍微想了一下就
说："你在这所学校工作？"我说："你想到哪里去了，我没有工作。"这
下他更是一头雾水，他疑惑地说："你难道在上课？我问你，你何时回
国的？我记得八年前，你是工人，只念过几个月的小学夜校而已，而后
你是不是获得贵人赞助，到学校念书？"我说："我是 1954 年从新加坡
回国的，在这之前，我没有像你讲的那么好命，我一直在马来亚和新加
坡当工人。"他说："像你已二十出头，这么大的年纪，不管人民政府再
怎么照顾侨生，也不会照顾到给你补习后到广州的小学当小学生吧？"
我说："你讲的也是，不过我先问你，你回国打算干什么？"他说："我
打算到北京的华侨补习学校补习一段时间，然后报考高中一年级。"我
说："我现在在广州补习学校，也和你一样，准备报考高中一年级。"他
脸上带着疑惑的表情朝我看，似笑非笑地说："是吗？那我祝你考得
上。"此君从此以后，再也没与我联系过。黄根添是福建泉州人，我与

他的缘分就更长了，那是十四年以后，我与他竟然同在福建师范学院（现在的福建师范大学）念书。我是数学系，他是俄语系，虽然时常见面，且是同年级，但不同系，又已时隔十几年，双方都由十几岁的少年变成三十岁出头的中年人了，相貌变化很大，所以彼此都没能认出对方。直至有一次，在院部举行的全院侨生春节联欢会上，通过各自做自我介绍时，彼此才认出对方。他很佩服我在艰难的求学道路上的执着精神，以后大学毕业了，各自走上工作岗位后，一直保持联系至 1997 年。

告别少年时代

两三年过去，我身高近一米七，已发育成青年，身上的肌肉更发达，变得更有力气，肩背一包重达一百公斤的大米走它一二十米不成问题，不管是装车或卸车，连续背几十包，腰不酸，脚不软。我有一次肩背六袋面粉（每袋三十斤）的技巧，可以头顶着七八十斤的重物。于是，谁也不敢轻易碰我，但我也不爱与人家吵架与打架。那个欺负我的大堂兄林荣发早已不在这里工作了。

小桥翻车

都说艺高人胆大，却也易阴沟里翻船。店里有一家客户，送货到他家必须经过一座由木板铺成的小木桥。那是宽一米左右、长七八米、两旁没有护栏的简易小桥。桥下的小河有三四米宽，沙质河床，水有二三十厘米深，流速缓慢。桥面离河面有五六米，人在桥上走有些摇晃。桥的两端都是斜坡，往常我用自行车载货过此桥时，都是推着过桥，非常小心。有一次，我骑自行车，载两包水泥（两百斤），不下车直冲过桥，原来担心桥会断的事倒没有发生，而是桥摇晃太猛烈，我无法保持平衡，连人带车与水泥一起从桥上跌下去。人和车安然无恙，可那两包水泥深陷河沙中，很难弄出来，经水浸泡，没多久就成整大块的混凝土了。

初步摘掉文盲帽

通过一年多以来的天天坚持写日记，我的中国语文程度提高了不少，已能看报纸和写简单的书信。我开始与在太平市华联中学念书的国成二弟通信，他简直成了我的中国语文老师，帮我批改信中的错别字和用词不当、词不达意等问题。又半年过去，我的中国语文的水平又进一步提高了，能写些短篇小品文，能顺利地看懂用现代白话文写的中国小说，也基本上看得懂中国古代的文言作品和古诗词了。

开始树立人生观

有了一定的文化水平之后，我的业余生活的内容也较丰富，头脑也比以前复杂得多，思考的问题也多起来。

我的人生之路应该如何走？以前，我傻乎乎的，没有去想将来，只着眼于现在。博览群书之后，我的大脑开始运转起来。我看了巴金写的《家》《春》《秋》之后，开始对某些人和事产生了叛逆的心理，但还是缺乏行动的勇气。我工作的新成美杂货店就是我的"家","家长"就是我的三叔,三叔对我不好,以前我像《家》的主人公觉新那样逆来顺受,现在我有点像《春》的主人公觉民那样,而不需多久我将像《秋》的主人公觉慧那样离"家"出走。三年后,果真如此。

看了小说《牛虻》,增强了我奋斗的信心与勇气,如果拿我从小到现在所处的逆境,与《牛虻》中的主人公所遭受的种种不幸相比,那我已经很幸运了。

看了《林肯传》之后,基本上确定了我将来为社会的进步应该做些什么事。林肯是劳苦阶层出身的美国总统,为解放黑奴的事业献出生命。我向他学习什么呢?当然不是向他学习如何参加竞选当上总统,而是学习他解放黑奴的崇高思想。我没有林肯的魄力与本事,至少在目前,我也是劳苦大众的一员,连自己也解放不了自己,何谈去解放广大的劳苦大众呢?但是,我可以竭尽所能地多为劳苦大众做些好事。

看了《高尔基自传》之后,基本上明确了我奋斗的目标。高尔基无论碰上怎样的恶劣处境,他都能持之以恒地自学,后来终于考上苏联的喀山大学,再后来成了世界级的大文豪。我可不敢想我以后会成为大文豪,也不敢想我以后能考上大学,但我要学习他那种持之以恒的自学精神。我现在好比是一个勤劳的农夫,相信在我天天辛勤的耕耘下,日后必有所收获。

我很珍惜时间,深感"一寸光阴一寸金,寸金难买寸光阴",每天晚上的业余时间及节假日,同事们都在尽情地玩,而我给自己定下自学的时间是每天晚上从七点至十一点,内容是写日记、看书、写简短的小品文、做几首诗词等。

自学招来的非议

我的工资很低,大部分寄给父母亲,每个月只留一些做零用,其中主要用在提高自己的文化水平上。白天工作劳累了一天，晚上还得自学，已经很艰辛了，还要遭受外来的干扰。三叔虽然已不像以前那样虐待我，但他好像与文化知识结仇似的，总是看不惯我走自学的道路。他曾对我说："你还是好好学习如何做生意赚钱，不要去学那会害死人的东西（文化）。"我听了，觉得很可笑，但没有驳斥他的谬论。另一个老板陈文忠，总是不时挖苦我。有一次，他当众指桑骂槐地说："有的人已是嘴上有毛，可是连小学也没有正式念过，却看天书走火入魔，梦想有朝一日得道成仙。"有的同事好心似的对我说："你用功学文化，惹得老板看不顺眼，这又何必呢？你为什么不跟我们去玩？难道你真的想跟书谈恋爱？结婚？生孩子吗？"我听了，只是微笑，不置可否。而陈志强同事却非常欣赏我，他对我说："你千万不要动摇，坚持自学下去，耐心等待机会，你看看，这两年以来，你进步之快，大大出乎我意料。如果我没看错的话，来日方长，以后你会大大超过我的。"尽管他对我这么好，也是我的救命恩人，但我还是不想向他讲有关我对将来的打算。

工友、笔友与邮友

物以类聚，人以群分。

我非常想交一些知识型的朋友，但我不敢要求太高，哪怕是在校的初中生，他若肯与我为友，我也感到莫大的荣幸。可是这种想法很难实现。我另找途径，真交到几位知识型的朋友。我看到有些报纸和杂志经常在不显著的版面的某个位置上，划出一块豆腐干大小的版面，刊登求友的消息。求友者通常用笔名交笔友，提出一些条件，如兴趣、个性等，然后互相通信。初期，彼此都不知对方的真实姓名、性别、年龄、长相等，有的连住址也是假的；通信久了，如果双方都觉得遇上了知音，远的互相赠送个人相片给对方，近的相约见面。然而，由笔友变成朋友，毕竟不多见。有的笔友的笔名，真有意思。例如，我交了一位住在中国广东省汕头市的笔友，与他通了几次信，并互送相片留念。他的长相很好看，是否女扮男装呢？他在信中向我诉衷情时，流露出一些女孩子特有的口气，况且字迹很秀丽，真的其相如其字。他自说是高中学生，还问我在什么学校念书。我说是社会大学的见习生。我问他为何以"楚歌"做笔名。他说现在的他正处于四面楚歌的困境。他也问我为何以"拓荒"为笔名？我说："我的未来属于我的园地，现在还是长满荆棘的荒地，我正在辛勤地拓荒。"不久后，中国解放了，我与他就失去联系。

我还交了不少的邮友。所谓邮友，就是交换邮票的朋友。其实邮友与笔友的区别，只不过是在通信中多了一项内容（互相交换邮票）而已。陈志强同事有集邮的爱好，在他的影响下，我也喜欢上收集邮票了。他对我说："收集邮票，除了欣赏各国的邮票图案的设计艺术以外，还可从票面获得很多方面的知识。如各国的历史、地理、风土人情、奇风异俗、民族特点、历史知名人物、土特产等，不胜枚举。集邮无国界，超政治，无论那个国家的政治如何，其发行的邮票都可收集。为了识别邮票的国别，你起码要学会英文字母的拼音。"

异性好友

因为工作关系，我在万里望小镇也交了一些同龄人朋友。

刘凤琼，广东人，因为她的父亲在巴刹卖活鸡，她帮其父贩鸡，所以也有人叫她"卖鸡妹"。我刚当厨子时，常到她的鸡摊买鸡，因而认识她，那时我十六周岁，她十四周岁，彼此都是情窦初开的少男与少女。当时的她，常背着她的父亲，把鸡廉价卖给我，我当然喜欢向她买鸡。记得有一次，她问我："我为什么特别照顾你，你知道吗？一只鸡，按市价，是二元，可我只收你一元五角钱，但本钱就已经是一元七角钱，我是倒贴两角钱给你，你是如何向你的老板报价的？"我说如实向老板报价，她很生气地说："你真是笨蛋，那五角钱的差价，是我送给你的，你的工资很低，又很孝顺父母，每个月只给自己留些钱零用，我想使你从我这里增加一点点收入，让你每个月多几元零用钱。"她又教我很多生意场上的竞争知识。从那以后，我对她有了感情，每天中午，我就偷跑到她的鸡摊，在大的太阳伞下，并肩坐在一起聊天。她没有嫌我是小厨子，我也不嫌她是卖鸡妹，我们就成了好朋友。当时我还没考虑把她当成我的终身伴侣，只把她看成我的红颜知己。三年之后，我离开万里望，再也没有与她联系。直至1958年，我在中国福建省的集美中学念高中时，有一天在天津念书的林秀意堂妹（她受我影响，于1958年回国），突然提到刘凤琼。她在信中说："子仪大哥，过去我也知道，凤琼是你的好朋友，但好到什么程度我就不知道了。你可能不知道，1952年你离开万里望之时，对她不告而别，她很伤心地哭了，跑来找我打听你的下落。这次我回国，向她告辞之时，问她有什么话要对你讲，她又哭了。这下她才告诉我，她苦苦等了你整整六年，至今未嫁。我有她去年才照的相片，现随信寄给你看，看过之后要还我。我看你还是按我写给你的地址，跟她通信，了却这段已成为过去的情缘吧。六年过去了，她没有变，还是卖鸡妹，而你呢，却起了翻天覆地的变化。你已从生活在社会最底层的苦力，脱颖而出成了准备参加高考的高中毕业班的学生，你跟她的差距是越来越大，你与她再续前缘已不现实，希望你三思！"看了这封信，我喜忧参半。看了她的近照，很有感慨。1952年，我才二十周岁，她才十八周岁，而今我已二十六周岁，正当青年，而她，虽然才二十四周岁，但对是卖鸡妹的她来讲，已快成为嫁不出去的老女人了。我与她通了几次信，不要说再续前缘，就是连再见一次面也不太可能。她不愿回国，我不愿回马来西亚。直至1992年，我回到马来西亚探亲时，也曾经到过万里望镇打听她的下落，但时隔四十年，人事变迁太大了，始终打听不到。我永远记得，她曾经对我雪中送炭，但我怎么也没想到，她会痴心地苦苦等我六年，若早知如此，当初我离开万里望之时，就应该向她告别，并明确地对她说，我与她只能有友情，不可能有爱情。我不知道她现在是否还在恨我。

陈润清，比我大两岁，肌肤白皙，体形丰满，烫了头发，身高一米六左右，是耐看的端庄美人，广东梅县客家人。我工作的杂货店，没有专门供职工洗衣服的洗衣水槽，要洗衣服只好到公用的浴室，非常不方便。因此同事们的脏衣服都是给洗衣妹洗的。每天晚上睡觉之前，把当天换下来的脏衣服用手帕绑好，隔天一大清早，洗衣妹来收去洗，同时送来已洗干净、烫熨得笔挺的衣服。洗衣妹会在你的每件衣服上绣上记号，不会送错的。每个月的洗衣费十元，虽然算起来不是很贵，但我每个月只给自己留十几元做零用，实在洗不起呀！我只好每天晚上等同事们不用浴室时，才洗衣服。有一天，那个洗衣妹来给同事们收送衣服时，她笑着问我："你的同事的衣服，都是我洗的，你的衣服要不要让我给你洗？"我说没钱，出不起那十元。她说："小弟弟，我给你优惠价，就收你五元，怎样？"我说那怎么好意思呢。旁边有的同事对我打趣说："你就让她给你洗衣服，姐姐给弟弟洗洗衣服，还收什么钱。"我以为这下她会生气，可她竟然一点也不脸红，大方地说："姐姐给弟弟洗洗衣服，弟弟请姐姐喝杯咖啡也应该呀！"我经不起她的软磨，只好让她洗我的衣服，她真的每个月只收我五元钱。时间长了，与她较熟悉，我经常利用傍晚的业余时间，到她的家坐一会儿，有时候，星期天在她家待上半天。她家的房子很大，但只住三四个人，而且白天基本上就她一个人在家。她很忙，原来她包下好多人的衣服。我记得有一个星期天的上午九点钟，我到她家时，在她家的屋前搭建的晒衣架上，已有不少刚洗好的湿衣服，而大洗衣槽里，还有一大堆要洗的衣服。她告诉我，当天上午向客户收来的脏衣服，必须在中午以前争取洗完后拿去晒。我要帮她洗，她说我们男孩子洗衣服不干净，叫我帮她打井水，将她已洗好的衣服过水后拿去晒。那天在她家吃午饭，然后洗个澡，就在她寝室里的床上午休一小时，接着又帮她烫熨衣服至傍晚。她的父母亲回来了，对我很热情，我与她家人一起吃晚餐，然后才告辞。有了这次，就有了下次，她坚决不收我那五元钱的洗衣费，她在我给她洗的衣服上的不显眼的角落，绣上一朵小红花，她说："算是我给你留下的纪念物。"老实说，我与她的友情是很纯洁的，并含有几分姐弟亲情。她也知道我不会长期在这个小镇上工作的，因此我与她都很珍惜这段缘分。

　　王纯艳，广东客家人，与我有一段特殊的奇缘。其父亲是我工作的杂货店的老顾客，每天早上到菜市场采购食品后，就到我店里采购大米、食油、食盐等，然后就在我店里坐下来，享受免费招待的六堡茶水和手卷烟，一直到快中午才回家。而中午，我得送货到他家，所以他家我也不知到过多少次了，但每次只见到他与老伴。他告诉我，有一个儿子和一个女儿，都未婚，都是锡矿工人，白天都不在家，他和老伴养几头猪，几只家禽，种些菜，聊以消遣。从万里望镇沿着往怡保市方向的柏油公路走到一处叫十字路口的地方，再走半公里的沙土小路，就到了他那很干净的家。他是看我从小孩成长为青年的，很疼我。记得我刚来店里时，经常受到欺负，若给他碰上了，他就为我抱不平地说："他还是个小孩子，你们怎么可以随意打骂他呢。"前不久，他在与我闲聊时，问我每天晚上从七点至十点是怎么过的？我说："我很少到夜市玩，也很少看电影，我自己安排一个星期至少保证有六个晚上不出门，在店里看书写字。"他又问我有哪些不好的爱好，我说："我不嫖，不赌，不吸毒，不抽烟，不喝酒，不乱花钱。"他说："希望你今后能这样保持下去，总有出头的一天。"他曾多次邀请我到他家做客，我总是这样对他说："我不是经常送货到你家吗？"他说："送货与做客是不一样的。"盛情难却，我终于答应他，在与他事先约好的某个星期天，我骑自行车到他家时，已是上午快十点，他们一家人忙于准备丰盛的午餐。我终于见到了他的儿子与女儿。特别是他的女儿，其实我早已与她见过面，她就是琉琅妹中的一员。我有时与她面对面相遇，也只是四目相视一下而已，彼此从未交谈过，这次是在她家见到她，彼此都有些意外。但彼此还是友好相待，她问我："怎么会是你？"我反问她为什么这样讲，不欢迎我是吗？她说："我的父亲说要给我介绍一个男朋友，但怎么也想不到会是你。当然欢迎你来我家做客。"我说："你的父亲说要让我与他的子女见见面，认识一下，我也没有想到会是你。"她的父亲很惊讶地说："原来你们早已认识？"我与她既没有承认，也不否认。中午，我就与她的家人同桌吃饭，菜肴非常丰盛，摆满一桌。午餐后，我就想告辞，但她的母亲对我说："现正是中午最炎热的时候，星期天你又没事，先在我家洗个澡，午睡后再走。"盛情难却，我答应下来，真的洗了个很舒服的井水澡。随后她的父亲带我到一个非常干净的房间午休。我一躺在宽大的床上，觉得很凉爽，并闻到一股令人陶醉的淡淡幽香，很快就进入梦乡，一直睡到下午三点才醒。张开眼睛，看看房内的装饰，就知道这是她的闺房。真不好意思，但又不好开口，只好装傻。我赶快起床，刚走出她的房间，她就问我睡得好吗？我对她说声谢谢。她对我还算热情，我对她可不敢"热"起来，不管她的内心对我如何，我可不想这么年轻就结婚，再说她的文化与我相差很大。向她的家人告辞时，尽管她对我说，欢迎我常到她家玩，可是我怕弄假成真，从那次以后，就再也没有去过她家。

梁锦美，是我的好友梁锦祥的妹妹，个子小巧玲珑，是一朵黑玫瑰。有一次，锦祥兄带我到他家做客。原来他家就在女烫发店的楼上，必须走进该店的营业大厅才能上楼。当我走进该大厅时，简直是闯进少女窝，其工作人员全都是妙龄女郎。她们个个像看稀奇宝贝似的看着我，有的还交头接耳议论我，害得我这个刚加入青年行列的小青年，羞得满脸通红，不敢抬头看她们，三步并作两步，匆匆走过她们的身边。只听见有的少女大声说："好靓的后生仔，你怕什么呀，走得那么急，我们又不会吃你。"锦祥兄带我上楼，介绍他的家人与我认识。我把刚才在楼下被众少女围看的情况告诉他，他说："这间女烫发店是我妹妹经营的，顾客全是女孩子，不欢迎男孩子光顾，严禁男孩子进店参观，使来烫发的少女有一个免受骚扰的安全感，因此生意还不错。在这个男人的禁地，来了你这么一个害羞的美少年，她们当然把你当成罕见的宝贝来观看了。"我说以后再也不敢来，他说多来几次以后她们就多见不怪了。老实说，他们一家人对我也不错，但我无意做他的妹夫，那次以后再也没有到过他家。

我与同龄的女孩子很容易接近，只要我肯接受，对方很乐意与我来往，但我至少在目前不想与任何女孩子谈恋爱。

业余生活

可能是遗传基因的关系，我对音乐也有些兴趣，人家说我那浑厚的男低音，唱起歌来很好听。我买了一本特大特厚的簿子，从书局买来的歌本上摘选出来喜欢的歌曲抄进去，有时还适当画上一些图像，以达到"歌情画意"的效果。比如说，有一首歌，其歌词寓意是出淤泥而不染，我就画上几片莲叶。我也爱玩乐器，但贵的买不起，难入门的没时间去学，便选择较大众化的笛子和口琴，省钱又易学。尤其是口琴，连最难学的用舌头打拍动作，我也学会了，可以登台演出。

我经常于星期天骑自行车到怡保市的电影院看电影。该市有三四家电影院（也叫戏院），我常光顾的有丽都、高亭。当时看的影片，基本上是香港和上海的黑白片。记得当时上演的《一江春水向东流》，连演近十天，卖座率极高。当时我也成了星迷，喜欢收集电影明星的相片。我最崇拜的当时红得发紫的影星有胖星关宏达、瘦星韩兰根、笑星韩非，还有王丹凤、欧阳沙菲、白光、夏梦等。

有一段时期，经常于晚上十点至十二点夜深人静之时，风送来了洞箫的吹奏声。我从小看的是潮剧，来万里望这个小广东的小镇工作以后，看的是粤剧和汉剧，因此对潮曲、粤曲、汉曲都较熟悉，反而对福建剧不了解。我在深夜听到从远处传来的洞箫吹奏曲，感到很陌生，好像从来没有听过。有一个中年顾客，是福建南安人，我告诉他，半夜听到的洞箫吹奏曲很好听，就不知是中国的什么地方的曲子。他说他也听到了，说是中国福建省闽南地区流行的南音，也叫南曲。

军警事件

1949 年，英国的马来亚殖民政府与马来亚的共产党游击队展开激战，大抓潜伏在城镇的马共分子。有一天，陈志强被几个英殖民政府的特工人员押上车抓走了，被送到设在怡保市的集中营关起来。我一直冒险与他保持通信联系，直至 1950 年他被遣送到中国的广东省以后，我还与他通信。他既是我的救命恩人，又是我的启蒙老师，我不能不与他来往。他在集中营生活的那段日子里，每次收到我的信都很高兴，哪怕我给他的信有时候只是安慰他几句。更多的时候，是彼此谈谈生活近况。他还在信中告诉我，在集中营最不缺的是富有营养的豆芽菜。我们在信中从不谈政治，也许是这个原因，英殖民政府才没有找我的麻烦。

　　我记得有一个晚上，正是夜市最热闹的七点多，突然来了大批全副武装的军警，把整个夜市包围起来，将其中所有的男女青年赶到慈善剧社前面的小广场。有一部大越野车，用黑色玻璃遮着，坐在车头里面的人可以看到外面的人，而在车外面的人看不到他。车的四周站着不少荷枪实弹的军警，一个便衣警探负责叫我们这些男女青年逐个走到越野车前站着，让车内的人看一会儿。我也不例外，被叫去车前，让车内的人指认。我没有参加马共，也没有参加支持马共的活动，但我与被关进集中营的马共嫌疑犯通信，因此有些担心过不了这关，但我不能有惊慌的表现，而必须表现得乐于接受指认的样子，结果我被指认的时间很短，很快就过关了，但还不能离开小广场。等到逐个被指认完毕，已是深夜十二点。大概抓走了五六个人，押上运兵车。等这些军警上车离开小广场后，我们才能离开小广场。

　　有一天晚上七点多，我去逛夜市，走到夜市最热闹的慈善剧社的附近，看见街边各个小吃摊均不见食客，摊主站着，好像在为今晚没生意而发愁。但他们为什么不叫我光顾呢？更奇怪的是，街上看不到行人。开始我以为是不是天要下大雨了，但抬头望天空，满天星斗呀！究竟是怎么一回事？我又走到电影院那边看看，平时这里很热闹，怎么也不见人影？这时我的潜意识告诉我，危险，赶快回店里。一到店里，有的同事就问我："刚才你去哪里？我们以为你被抓走了。"我把今晚去逛夜市所见的情景告诉同事们，他们啧啧称奇说："今晚出动了大批军警，到夜市抓马共嫌疑分子，你真的不知道吗？"我说："废话！知道了我还会去送死吗？我可真的连一个军警也没碰上。"同事们说："如果你讲的是真的，那太难令人相信了，你将如何解释？"我想了一下，我说："我可能与军警碰巧在玩捉迷藏游戏。也就是说，军警在电影院活动时，我在夜市；当我从夜市后路到电影院时，军警又从电影院前路到夜市；而我从电影院前路走回店时，军警已结束行动了，因此我才有可能与军警互相没见面。"同事们说我讲得有理。

　　还有一次也是有惊无险。在万里望小镇的一个十字路口，有一间规模不小的现代化榨油厂，生产椰子油，老板是姓洪的南安人，我工作的杂货店零售的椰子油，就是从这个厂采购的，一向由我负责采购。每次我骑载货的自行车，后架载着四只空油桶到该厂采购，每只桶可装三十斤椰子油，四桶油的总重量也不过是一百二十斤，用自行车载回店里，毫不费力。因为万里望的福建人没有多少户，不久我就与洪老板熟悉了。连带也认识了他的儿子洪善政。那天下午三点多，我正在该厂采购椰子油，洪老板坐在办公室里，会计员正在给我开发票，突然从榨油车间传来枪战的枪声，洪老板钻进办公桌的桌面下，吓得手脚发抖，那会计员蹲在办公桌下，我则趴在地上。不一会儿，枪声移到厂外，我大着胆子跑到厂外看，也有附近工厂的人跑来看。此时有几个军警，边朝远处茂密的芦苇林开枪边追过去，不久，那些军警抬着两具尸体回来。事后传说纷纷。有的说是强盗要绑架洪老板，有的说是马共游击队来向洪老板收资助金。

祖国来客

　　老板陈文忠的堂弟陈亚赛也从厦门跑来投靠他。陈亚赛，三十几岁，完全是一副纨绔子弟的形象。他刚从厦门来时，身穿米黄色的绸布唐装，上衣口袋装怀表，表链挂在胸口的布纽扣上，头发从中对半分，脚穿布鞋。平日里他就拿把靠背椅，坐在店门口旁边跷起腿，口叼小烟斗，吞云吐雾，听不懂广东话，也不招呼顾客，比老板还要老板。他这样的穿着与打扮，很引人注目，就连我长到这么大，还是第一次亲眼见到只有在电影上才能见到的民国初期的中国绅士打扮。有的顾客说他如果留长辫子，头戴西瓜帽，可以去当中国历史博物馆陈列的活模特儿。同事们说他打扮得不伦不类。他却自我欣赏地说："这你们就不懂了，我这可是当今厦门最流行的、有钱有势的打扮。"有的同事说他："这里不是厦门，你现在还不是和我们一样，打工的，还装什么绅士？"他听了，气得说不出话来。而他的二叔（即陈文忠老板），更是给他气得半死，说他来这里给他丢人现眼，并明确告诉他，来这里是打工，不是当少爷。但陈亚赛说是来暂时避难一段时间，等国民党打败共产党之后，就立即回厦门。后来新中国成立了，他也不敢回厦门，只好认命，过着打工的日子，穿着也当地化了，可能是年纪太大才学讲广东话，因此他的广东话广东人听得很吃力。

还有一家人，也是从中国来的，主人叫张木森，是我的三婶的同胞大哥，据说是上海有名的大中华轮胎厂的大老板。从他们一家人这次来万里望所摆出的架势来看，确实是大资本家的派头。他们一家人从上海乘坐豪华的邮轮到新加坡，大大小小的行李几十件，还从上海带来两部名牌的轿车，一部四吨的货车。也不知他们是用什么方法运来的。幸好三婶的住房很宽畅，门口的空地停放三部汽车是不成问题的。记得他们一家人刚抵达万里望时，叫我去帮忙卸行李，三婶问她的大哥："从新加坡把你们一家十个人（他和妻子，两个女儿，一个儿子，三个司机，两个女佣）和行李一起运到这里，要花很多钱吧？"他说："汽车、司机、佣人，都是从上海一路跟我们来的，花点汽油钱就行。"三婶说："你好像是在搬家。"他说："是在搬家，我已把工厂的大部分资金转移到香港。我不回上海了。这次到你这里来，一是来看望你们，二是来考察，看看马来亚有什么生意好做。"这当中，三婶也介绍说我是林雨水的大儿子，他只冷冷地说知道了，连抬头看我一下也不愿意，不过我不在乎。所以我帮他们搬完行李后，只说我要回到店里了。按理说，我应该这么说："大舅父，大舅母，诸位表兄姐，我要回店里了。"可是一看这一家人对待三婶一家人也是不冷不热的样子，我就把想说的话咽了回去。隔天，他们一家人也来我工作的杂货店看了一下，也逛了逛菜市场。他们一家人，个个是有钱人家的打扮，很引人注目，使我这个从没到过大城市的乡巴佬也大开眼界，亲眼见识了上海大资本家出门的气势。原来想与三婶相聚三五天的这一家人，结果只两天就走人，三婶说他们住不惯小镇。

学　友

　　我与福源兴榨油厂老板的大儿子洪善政是朋友，初次到他的家时，印象最深的是他的书房，书架上摆着很多古今中外的小说，此后我经常利用到该榨油厂采购油的机会，向他借几本带回去看。尽管我是工人，他是少爷，但他的父亲看我是个有上进心的好青年，也乐于善政与我来往，我与善政也谈得来，况且善政又是我表弟的同班同学。这是我结交的第一位在校读书的学生。

　　我从洪善政那里借来的历史小说中，掌握了中国的古代史基本常识。

　　在《集邮之友》杂志上的"征邮友"栏目中，竟发现通信地址为马来亚怡保市育才中学的汤国威在征友，太好了，近在眼前。我在与他通了几次信，交换几次邮票之后，觉得谈得很投机，于是彼此互送近照给对方。接下去，他约我于某个星期天的上午，到怡保市的育才中学找他，他在校门口等我。我如期赴约，他带我游览校园，并参观了他上课的教室，然后我们坐在树荫下草坪的石椅上交谈。虽然他只是初二年级的学生，可在我当时的心目中，他就是知识分子了。初次见面，彼此说话都很拘谨。他问我现在就读于何校。一般来说，在笔友或邮友之间，切忌问对方与学历有关的问题，因为有时候会使对方很难堪。他这么一问，我一时还真的不知如何恰如其分地回答。后来从我看过的《社会大学》这篇文章中得到启发，我说是社会大学的半工半读生，他听了，一时摸不着头脑。我对他说："我家穷，从小失学，我当杂货店的估俚（即苦力），已有五年了。"他说："照你这么讲，那你是没念过多少书，可是从我们的通信中，我觉得你的写作能力至少是初中生的水平！"我说全是靠自学。他又问我："前不久，发表在《国民日报》的一篇短文《钟》，其作者是与你同名，还是就是你？"我说："是我写的，我只是邮寄给他们看，叫他们帮我提提意见，可是他们说，虽然文章的文学艺术水平并不高，但寓意很好，对青年的教育很大，决定采用。"他说："确是如此，我与几位同学看过这篇文章之后，还以为一定是一位饱经沧桑的老人写的，想不到是你这位还不到二十岁的小青年所写。很不简单。"我说那有什么不简单，他说："你非常珍惜时间，就是不简单，你不妨跟我谈谈你的自学体会。"我说："谈到自学嘛，珍惜时间与刻苦勤练是自学成才的必要条件，但不是充分条件，还必须多看、多思考、多写，社会本身就是一所包罗万象的大学，固然'近朱者赤，近墨者黑'，但也有荷出淤泥而不染之实例。总之，事在人为，好自为之。"

收集邮票

新中国已快一周岁，有集邮爱好的我，也收集新中国的邮票。在我工作的杂货店，顾客大部分是工人与菜农，他们都分散住在郊区，即使是所谓的邻居，也相隔几十米远，又没有门牌号可寻，所以他们都以本店做通信处，以至于几乎天天可看到从中国寄到本店的信，使我有机会向收信人讨信封上贴的新中国邮票。问题是那位送信的波士面（英语译音，即邮差）也收集新中国的邮票，他利用近水楼台先得月之便，与我展开一场收集新中国邮票的争夺战。

认识自我

我写了好几年的日记，看了不少的书，尽管我对数学、物理、化学是一窍不通，但总的来讲，文化素质还是提高了许多。在交友方面，也从工人群扩大到学生界。在气质方面，逐渐远离粗犷而趋近文雅。但我有学识而无学历，有才而无财，有经商的能力而无资本。难道我就这么一辈子当苦力工人吗？于心不甘呀！有时我也在做美梦，梦中的我是大学生。但梦醒了，回到现实的生活中，我又是生活在社会底层的劳苦大众的一员。目前，我最大的愿望是希望老板能给我加工资。

自从 1945 年来万里望工作，到 1951 年已过去六年了，昔日的儿童已长成青年。可我在这期间，从未回我的出生地大直弄看看，后来举家迁居到双溪吉隆小村，我也未回过这个家。有时真想回去看看，但一想到我至今还未出头，就不想回去了。

我计划于二十周岁时，离开万里望，因为我觉得，既然我已下决心向美国前总统林肯和苏联的大文豪高尔基学习，并已付诸行动好几年，就必须像他们两位那样，到各地去闯闯，好增长见识，练胆练意志，更深刻地洞察人生，好迎接机会。以我现在的抵抗人生逆流的综合能力，对未来的艰辛和凶险，我至少可以做到：出淤泥而不染，劲草迎狂风而不倒。为此，我必须回我的出生地和家一次。但我内心发出誓言，这是我向出生地和父母亲及弟妹们再一次告别，下次再回来之时，应该是我的出头之日。

当特邀贵宾

好友汤国威要初中毕业了，他所在的班级要举行一次野外毕业联欢会，邀请我参加。这是我最近到他的学校找他还书时，他告诉我的。当时我说："我参加？不合适吧。因为你们是学生，我是工人。"他说："我已在班会上说你是我的好朋友，并将你的自爱与好学的事迹告诉同学们，他们对你颇有好感，很佩服你，很想与你见面。"我说："蒙承同学们看得起我，那我就参加，不过，我只有星期天才有空。"他说："我们有考虑到这点，特地安排在星期天。"

我在约定的星期天上午八点，把自己"包装"一下。我向堂妹们借来一部新的、很漂亮的英国名牌"礼丽"的墨绿色跑车，骑着它到怡保市育才中学报到。短短的五公里路程，不需半个小时。

我抵达育才中学的校门口时，已到了不少男女同学。大概等了半个小时，全班的同学到齐了，共二十几个男女同学。每个人都骑跑车来，载着举行野外联欢会所需要的乐器、野炊所需要的炊具和其他物资。在准备出发时，汤国威把我介绍给同学们，迎来一阵热烈的鼓掌声，表示欢迎我来参加。

骑了十几分钟的自行车，就到达举行野外联欢会的地点。那是在怡保市郊的近打河畔，周边景色优美，给我留下一生难忘的印象。近打河横穿该市中心，以此河为界分成旧街场和新街场，河面宽近百米，水流缓慢，最深处也不过一米，河水清澈得几乎是透明的，可看到沙质的河床和在水中漫游的小鱼群。石砌的护岸坡面，沿岸两旁有宽十几米的绿化带，草坪上有石椅，还有美丽的花和树冠很大的遮阳树，是河两岸附近居家的休闲好地方。

一到地方，几个懂厨艺的同学，立即开始午餐的烹调工作，其他同学开始表演联欢的文娱节目。轮到我出节目了，我有备而来，用 F 调的弧形口琴，用舌头打拍子，吹奏一首西班牙的名曲《白鸽》。至于跳集体舞，很好学的，只要不怕人笑，参与进去就行，我也被他们硬拖下去跳。快中午了，集体舞会才结束。午餐是同学们自己动手做的，吃起来别有一番滋味。午餐后，纷纷照相留念，有集体的，也有个人的。最后举行发毕业纪念册仪式，他们以全班同学赠送的名义，也发给我一本。

我以被邀请的嘉宾身份，参加初中毕业班的联欢会，可我是工人，这也算是我一生中发生的戏剧性的传奇故事。他们送给我的毕业纪念册是非常珍贵的礼物，非钱所能买到的。

毕业纪念册

　　说起人家送给我的这本毕业纪念册，内容非常丰富多彩。它分成四个部分，第一部分是校董事会的成员相片，校领导及各学科的课任教师的相片，以及上述人的赠言，接下去是简介校史，刊登校旗、校徽、校歌的照片。第二部分是每位同学占一个页面，上有该同学的三寸大照片，详细的中英文通信地址，自我介绍和自己的毕业感言及相好同学的毕业赠言。第三部分是三年来的学习生活的照片。第四部分是赞助商的广告。这本纪念册，印刷非常精美，是用经过防虫蛀处理过的道林纸印的。我问汤国威有关筹备这本纪念册的问题。他说："非常不容易啊，造价不菲！更难得的是要有一帮热心的同学来抓这三年以来的筹备工作。其实从初一入学时，我们的筹备工作就开始了，不然那些反映三年学习生活的照片就难以收集了。"他言之有理。

全身是力气

　　我在万里望小镇上的新成美杂货店工作，算来已头尾七年了，同事们换了一批又一批，我年纪虽然不大，却已够得上老雇工的资格了，也可以算是现有同事的老大，但我从不欺侮新来的小同事，老板对我的态度也比以前好得多，并且我的月薪也从五十元加到七十元。我早已从厨房调出来，专职售货，有时也送货。这时我的力气已像成年人那样大，肩背二百斤，走几十米或上二楼，都不感到吃力，我肩背的最重纪录是一大袋的绿豆，重达三百八十斤。由于长期肩背货物，我的两肩肌肉很发达，颈背还发育出一团肌肉，使我的整个肩膀很丰满、结实，即使我肩背上一箱重达两百斤的货物，其木头箱子的棱角压在我肩上，也承受得了。我的腰力也很好，一包一百斤重的水泥，用手抓住靠在腰旁，走十几米远很轻松。我有六块很结实的腹肌，只要我收缩和胀大腹部，就可以把一根用两手出大力才能扯断的绳子轻而易举地弄断。我的头可以顶上百斤的货物，平稳地走一段路。由于长期用双手搬重物，我的双臂肌肉很发达，单手提七八十斤重的货物走十几步不成问题，单手抓起一箱几十斤重的罐头炼乳，其箱子上的铁线压在我手掌上也不觉得痛。反正我的一双掌面布满硬茧，简直像一块硬肉板，十个手指头的关节也很大，手指的力气也不小。我没练过中国拳术中的硬功夫，但我的手和脚的力气不小，可以把一般人用双手费力才能弄断的木板单掌轻而易举地劈断，也可以用膝盖顶断它。我的手指头的力气比常人来得大，我用中指的指头可以勾起几十斤重的东西。我知道自己的手劲大，不敢轻易出手打人。我曾拿一只大猫试一下，一巴掌朝它的屁股用力扇一下，结果它痛得大叫一声，变成拐脚猫了。

想离开新成美

我持之以恒地写日记，写作能力不断提高，应付工作所需已绰绰有余。作为老板之一的三叔，是负责进货的，可是只会看而不爱写的他，店里需进什么货，全靠死记。有一天，我看他在各货架上检查需补进的货品，很吃力地在死记的样子，很想帮他一把，顺便挖苦他一下，因为他曾经反对我学文化。我笑笑地对他说："可惜你不爱写，所以才死记，多费力呀！"他说："那你帮我写下来。"我说："何必这样费事，等下我抄一份补货单给你。"他问我怎么知道他想进什么货。我说只帮他写补货单，至于什么货要不要再经营，那是他考虑的事。事后他对我向他提供的补货单很满意，从那以后，他就叫我负责这项工作。这对我并不难。看样子老板是希望我继续干下去，可是有几个原因使我想离开这里：一是当我的翅膀未硬时，他们不想容纳我；二是不想干杂货店这行；三是我要圆求学的梦；四是我要飞到各处看看。

不敢高攀

原在万华小学念书的李国发、黄根添、洪善政等人都升学到怡保市的育才中学念初中，通过他们的关系，所有在育才中学念书的万里望人，我都认识，但谈不上都是朋友。其中有一个女学生，据说是育才中学的高中生，我不但认识她，我还知道她的哥哥是锡矿主，喜欢打篮球，个子很高大，是万里望篮球队的队长。她是有钱人家的小姐，身高一米六多，身材修长。没有上课时，她喜欢穿橙黄色的连衣裙，长相也还可以。因为她的家可以说是我工作的杂货店的近邻，因此我倒是经常看见她走过我工作的店门口，但每次我与她四目相对视之时，她总是很严肃地望我一下。我很反感，心里想："别看你是高中生，有什么了不起，我以后说不定会超过你。"我以为她看不起我，所以我狠狠地瞪她一眼。有一个我认识的，在育才中学念书的万里望人，与她有来往，有一次我对他说她看不起我，老是给我看她冰冷的脸孔。他对我说："你误会她了，你知道她在背后讲你什么吗？她说你的眼睛长在头顶上，意思是说你看不上她。我看她对你有些意思，你只要放下你那清高的架子，主动追求她，那她可能就不是以冰冷的态度待你。"且不管他讲的是真还是假，反正我没有主动追求女孩子的习惯，再说门不当户不对呀，我可不敢高攀。

弟帮哥

店里最近来了两位新同事：一位是陈文忠老板的亲戚，名字叫陈其顺，岁数不大，个子倒是很高大，但智商不高，又爱打架，文盲；另一位是我的二弟林国成，因他已初中毕业，大姑与大姑丈不再培养他念高中，由二叔推荐到三叔的店里工作。

一个星期天，陈其顺对我进行挑衅，我虽然力气大，但不善于打架，也不爱打架，善于打架的二弟实在看不下去了，跟他对打起来。别看他的个子比二弟高大，他根本不是二弟的对手，三两下就被打翻倒地。事后，他竟恶人先告状，向陈文忠老板说我们兄弟两人打他一个人。陈文忠老板就叫我的三叔好好管我们兄弟俩。三叔也不问我们为什么跟人家打架，就声色俱厉地叫我们滚回老家去。二弟是刚走出校门的学生，哪受得了这个气，立即回到太平市，暂住在大姑家，另谋生路。我则另有一番感受，这句话不管此时此刻三叔出于何意，在客观上是在戳我心灵上的创伤。记得我刚来他的店时，还是个童工，他动不动就叫我滚回老家，那时我犹如一只雏鸟，不会飞，只好吞声忍气。如今再次听到这句话，怎不叫我悲愤呢？但我现在已是优秀的售货员，好吧，滚就滚！我立即离开他们的店，到太平市二叔的家暂住下来，另找工作。

与蛆打交道

荣财堂兄的朋友介绍我到位于太平市最大的巴刹旁边的都拜律的美利号咸鱼店工作，每天上午六点工作至傍晚五点，当售货员。星期天休假，三餐吃老板的，每月工资七十元。既然失业，那就先去干段时间再说。

在咸鱼店工作了几天，才知道为什么咸鱼店很难请到店员。即使待遇不错，也很少人愿意干。我第一天上班，一走进咸鱼店，一股难闻的腐臭腥味扑鼻而来。更令人恶心的是，水泥地面上到处是咸鱼汁，咸鱼蛆到处爬动。老板发给我一双长筒雨靴，可是那讨厌的、足足有两三厘米长的蛆，无孔不钻，无处不爬。只要稍微站着，它们就往靴上爬，很快就爬进靴里。吃饭时，那就更不好受了，因为蛆成群结队沿桌脚往上爬到桌面上来，得经常将它们从桌上扫下去。稍微不注意，它们就爬到饭菜里头了。在这种情况下，我吃得很费劲。我很佩服与我同桌吃饭的老板和其他同事，他们好像熟视无睹。我暂时住在二叔家，傍晚下班后回到二叔家时，家里人个个说我身上有臭咸鱼味，连我自己也闻到。即使洗澡时，全身抹了两次香皂，还是无法全去掉身上的咸鱼味，据说要经过一星期才能把咸鱼味全去掉，但我还得天天在咸鱼店与咸鱼打交道。

我真的不想在咸鱼店工作，但又怕失业，因为家里幼小的弟妹们在等我寄钱给他们糊口。在咸鱼店工作了一星期，恰好三叔通过二叔带口信，叫我回万里望。经过再三考虑，我觉得还是先回去再说。我边托朋友帮我找工作，边下决心要离开令我伤心的万里望。

立业与尽孝

再回到新成美杂货店工作，虽然老板和同事们对我没什么，但我的心理很不平衡，难道除了新成美，我再也没地方去了吗？不，不会的，我已是一个优秀的售货员，会找到工作的。

当初父亲托祖母把我送来杂货店当学徒，是希望我学会做生意的本领，经过这么多年商业场上的打滚，别的不说，就如何把杂货店经营好来讲，我是胸有成竹的。可是这么多年以来，我是长子，为了尽孝，我每月的工资除了留些零用钱，其余的全寄给父亲，至今身边只有二百元存款，哪怕是开一间小小的杂货店，起码也得好几千元的资本。我呀，立业与尽孝难兼顾。

通　信①

1952 年 1 月 12 日　星期六

　　以我的苦力工人的身份、低贱的社会地位和贫穷的家庭背景，在通常情况下只能交一些与我的处境相近的人做朋友。但交笔友与邮友就不同了，因为彼此都不看重对方的社会地位、经济情况等等，这使我有机会交到文化层次较高的人，只是花些邮资而已。我的好友汤国威，就是由笔友变成朋友的。

　　由于我交了不少笔友和邮友，几乎天天有我的信，有马来亚的，也有外国的。就说最近的七八天吧，我一共收到二十封信。当然我也几乎天天晚上，抽点时间写信，天天寄信。在某些人的眼中，我真的成了神秘人。有的人背后议论，有的人当面问我："你是普普通通的工人，哪来的那么多来信？你究竟在干什么？"对此我只是微笑不答。最近还发生了一件趣事，我与婆罗洲的笔友 A 通信，而 A 又与澳洲的笔友 B 通信，恰恰我也与 B 通信，B 又将我介绍给 A，A 哈哈大笑来信对我说此事。其实认真写信也跟写文章差不多，有助于提高我的写作水平。

　　二弟连续来了两封信，大谈他从校门到社会的感受，诉说了他目前从事的工作情况。他在太平市郊的新坂村的橡胶厂当洗胶工人，既脏又臭，更糟的是腐蚀性很强，才干没几天，手和脚都红肿得难受，况且劳动强度大，待遇又不好。我写信叫他另找其他职业。

　　万里望是马来亚的产锡区，露天开采，锡矿业成了该镇的经济支柱。民间可以向政府有关部门申请锡矿开采权，但产品锡砂由政府统一收购，近来锡价看好，万里望镇一片繁荣景象。大锡矿的含锡矿砂经过

---

　　①　以下有日期的文章，都是作者从日记里摘录的。——编者注

水的多次淘洗之后，最后流出来的尾水，还可以用琉琅盘淘洗出少量的细锡砂，过去是只需经过矿主的许可，琉琅妹就可以去淘洗。不知出于什么原因，后来要有政府发的许可证（俗称琉琅纸）才可去淘洗。最近政府没收了好几千张许可证，使好几千个琉琅妹失业，她们纷纷向政府提出抗议。

1952 年 1 月 20 日 星期日

我现在月薪才七十元。前几天，父亲从双溪吉隆老家来我这里，说是来看望我，其实是向我要钱。我也想多给父亲一些钱，好让他高兴些，但我是心有余而力不足。我给他一百元，对他说："我每个月最多只能给你五十元，这一百元是给你做两个月用，希望你计划着用。"他说："看看你的二叔、三叔、大姑，他们的子女个个过着少爷小姐的生活，我无能，让你们兄弟姐妹个个像乞丐似的生活，且受人欺负。唉！何时我家才是出头的日子呢？"我无言以慰父亲，因为连我自己也不知何时才能出人头地。我只简单地告诉他，我不想在新成美再干下去，他劝我再忍耐干下去。

接到陈志强来信，说他现在广东省的平川县搞土改工作，即将地主的田地没收后，再分配给贫苦的农民，让耕者有其地。

《南方晚报》（地方性的华文小报）要举行青年小作品竞赛，我决定参加，参赛的小作品也已写出来了。我明明知道自己是赛不过科班出身的青年，但我觉得贵在参与，这可是我参加社交活动的难得机会。

新年好，红包来

1952 年 1 月 27 日 星期日

今天是大年初一，尽管政府刻意要淡化这个华人的传统节日，但华人照样过春节。所有华人经营的企业，不约而同地给员工放三天假。昨天是除夕，一过中午，有"小广东"之称的万里望小镇，街市已不见人影，华人经营的所有商店也关门了，所有华人都各自回家过除夕。我工作的杂货店，老板也与我们员工在一起吃年夜饭，然后给每个员工发过年红包，红包的分量相当于一个月的工资。此时大约是晚上八点，老板给我们准备好鞭炮就回家了。零点，各家大放鞭炮迎接春节的到来。

初一的一大清早，街上都是穿新衣服的华人互相拜年，连华人乞丐在这天也给自己放假，不上街乞讨。倒是那些被印度贵族视为贱民的印度环卫工人，乘机发点春节小财。从早上七点到八点，短短一个小时就来了七八人次，他们笑容可掬地来到店门口，大声叫"恭喜发财"，我们就打开店门，他们向我们行个抱拳礼（也叫中国礼），说："头家（闽南语），然花丽（英语译音，即新年），恭喜发财（用广东话讲）。"我们就按老板事先交代的去做，给他们每人一元钱，这可是他们平时工作的一天收入，他们连声说："爷里马加士（马来语，意即谢谢）。"反正每年春节的初一早上，老板总得准备几十元钱来赏赐他们，这好像已成为惯例。

同事陈忠纳对我说，他不想在新成美干下去，已在金保市另找了工作，并答应替我在金保市找工作。

昨天，同事马利秀对我说："我的家就在槟城，你可以带秀根于明天到槟城去玩两天，我先走，在槟城等你们来。"我将此事对堂姐秀根说了，她很高兴和我一起去槟城玩。马利秀是潮州人，是三婶的结拜弟弟，左派人士。

春节游槟城

1952 年 1 月 30 日　星期三

大年初一上午十一点，我带堂姐秀根和堂妹秀意到怡保火车站乘坐火车往槟城，傍晚才抵达北海火车站，乘坐渡轮过海峡，到达槟城时已是万家灯火，在堂舅家吃晚餐。我和堂姐妹都是第一次来槟城，很想多玩几天，但我得于初三下午离开槟城，赶在初四到万里望上班。堂舅张炳坤对我说："没问题，你先回去做工，秀根与秀意在槟城多玩几天，我会带她们回万里望。"

初二那一天一大清早，堂舅带我与秀根和秀意，到表兄陈政直的家，向他一家人拜年。临出门时，堂舅对我们三位说："你们要见的那位表兄，不但是有钱人，而且在社会上的地位也很高，等下见面时，认识一下就行，不必多讲话。"接下去，他又把秀根和秀意打扮得花枝招展。也叫我把皮鞋擦亮些，又在我的头发上，抹些男士用的香发膏，替我梳成绅士的发型。他朝我从头到脚看一下，很羡慕地对我说："你就这样走在街上，人家还以为你是电影明星呢，现在是你一生当中最英俊的时期，去照相馆拍张相片留念吧。"我说这几年以来，每年都有拍照留念。

在堂舅张炳坤的带领下，我们先去参观他经营的陶瓷器皿店，在店里小坐一会儿，就到表兄陈政直的家。怎么评价他接待我们的档次呢？我的感受是：他对我是热情带客气，而欠亲情。我谈吐文雅，彬彬有礼，使他不敢小看我；但又是穷人家的孩子，当工人，没好好进过学校念书，便又矮了一分。他是有钱人，是政府的红人，又是全马来亚著名的华校——槟城的钟灵中学的校董事长。他怎么会跟我亲得起来呢？由于我们还要游览槟城的名胜古迹，时间很宝贵，我们只与表兄坐一会儿就告辞了。

我们乘坐轻便的铁轨拉车上升旗山的山顶。这是全槟城的最高点，主要是看槟城所处的槟榔屿岛全景。乘坐这种全靠粗铁索硬拉上山的登山车，从山下沿着倾角大约四十五度的陡坡，很吃力地慢慢拉到山顶，比用脚沿与它平行的石阶爬上去的速度，快不了多少。但我们个个坐得直冒冷汗，万一拉的铁索断了，后果不堪设想。所以下山时，我们是沿石阶走下来的，虽然花点脚力，但恐惧感较轻。我们在升旗山的山顶餐厅进午餐时，还意外地遇见堂兄荣发、荣财和表弟李国发，他们也是从太平市来这里游览的。

接着我们去游览极乐寺，主要是参观佛教的庙宇群。它们还有一个传奇的事迹。据说当年日本进攻马来亚时，有情报说抗日义勇军以极乐寺为据点，于是日军对极乐寺进行飞机轰炸，扔下好几颗大炸弹，奇怪的是竟都没有爆炸。

接着我们又去参观蛇庙。这是一间不大的单层建筑物，香客多，游人更多。排队等了近一个小时，才轮到我们进庙参观。呀！庙内的蛇真多，庙梁上，供桌上，香炉脚，地上，到处都是蛇，雌雄老幼都有。它们不怕人，不咬人，优哉游哉地爬动，人们说它们是圣蛇，谁也不敢去捉弄它们。

接着我们又参观了著名的华校钟灵中学。因春节放假，整个校园很宁静。但其规模之大，校园之美，不论是太平市的华联中学，还是怡保市的育才中学，这些华校都无法与之相比。

大年初三早上，我就离开槟城，途经太平市时，顺便到二叔的家，向他老人家拜个晚年。当天晚上，我回到万里望镇。

看书消愁

1952 年 2 月 8 日　星期五

重新回到新成美杂货店工作后，我心里一直不平衡，恨不得立即离开万里望镇。在这段时间里，我通过写信和交谈，到处求人帮我找工作。结果呢？有的还算客气，敷衍我几句，有的干脆避而不见，使我深深地感到知音不等于知己。虽然我远离父母亲，出来工作已七年，却始终在新成美工作，在三叔身边，还是没脱离亲戚的圈子。在这七年当中，我不管碰到多大的困难，自己努力去克服，从不轻易求人。不管受到多大的委屈，我默默地承受，从不向人倾诉。而今为了离开万里望镇，我得求人了。

由于暂时还无法在别的地方找到工作，我整天心情很郁闷，但我不以杜康浇愁，不用吞云吐雾来解闷，不以赌博来刺激，而以看书和写作来苦中取乐，用成功的事例来勉励自己。我当初学骑自行车时，老是摔伤手脚，被某些人说我比猪还笨，但坚持下去最终不是成了优秀的骑士了吗？初学文化之时，不是有人讥笑我是天生文盲命吗？而我不认命，现在不是已摘掉文盲的帽子了吗？当初我学讲广东话，闹出不少笑话，而今我讲广东话，人家还以为我是广东人呢。想到这些，解开了我心中不少的郁结，一股不服输的韧劲来了。不管是过去，还是现在，那些看不起我的人也好，讽刺、奚落、挖苦、欺负、侮辱也好，大丈夫能屈能伸，好男儿志在四方，来日方长，等着瞧吧！百感交集，挥笔一首打油诗来发泄郁闷的情绪：

荷出淤泥仍自洁，燕雀焉知鸿雁志。

春李冬梅各有时，终有凌云得志日。

1952 年 2 月 15 日　星期五

英国国王乔治六世逝世了，今天举行葬礼，政府下令所有商店停止营业一天，以示哀悼。继承王位的是乔治六世的长女伊丽莎白。联想英国和中国各自的近代史，人家的维多利亚女王使当时的英国成为世界的不夜之邦，殖民地遍及世界的各个角落，盛极一时。而中国的慈禧太后（掌握实权的名副其实的女皇），却使当时的中国成为世界列强蚕食的目标，衰败之极。

山重水复疑无路，柳暗花明又一村。太高兴了，陈忠纳先生来信说，已替我在金保市的永顺成杂货店找到一份工作，叫我今天就去上班。时间太仓促了，来不及，我立即回信给他，定在 17 号（即后天）去上班。陈忠纳过去与我共事时，不时发生争吵，而现在他又愿意帮我，由此可见，谈不来未必一定帮不来。

离开新成美

1952 年 2 月 17 日　星期日

今天是休假日，大清早，同事们还在游梦乡。我带着简单得不能再简单的行李，静悄悄地离开了我工作七年的新成美杂货店。离开了朝夕相处七年的三叔一家人，我的心情错综复杂，为了坚定离开他们的决心，我事先不给他们打个招呼，来个不告而别。敬爱的三婶，多谢您七年来对我的关心与爱护。亲爱的堂姐妹们，多谢你们七年来待我如亲兄弟。

三叔，这七年来，你待我如何，叫我如何讲才好呢？从好的方面来讲，你至多是对我教育不得法；从坏的方面来讲，至少你是看不起我，讨厌我。我很怀疑，在你的心目中，我还是你的亲侄儿吗？不然你为什么如此对待我？一是我的表现稍微不合你的口味，就叫我滚回老家去，不管这是你有口无心的骂人口头禅，还是真的对我下逐客令，在客观上却使我的心灵受到伤害。二是你为什么连我上夜校也横加干涉？进而焚烧我的课本，直接剥夺我上夜校的权利。三是当初我来时，还是个儿童，备受人家的欺负，你没出来为我讲句公道话，而是袖手旁观，你还是我的三叔吗？四是我曾一度病危，你不但不闻不问，还不准我请假就医，你是唯恐我不死吗？以上这些，说我对你有怨气，那也是人之常情。

三叔，我就像一株生命力很强的野草，在风吹日晒雨打中成长起来了，我之所以要离开你，并不完全是你过去如何对待我的问题，还有另外的问题，我现在没有必要告诉你。或许再过十年八年，我相信你会明白的。

今后我是单枪匹马走江湖，哪怕在前进的道路上充满陷阱和荆棘，我也得想办法跨越。没有走过的路路况不明，一不小心难免摔倒，没关系，从哪里摔倒，就从哪里爬起来。

第四章

金保市情缘

老板一家

1952 年 2 月 17 日　星期日

一大清早，从万里望小镇乘坐巴士到怡保市的火车站，买了下午一点半的火车票，整个上午无聊地在候车室等车。因怕遇见熟人，不敢离开。下午准时上车，两点就抵达金保市。其实金保与怡保距离才三十几公里，坐巴士也同样是半个小时，但我怕晕车。

总算到永顺成杂货店报到了，该店的老板和同事们都对我很热情，但我的头脑很清醒，这并不意味着以后都是如此。刚好今天是休假日，没有开门营业。事情这么巧，七年前，我到新成美杂货店报到也是星期天。但我现在看到店里一片喜气洋洋，餐桌上摆满只有庆祝大喜事才有的糕饼和全只烧猪等，我初步断定，昨天和今天上午，老板一家人在举办喜事。

1952 年 2 月 24 日　星期日

来永顺成工作已一星期，了解到不少的情况。永顺成是批发兼零售的杂货店，主要经营大米、罐头炼乳、饼干等的批发，顾客是市郊小杂货店的老板。店里有一辆货客两用的面包车，既是送货上门用的工具车，也是老板一家人的外出用车。零售的顾客却多是印度人，因此店里还经营印度的各种香料与印度人爱吃的熟米。这种熟米不论华人还是马来人，均吃不来。它是先把米蒸熟后再晒干，呈金黄色，半透明，是质地很轻的熟米干。要吃它时，把它蒸一下就行，但一定要用大量的咖喱汁将其淋湿才吞得下去。店里的老板和一些同事的印度话讲得很好。为了工作，看来我要学讲印度话了。

我的工作主要是卸货和跟车送货，没有上述任务时，我就是售货员。该店的营业时间是上午八点至下午五点，时间不算很长。关于我的月薪问题，按理说应先与老板讲好后再来店里工作，但我急于离开原来工作的新成美杂货店，因此只要有人雇用我就行，先干一段时间再说。且在我来报到的当天晚上，老板对我讲的话很令我感动。五十几岁的女老板对我说："你为人的品德和对工作的态度，介绍你来我们这里工作的陈忠纳先生已详细跟我们讲了。你是个好青年，好好干。你要求多少的月薪？"我说："你们就看我的工作表现来给我定月薪吧。"她又很严肃地对我说："我的儿子也跟你们工人一样在店里工作，我都一视同仁，要求各司其职，将工作做好。否则不要怪我不讲情面，除此之外，大家随和些。"主持店里经营业务的陈春敬先生对我说："根据忠纳先生的介绍，你是个很有进取心的青年，你来和我一道工作，只是分工不同而已，大家都是同事关系。"

老板祖籍是中国福建永春，姓陈，他逝世后，店铺就由他的遗孀——就是现在的女老板接管。她经常在店里坐镇，监管我们的工作，包括她的儿子在内。她的大儿子陈春元据说是抱养的，也在店里工作，是店员兼送货车的司机，华校小学毕业。她的二儿子陈春敬是店里的经理，也会驾驶汽车，还是英文会计师，英校九号位毕业（相当于华校的高中毕业）。他会讲流利的印度语、英语、马来语和国语中的广东话、客家话，但他的华文只有小学程度。她的大女儿陈联珠，华校初中毕业，在家待嫁。她的三儿子陈春凯，英校七号位（相当于华校的高中一年级）结业，是华文盲，只负责店里的进货，其他的不干，我和他几乎没接触。她的四儿子陈春辉也在怡保市的育才中学读初中，在学校寄宿，星期天才回家。她的二女儿陈联英在本市的华文小学读书。

该店是一幢两层的建筑，宽只有七八米，长约二十米。店的前门就在怡保市通往吉隆坡市的大道旁，店的后门也在另一条街的旁边，店的一侧和印度人经营的布店紧邻，另一侧则在另一条街的旁边。可以说，该店是三面临街。店的前面部分是营业的店铺，中间部分是仓库，后面部分是厨房、膳厅、浴室和厕所。楼上住着老板一家人。

我的同事有老板的大儿子陈春元、二儿子陈春敬、三儿子陈春凯、中文会计梁粮、厨子陈忠团，还有两个年轻人，连我共八个人。晚上，我们工人就睡在楼下仓库内的过道上，两旁都堆放着货物，中间铺折叠式的帆布床。但在这里睡的人只有我和忠团及一位年轻人，其他三人都住在自己家。

店里有两种伙食，一种是工人吃的，在楼下厨房的旁边摆上餐桌就可用餐，我和春元等一共六个人吃工人餐；另一种是老板一家人吃的，他们在楼上用餐，由厨子端上楼给他们吃。不管怎么说，这里的工作环境和生活条件都不错，给客户送货有汽车，不用自行车载了，店里有电风扇送凉，有电话，有可淋浴的浴室，尤其是厕所用的是抽水马桶，我还是第一次使用它。若说有什么美中不足的话，那就是很难找到夜自习的地方。后来，我就在厨房的放物小桌上进行夜自习，在昏暗的小灯泡照明下写日记、看书读报、写些小品文，时间是每天晚上七点至十点。我很注意，不弄出声音影响同事们睡觉，人家也就不会干涉我。

可遇不可求

1952 年 3 月 2 日　星期日

天天看老板一家人下楼和上楼，不禁对楼上产生了好奇，可是不经老板娘的许可，我们工人是不能上楼的。我刚来不久，怎么好意思向同事们打听呢？这更使我对楼上充满好奇。前几天竟发生了令人难以相信的事，事先我是万万想不到的。前几天的晚上八点，我正在厨房自习，老板的二儿子陈春敬到厨房找我，笑笑地对我说："我母亲叫你上楼，她有话要对你讲。"这个老板娘平时很严肃，很少与工人讲话的，我真的猜不出她的用意。春敬看我满腹疑惑的表情，说："是好事，不用猜，你是猜不到的，跟我上楼吧。"上了楼，老板娘带我到靠近大道的一间房间坐下来。她对我说："这是我的小儿子春辉住的房间，在楼上的五个房间中，数这间最大，光线最好。他在怡保市念书，每星期只有星期六回来住一个晚上，平时空着，你以后晚上就睡这个房间。星期六的晚上他回来，你就与他睡同一张大床，你的行李也搬来放在这房间。是我把你天天晚上在厨房坚持学文化的事告诉他，是他要你上来住他房间的，说方便你进行夜自习，他很想与你交朋友。房间内的东西，你都可以享用，但你要珍惜，收音机也可以听，但不要影响人家睡觉。有些东西，你不懂得使用，可先向春辉请教。"就这样，我竟与老板一家人住在一起了，可我是他们的工人呀。

上个星期六的下午，春辉从学校回家，当天晚上我与他交谈，觉得与他还谈得来。他告诉我不少他的家事，他对我说："你来我们这里工作也有一段时间了，我的母亲对你印象很好，她说你是个没有不良嗜好的好青年，待人彬彬有礼，讲话文雅，叫我好好向你学习。有天晚上，她有事到楼下，看见你伏在厨房的饭桌上，在昏暗的灯光下写东西，这深深地感动了她。她就此事对我说：'看看人家，工作了一天，已经很累，晚上还要自学文化，他的品行也很好，你不要小看他，别以为他现在是工人，说不定以后比你更有作为。我想叫他搬来与你住在一起，你愿意吗？'我说愿意。其实就在你来报到的那一天，我就看见你，只是你没有注意到我，你给我留下好印象。特别是你那双深邃又犀利的眼睛，使我觉得你这个人的内心深不可测，不是头脑简单、没文化的工人。以后你叫我的母亲为伯母，叫我们兄弟姐妹，直呼其名就行，不必见外。"我很感动地说："多谢你们一家人如此看得起我，这对我是很大的鼓励，但我出身那么低，经历那么苦，以后会有多大的前途呢？"他说："别那么说，汉高祖刘邦，明太祖朱元璋，都是穷苦人出身呀！"

春辉可是他母亲最疼爱的小儿子，他睡房内的用具配套齐全。古香古色的中式大床铺上木棉垫，即使我和春辉一起睡在上面也不觉得挤。雪白的绣花蚊帐，让人感到几分温馨。回顾我的一生，都是睡地板或帆布床，从没条件使用蚊帐，任由蚊子叮我，现在我睡在只有少爷和小姐才能享受的高级睡具上，特别舒服。但我知道，这是一种可遇不可求的短暂的享受，房间内有摆放不少书籍的书架，床前的墙边摆放一张大办公桌，桌上放一架三波段的大收音机，有一张靠背椅。此外，还有一架大电风扇。

因为金保是个山城，晚上不太热，所以我很少用电风扇，倒是那架收音机，我几乎天天晚上用它，但我得等老板一家人都睡了（通常是十点以后），关上房门，熄灯，把耳朵贴近收音机，利用短波，收听中国的中央人民广播电台播放的新闻报道或曲艺节目，扩大我对新中国的了解。但我不想让人家知道我在偷听中国的电台，免得惹来政治上的麻烦，因此对任何人都不讲新中国的情况。

其实我睡在楼下货物架的过道，也只是刚来这里的头个星期而已，第二星期刚开始就与老板一家人住在楼上了。我每天扮演两种角色，白天我在楼下干活当工人，晚上我在楼上享受少爷的待遇。我获得如此特殊的待遇，引起某些同事的眼红，说我很会拍老板的马屁。其实不是这样的，而是我碰上了有文化的老板一家人。文化人与爱学文化的人之间较易亲近，这是"人以群分"定律。

相聚何太迟

春辉的大姐叫联珠，年龄与我差不多，很漂亮，修长的身材，梳两条长辫子，走起路来婀娜多姿，性格外柔内刚，不苟言笑，给人以冷美人的形象，唯独对我是例外。这可能是美女遇俊男，惺惺相惜的原因吧！她也是独睡一个房间，就在我睡的房间隔壁。虽只有一道薄薄的木板墙之隔，却是把她与我分隔的、无法翻越的鸿沟。她也和我一样，爱好文学与哲学，写得一手好字，字体刚劲有力，从中大概可以看出她的性格。

晚上，我是绝对不敢进她的房间与她闲聊的，倒是她有时候会到我的房间闲聊。有一次，她在我的房间与我闲聊时，叹气着对我说："上帝真会捉弄人，为什么偏偏在我的订婚礼刚举行完毕之时你才来，为什么你不早两天来呢？"我说："迟两天与早两天，还不是一样吗？"她说："可对我来讲不一样，以后你会知道的。"她这么一讲，我明白她的心意了。难怪我来报到的那天，春元曾对我说："你来晚一步了，不然的话，你还可以看见我大妹妹的订婚礼。"我当时怎么会知道他的大妹妹是现在与我很谈得来的联珠呢？

其实，按老板娘的意思也是叫我在联珠订婚的前两天来报到的，但忠纳兄并没有说清楚这一点，以至于我认为时间太仓促，才推迟两天来报到，真是天意呀！不过这样也好，因为永顺成只是我在寻觅前途的漫漫长征中的第一站而已，我并不太想成为永顺成的女婿。但话又得说回来，如果她现在还是小姑娘，独处可就麻烦了。谈得来，又加上朝夕相处只一墙之隔，难免日久了由动情演变成动心，那我可身不由己了。现在她已是有夫之妇，这减少了我对她动心的可能性。

恩恩怨怨

　　我来这里工作一星期之时，就写信告诉在太平市工作的二弟国成，说我已在金保市找到工作，并给他通信地址，叫他转告父母亲。前天收到他的回信，他说："当天你不告而别，三叔以为你去怡保市玩，也就不怎么在意，中午过后还不见你回来，以为你跑到太平市的二叔家里玩。他打电话给二叔，落实了你不在二叔家，这下他才知道你出走了。你出走后的第三天，三婶来太平市找我要你的住址，可那时我也不知道你在哪里，结果三婶将我臭骂一顿。"

　　看来我必须回万里望一次，主要是与老板结算我的工资，也取回寄存在三叔那里的一笔储蓄款。昨天，我向老板娘请一天假，她满口答应。

　　今天上午，坐公共汽车于十点多到达万里望的新成美杂货店，要老板把我的工资结清，并向三叔取回寄存在他那里的储蓄款，一共才四百多元。这是我在新成美干了七年仅有的这么一点储蓄，不是我乱花钱，而是将工资的大部分都寄回家养弟妹了。三叔阴沉着脸，一言不发，也不看我一眼，把那四百多元扔给我。三婶闻信，从家里赶来，叫我回家一趟。此刻正在下雨，我不去。三婶当场骂我忘恩负义。尽管我有足够的理由把她的话驳回去，但看在这七年来她对我还可以，况且我这次出走与她无关，所以我不想与她吵架，任由她骂，我不吭声。不吭声的三叔，此时怒吼着："你没良心，不告而别，比狗还要坏。"我冷若冰霜地注视着他，冷冷地对他说："这七年来，你为什么动不动叫我滚回老家？我厚着脸皮忍受下来，不是我比狗还要坏，而是我比狗还不如。当我病得快死了，你为什么不准我请假就医？幸好我命大，活过来了。你为什么不让我到夜校念书？还烧掉我的课本？我刚来这里时，还是个十三岁的儿童，受尽人家欺负，人家打我、骂我、侮辱我，你为什么袖手旁观？够了，究竟是谁对谁没良心？以前你赶我走，我不走，现在我主动走了，还需要向你告别吗？"听了我的倾诉之后，三婶哭了，三叔低头沉思。我正在想给三叔和三婶一个阶梯下台，可那不识好歹的另一个老板陈文忠，也赶来教训我。他训斥我道："羽毛丰了，翻脸不认人！"我冷冷地说："你过奖了，我只是长出了会飞几步的羽毛而已，待我的羽毛真正长丰了，我飞得更高更远给你看。我是翻了脸，但没有不认得你，因为这七年来，你是怎样对待我的，我不会忘记的。"我看三叔掉泪了，于心不忍，我心平气静地说："三叔，我与你之间的恩恩怨怨就不必再提了，你对我是好是坏，我心里很清楚。我的不告而别，还有一个很重要的原因，就是怕你不肯让我走。我告诉你，我迟早是要离开万里望的，至于什么原因呢，我现在对你讲了，你也不会理解，以后总有一天，你会知道的。"三婶叹气着对我说："本来我们想争取在今年的年底给你举办婚礼，对象是吉宁仔的妹妹，你不是早就认识她了吗？"我说："多谢三婶的美意，但在还没有立业之前，我是不想结婚的。"

离开新成美之后，本来还想再去找我那两位红颜知己刘凤琼和陈润清告别，一是正在下雨，行走不方便，还不一定会找到她们；二是怕她们不让我走；三是急着赶回金保市。因此，我不告而别。不过我心中许愿，他日我若凌云得志，一定会再回来万里望看望她们。可怎么也想不到，今日离开万里望，时隔四十年之后的 1992 年才重访，隔得太久，人事已非，打听不到她们的下落，诚为遗憾！

沙盖族

1952 年 3 月 5 日　星期三

在我很小的时候，就听大人说过，在马来亚的深山密林里，住着猎取人头、吃人肉的生番，很可怕。这下我在金保市工作，总算有机会看到生番。在离金保市区不远的高山密林里，就有生番的部落小村。所谓生番，是当地华人对沙盖族人的叫法，他们才是真正的马来亚土著。据说，全马来亚的沙盖族只有千余人，大多分散在彭享大山脉的原始森林里，在金保市对面的高山密林里，尚有几十名沙盖族人。不过，他们现在已由吃生肉改为吃熟肉，华人就把他们叫熟番。

据了解，沙盖族还是过着原始的生活，但现在已由游居改为定居。他们以狩猎为生，以长矛、飞刀、毒汁喷筒为武器。平时在他们生活的山村里，男的全身赤裸，女的上身赤裸，下身只用一小块兽皮遮羞。外人如果未经他们的许可，擅自进入他们活动的领地，则有被他们抓去砍头的危险。出于好奇，我曾骑自行车沿着去打巴村的公路，终于在一处非常陡峭的半山坡上，依稀见到茂密的森林中一个由十几间沿着陡坡而建的低矮的茅草屋组成的小山村。但由于太远，目测大概有一两公里远，看不太清楚。据说没有通往该小山村的山路，有的只有他们才懂得走的林间羊肠小路。

有时候在市区，偶尔也见到沙盖人。我有幸见过他们两次。一次是店里来了两个年轻的沙盖人，一男一女，年纪差不多，男的身高一米五左右，女的身高一米四左右。他们都是黑皮肤，天生的黑卷发，扁平的鼻子，大嘴巴，肥厚的大嘴唇。他们都打着赤脚，腰佩闪闪发光的弯刀，身体非常结实、健美。男的几乎全身赤裸，只在下身扎一小布条以遮羞。女的上身全裸，高挺的乳房暴露无遗，下身只穿一小块小三角形的兽皮以遮羞。他们来店里买煮咖喱用的香料，我是店员，免不了与他们近距离接触，闻到他们身上一股怪味。还有一次就更有趣了，四个沙盖少女来店里买东西。爱美是女人的天性，这些沙盖族少女也不例外，她们用廉价的口红和化妆粉，涂鸦似的在脸上乱涂乱抹，使她们原来黝黑的脸部和又厚又大的嘴唇，变成了黑红色的怪脸和血盆大口。如果在半夜三更的野外，她们如此打扮突然出现在我的面前，那我真的会以为碰见女鬼了，就算没有当场被吓死，也会被吓得心直跳。她们与我比手划指买东西时，我不敢多看她们几眼。等她们离开店后，我才敢看她们的背影。此时又发生了有趣的小插曲，有一个华族青年朝她们的丰挺的乳房多看了几眼，被她们发现了，我以为她们会破口大骂，却想不到她们不生气，反而笑嘻嘻地很高兴。她们四个人一起向他靠拢过来。她们笑得比哭还难看，好像要吃掉对方的样子，加上她们腰间佩挂闪闪发光的弯刀，把那个华族青年吓得唯恐来不及跑。

初次当众讲话

1952 年 3 月 9 日　星期日

金保市的闽南人屈指可数。我来这里工作有一段时间了，也认识几个闽南青年，其中一个叫天福，前天他说要做生意，欠资金，向我借三十元。哈哈！他以为我会相信，三十元能做什么生意呢？社会经历告诉我，助人为乐是美德，但不能轻易相信我所不了解的人，否则助人反而被人骗。于是，我借给他十元，谅他不至于用十元来廉价出卖自己的信誉。他收下我的十元后，立即说："我在双溪古月镇，给你找到一份工作，既轻松又高待遇，是英文会计的工作。"我不懂英文，虽然我也买了自学会计的书来看，但毕竟没有实践过，能用吗？我爱面子，只对他说，此事容我考虑后再说。可我心里在骂他，老乡骗老乡，巧立介绍职业的名堂，明明是骗取介绍费，还说是借。

今天是休假日，上午到海峡摄影社，照三张三寸上半身艺术照片，花两元钱，因为联珠最近向我讨相片。她对我说："我好像有预感，我们相处的日子不会很长的，难得我和你有一段短暂的相聚之缘，你就送我一张相片做纪念吧。"我爽快地答应她。不少人说我长得像电影明星，照片更好看。而我呢，不管是我的红颜知己还是认识的少女，只要她们开口向我讨照片，我就慷慨地送她一张，至于她是否回送我一张，我不在乎。

今天下午，同事梁粮在大酒楼举行婚礼，办了二十几桌的宴席，我应邀参加了。与会的来宾，都盛装打扮。而我呢，既不是社会名流，也不是有钱人，只是一名穷工人而已，既没有盛装打扮的经济条件，也不想在这种场合引人注意，于是只身穿白色长袖衬衫，蔚蓝色长裤，头发抹些发膏，皮鞋擦亮些，仅此而已。这是我平生以来第一次参加人家的婚礼。这个婚礼是中西结合型的，既行中国礼，也用基督教的教义（婚礼上的誓词），还安排了一小段时间，让来宾向新郎和新娘献祝词。

我迟到了一些，整个宴会厅已坐满了人。我一走进去，立即引起不少来宾的注视。为什么？是迟到吗？是我的穿着与人家的西装不一样吗？还是我那高鼻梁、深眼窝、修长的身材？从来没有参与这么大场面的我，真的有点惊慌。幸好春辉离开他的座位，走过来拉我坐在他身边。

婚礼结束后，接下来是来宾向新郎和新娘献祝词。先是一些有头面的贵宾献词，接着是一般的来宾献祝词。好一个春辉，竟带头起哄，请我讲几句，一些男女青年也跟着起哄。本来凭我的文化修养和口才，讲几句献词也不难，可是叫我在这么多人面前讲，我还没有这个胆量，况且我事先一点思想准备也没有。所以，我一直推说不会。更使我尴尬的是，有四个平时也来店里买东西的少女，我与她们有点熟悉，她们看我发窘的样子，不但不帮我解围，还趁机跑到我身边乱起哄，弄得我羞怯得脸上绯红，不知如何是好。这时，我突然想起美国前总统林肯和苏联大文豪高尔基，他们也是锻炼出来的演说家。于是我站起来，可是我的手和脚怎么那么不听话呀，双脚好似在弹三弦，双手一下放进裤袋，一下按着桌上。我低头不敢看众多的来宾，讲话结结巴巴，声音发抖，额头直冒冷汗。围在我身旁的那几个少女，又带头喝倒彩，鼓起笑掌，引得在座的不少人大笑。难道我就这么狼狈不堪地被轰下台了吗？从不轻易服输的秉性，给了我勇气，头脑冷静下来，急中生智。我抬起头来，微笑地向众来宾扫视一下，这下掌声、笑声全停下来，众人在看我怎么下台。我微笑着热情洋溢地说："今天是梁粮先生的大喜日子，刚才大家都以欢笑声来表示对新郎和新娘的祝福。现在我请大家再次以热烈的掌声来祝福新郎与新娘白头偕老。"于是，会场上响起一片热烈的掌声，我趁机坐下来，总算较体面地下台了。我听到邻桌有人在小声议论我刚才的表现。一位老人对另一位老人说："这个相貌非凡的小青年，懂得如何自造阶梯给自己下台，应变之快，不简单呀。"我的少东家、也是我的同事陈春敬事后说："子仪兄，你真了不起，随机应变的本事真不小，刚才要是我，还真的不知如何下台呢！"我说，那也是被逼出来的。

昔日在万里望新成美杂货店的同事李振农先生，结婚后不久就离开了新成美，到打巴小镇上的一家烟厂当工人。这个小镇，就在金保市附近，我去过，只有两条小街道，华人不多，马来人倒很多。昨天他来告诉我，说他那边有间杂货店要雇店员，待遇很不错，问我去不去。我说这边的老板对我很好，不去他那边。

接受施舍

1952 年 3 月 16 日　星期日

同事梁粮问我："你与老板一家人同住在一起，这是老板娘对你的特别照顾，你知道这是什么原因吗？"难道是想招我做女婿？联珠已订婚，联英还小，都不可能。无非是看得起我，但我不能这么说，人家会反感。因此我说："不知道呀！"他说："我们的老板娘会看相，她说你不是长期当工人的命，是拿笔的命，她交代子女要善待你。"我说相命不一定准。我可不想让他知道我的抱负。

今天是休假日，上午十点多，我正在楼上的宿舍里写日记，联珠跑来对我说妈妈来了。我听得莫明其妙，说："没头没尾，到底是谁的妈妈?"她说是我的妈妈。我以为联珠在跟我开玩笑,但她叫我不妨下楼去看看。我只好下楼。呀,果真是妈妈来了,此刻正在与老板娘交谈。但我对母亲还是有意见,她为什么不事先通过二弟来信打个招呼呢?再说,她又何必在老板娘面前诉说家里的穷困呢?我正担心人家会看不起她,但出乎我意料的是,老板娘的心地很善良,叫联珠拿来不少她一家人穿过的、不想再穿的过时旧衣服叫我的母亲随意挑选一些带回去。我看着妈妈挑选旧衣服,心里不好受。我是不会轻易接受人家施舍的,但又不好扫老板娘的一片善意。我的心理状态被老板娘看出来了,她说:"不要不好意思,当初我们刚从唐山来南洋时,人家也是这样帮我们渡过困难的。以后你们的日子好过了,也可以帮助别人呀。"我只好说:"伯母,你为人很好,我牢记你讲的话。"妈妈一共挑了二十几件旧衣服,妈妈要我把所有的储蓄交给她保管,怕我乱花钱。那不行,我今后到处漂泊,口袋里没有些储备金是不行的,另外她也不善于计划开支。不过让她空手回去也讲不过去,我只好从那么一点点的储蓄中拿出一百元给她,并且对她说:"妈妈,以后我到处漂泊,会经常变换住址的,不要随便来找我。"这下,她才高高兴兴地回去。

1952 年 3 月 23 日　星期日

白天,我是一名工人,可是一到了晚上,我摇身一变成了小知识分子,而且过得还算开心,看看报纸和书,写写文章,收听中国的电台,不亦乐乎!况且有联珠经常来与我做伴,聊聊天,颇不寂寞。

陈联珠对我说:"我很珍惜你送给我的个人半身照,我会一辈子好好保存的。本来我也应该送你一张我的半身照,但我已是有夫之妇,怕招来不必要的非议,请你多多谅解。"我说:"送相片又不是连影中人的身心也送,我们的友情是纯洁的,不要复杂化。"她说:"可是有的人并不像你所讲的那样,我们俩不是天天相处吗?我有预感,你根本没心思在这个店长期干下去,等分手的那天再说吧!"她想得太多了,即使她没有与人家订婚,我也不会娶她的。一是我养不起这个有钱人家的女儿,二是我还未立业,成什么家呀。

前几天给在新加坡工作的陈忠纳先生写信,告诉他我不想在永顺成做下去,并叫他在新加坡给我找份工作。他很快给我回信了,他在信中说:"你不要以为我在新加坡给一间商店当会计很称心,新加坡的劳苦大众的生活也不见得比联合邦好。恕我直说,像你这样的人,一无文凭,二无一技之长,在新加坡至多只能当一名苦力工人。我刚介绍你到永顺成工作不久,你还说老板一家人待你很好,怎么现在又不想干了呢?我真不理解你。"的确,他不理解我,倒是永顺成的老板理解我。

唐诗与宋词看得多了,有时也写写打油诗聊以自娱,看了冰心著的《寄小读者》,引发了我对现代新诗的兴趣。而从报上的副刊看了不少小品文,写小品文的兴趣也来了。最近我分别以"渔夫"和"树"为题,写了两首新诗和两篇小品文,分别向《南洋商报》和《世界日报》投稿。我不在乎是否被采用,权当练习而已。店里的同事,有的问我:"晚上有时间,为何不去看电影、喝酒、赌博?写那些没用的东西,真不懂得生活!"我说:"各有所好,我写写文章也觉得很快乐呀。"

1952 年 3 月 28 日　星期五

到天福兄家拜访他,他问我:"跟运木材车尾的工作,月薪一百二十元,伙食自理,比你在永顺成的月薪多了五十元,你干不干?"我说:"你所指的木材是直径三十厘米以上、长六米的大原木吧,跟车尾是跟车装卸这些原木,是十分粗重的工作,而且很危险,易发生工伤事故。如扣除伙食费,真正拿到手的也不过是七八十元,这跟我在永顺成干的包吃住的月薪七十元差不多。再说我若做跟车尾的工作,将在哪里睡?所以不能干。"

有一位与我通信了好几年,却从未见过面的笔友吕振岳,在巴生港口工作。最近我写信给他,请求他在巴生港口给我找份工作,哪怕是码头的搬运工人也可以。他回信说:"在我这里,只要有一技之长,找份工作是很容易的,也很缺码头搬运工人。但我得如实地告诉你,这里的码头工人的成分非常复杂。各种各样的人都有,拉帮结派、抢地盘;经常发生械斗,嫖、赌、喝、吸四毒俱全者,比比皆是。我和你通信这么多年,知道你是个追求理想的好青年,怕你坠落,我不敢给你介绍码头工人的工作。"作为与我从未见面的他,能回信替我着想,这已是很难得。

说到一技之长的问题,对照自己,是否有一技之长呢?连我也搞不清楚。比如我会捕鱼、织渔网、划船、水产加工、杂货店的经营之道等，算不算是一技之长呢？

接到妈妈从双溪吉隆的来信。她是文盲，信当然是叫别人代写的。她叫我明天回家一趟，并带些钱回家，以备清明扫墓之用。前几天她来找我，我才给她一百元，怎么这么快又向我要钱？可我月薪才七十元呀！恰好此时又收到二弟从太平市的来信。二弟说："妈妈不善于理财，用钱无计划，你不是不知道，你怎么把你七年来的那么一点点储蓄，一下子拔出一百元给她呢？为人儿子，孝敬父母也是应当的，但也得量力而行。你是不是对人生失去信心，不储蓄了，自暴自弃？"我得回信向二弟说明母亲这次来找我的表现，当时我若不给她一百元，她是不会走的，这将使我很难堪。非我在堕落，而是出于无奈。

家族长老会

1952 年 3 月 29 日　星期六

不是母亲叫我回家我就回家，而是我觉得我既然要像《牛虻》书中的主人公那样四处漂泊、追求理想，那就很难说何时才会回家看看了。清明节快到，那就回家一趟，参加扫墓的活动，也算是向诸位祖辈的灵魂告别。另外，自从父母亲举家从大直弄渔村搬来双溪吉隆村居住之后，我还没回去过，也很想看看在该村的家是怎么样的。尤其是还有七年未过面的幼小弟妹们。利用明天的休假日，只要向老板请今天下午的半天假，后天早上赶回来上班就行。

中午十二点半，从金保火车站上火车，下午三点多抵达太平市。刚进二叔的家，还来不及洗澡，祖母立即为我召开家庭会，还不就是我对三叔不告而别的事嘛。现在，我成了家族长老们讨伐的对象了，由于我事先早有思想准备，所以也不怎么心慌。家庭会上有祖母、二叔、二婶、大姑。在会上，我与祖母有辩论，但没有争吵，看在祖母对我颇疼爱的分上，我对她老人家说话尽量婉转些。接下去是二叔要我讲讲三叔是如何对待我的。当他听了我的说明之后，沉默不作声，二婶和大姑也跟着不作声。关于我与三叔的恩怨是非就这样不了了之。不过，从二叔的表情来看，好像他已看出我的内心所想的事，这说明他有眼光。只要稍微有头脑的人，看我虽是工人，却对学习文化非常执着，就可知道我是胸有大志的青年。

晚上闲着没事，我约二弟一起到中山戏院看电影，是周璇主演的国语片《花街》。才看到一半，戏院里枪声响个不停，秩序大乱，观众纷纷逃命，差点踩死人。事后才知道，马共地下人员混进戏院，正准备散发反政府的传单，被政府的特工人员发现，才引起双方交火。据说没有抓到人，也没有人死伤。

本来想明天跟二叔一家人一起到小直弄的华人公墓扫墓，到时父母亲也会来扫墓，然后随父母亲回双溪吉隆老家，可是二叔又改变主意，说等再过两天去。我可等不了，因为我必须于后天早上赶回金保市上班。既然明天没事，何不到我出生长大的地方大直弄看看呢？自从1945年9月离开它之后，再也没有回去过，而今后我将到处流浪，很难再回来看它。这次，也许是我最后一次看望它。

重游出生地

1952 年 3 月 30 日　星期日

今天一大清早，一到公共汽车站就碰见父亲的朋友，我认得他，而他认不得我。这也难怪他，因为我离开时，是十三周岁的儿童，而今我已是二十周岁的青年。他对我非常热情，硬替我买了一张到小直弄的车票，六角钱。

抵达小直弄之后，沿着马路，步行五公里就到小直弄码头。呀！七年之后，变化真大。记得当时父亲带我和二弟离开大直弄时，也是从这里步行到小直弄的，可那时是一条宽三米的碎石沙土路，而今已是宽五米的柏油路。码头也比过去热闹得多，停泊的船只都安装上柴油发动机，已很少有人用桨划船。

在码头等候开往大直弄的小客轮，恰好碰见以前在大直弄的邻居林天耍，他不认得我，我主动与他打招呼，他很热情地请我上他的船。以前从码头划船到大直弄得好几个小时，如今用发动机代替划桨，只需一个小时。到达大直弄，天耍把船停靠在自家门口。此时潮水已退至最低水位，从船上到他家门口的引桥的桥面有三四米之高，有一架垂直的木梯可攀爬上去。可是木梯是由每隔五十厘米一根表面很滑且带有湿泥水的小木棍组成的，我看得心里发怵，不敢爬。天耍大笑说："怎么啦？在陆地上生活了几年，就忘记了自己是大直弄的人？"他这么一说，我只好硬着头皮，颤颤抖抖地爬上去。总算安全地爬到引桥上来了。交通还是老样子，各户来往及通往白沙埠的工具，还是那摇摇晃晃的简易木板桥。小时候，我在桥上奔跑自如，而今我在桥上走，如履薄冰，走一步看一步。先拜访以前的邻居。以前的同伴都已长大成小伙子，个个都有一副游泳运动员的健美身材，我虽然也很结实，但与他们比起来差得多了！七年没见过面，如今重逢，大家当然都很高兴，然而只是高兴一阵子而已，因为彼此的生活内容不一样，加上文化素质相差太远，除了叙旧却无从谈起。真的有点像鲁迅先生回老家时，和同伴闰土交谈的情况。

苏天福老师

几家邻居的拜访很快就结束，接着到益华小学拜访苏天福老师。他对我的造访高兴得不得了，我们各自讲离别后的生活情况。他对我说："你能持之以恒地自学文化，难能可贵，不要去理睬那些眼光短浅的人对你说三道四。益华小学和我，为有你这么一个求上进的好学生而骄傲。路是人走出来的，尽管你目前还在崎岖的小路上走，但我相信总有一天，你会走上光明大道。"我说："苏老师，感谢您对我的鼓励，我一定不辜负您对我的期望。其实您也很不容易，在这生活条件很差的小渔村，甘为孺子牛也已十几年。您有想过离开这里吗？我看到不少人家纷纷迁居到陆地去了。"苏老师说："是有想过，但这里的村民待我如亲人，他们已尽了最大的努力，帮助我解决不少生活上的问题，使我对他们产生了亲情，我有义务培养他们的子女。再说，当初我来益华小学时才三十几岁，而今已五十出头了，更不想离开这里。"中午就在他家吃饭，由他的妻子苏海洋老师下厨，餐桌上都是海鲜。苏老师告诉我："这些海鲜都是学生家长半卖半送给我的。"

告别苏老师之后，我正在为今晚在谁家过夜而苦恼，恰好邻居有船要到双溪吉隆村。这下我高兴极了，可以回现在的家看看。我有预感，这也许是我这一辈子最后一次到我的出生地吧。

双溪吉隆村

从大直弄到双溪吉隆，小船行驶在宽约百米的海边湿地森林中的河道上。河面水平如镜，河岸两边是望不到尽头、广袤的海边湿地森林。树木郁郁葱葱，倒映在水面上。和谐的马达声与河道上的宁静，构成了动与静的画面。船首划出两道刀形浪，船尾出现由螺旋桨运动而形成的波涛，仰望蓝色的天，朵朵白云，呀，真是一幅绝妙的画面！我这一辈子还能再一次身临这样的画面吗？船航行一小时，于下午四点抵达双溪吉隆。

双溪吉隆是背靠陆地、面临咸水湿地森林的小村，村民以马来族人为主，华族不是很多。看见建在湿地上、破破烂烂的亚答厝老家，不胜伤感！我终于见到了弟妹们和父母亲。大妹秀通，有些弱智；二妹秀叶，漂亮又聪明，活泼可爱；三弟国狮，见到我怯生生的；四弟国民还很小；父亲已快六十岁，十分苍老；妈妈还不到四十岁，一点也不显得老，是家中的顶梁柱。晚餐不是很丰盛，但妈妈煮了亚三皮咖喱海鲇鱼，这是我最喜欢吃的菜肴，让我胃口大开，给我留下一生难忘的美好回忆。

父亲的画迹

父亲是大直弄闻名的民间画家，作为他的长子，我却从未亲眼见过他作画，手头也没有他的作品，现在他已年老，我又将作寻觅前途的远征，他日得志之时，我荣归故里，还能再见到他吗？很难预料。何不趁此次回家，叫父亲给我留下他的画迹？于是我央求父亲当场给我作画留念。父亲说："一生爱吃辣，吃的辣太多，伤了双眼，而今视力很差，光线又不好，画不来。"我再次央求他，说："在大直弄，几乎家家户户有您给他们画的观音、关帝、佛祖的像，寺庙里有您的壁画，您就随便画一幅给我做纪念。为了寻找我的前途，今后我将四处漂泊，不可能常回家，每当我思念您时，见到您的画，有如见到您。"父亲终于答应我的要求。

在昏暗的小煤油灯光下，于破旧的矮饭桌上，只见父亲把一张小白纸铺开，拿起作画用的粗黑铅笔作画。我十分注意看父亲的手，但他的动作实在太快了，三两下一幅画就画好了，是一雄一雌的两只螃蟹和两只虾，栩栩如生，真不愧是民间名画家。我趁热打铁，在他的指导下，也画了一只螃蟹和一只虾，虽然没有他画得那么逼真，却也很像。他非常高兴地说："你学东西好快呀！真聪明。"我得到他的赞赏，也很高兴，父亲终于亲眼看到了我潜在的聪明才智。

小妹秀叶，从小就与我较亲近。她很想学写字，叫我教她。我说："要学写字，首先要学会握笔的正确动作，写出来的字才会漂亮。"同样在昏暗的煤油灯光下，我握着她的小手，手把手地教她写字。她很聪明，学东西也很快。呀！好一幅大哥教小妹学写字的画面，将永远留在我的脑海中。

关于我与三叔一家人的恩恩怨怨，父母亲还是谅解我的，父亲问我今后打算走什么样的道路，从事什么行业。我说："我要为贫苦的劳动大众谋福利，要成为一个真正的有文化的人。至于从事什么行业，我目前无法回答您。"

何日再回家

1952 年 3 月 31 日　星期一

一大清早，匆匆吃过早餐之后，我就向父母亲和弟妹们辞别。父亲勉励我几句，母亲一直送我到公路边，很伤感地说："以后不知什么时候才会见到你。"我劝慰她，说我会尽量争取常回家。其实这是我善意的谎言，经过七年之后，我已由儿童变成青年，可是却一事无成，愧对乡亲父老，总觉得在这种情况下回家很不是滋味。他日我必定衣锦才还乡，让父母亲和弟妹们为我感到骄傲。否则，客死他乡也罢。

搭上开往太平市的巴士，在新坂村下车，再搭上开往怡保市的巴士，在怡保市下车，最后搭开往金保市的巴士，总算在中午抵达永顺成。

1952 年 4 月 6 日　星期日

最近利用晚上的时间写了好几篇小品文，都投稿于各报刊。我也不管是否会被人家采用，把写文章时的构思、执笔，当成上语文课，把稿纸和邮资当成是交学费。文章邮寄出去以后，好比学生上完课，交了作业和学费，心情特轻松。

老板娘给我升工资，月薪由六十元增加到七十元。柯鸿武先生邀请我与他一起去看一场电影，他可是一个很危险的人物，随时有被政府逮捕或打死的可能。但我又不敢得罪他，只好硬着头皮答应他。这场电影在演些什么，我根本没心思去看，好像坐在火药桶上，等着被炸死。总算熬到散场，幸好什么事也没发生。虽然联珠是他的未婚妻，我却从未见过他们俩一起去看电影。

立志何须让人知

1952 年 4 月 13 日　星期日

我目前在永顺成工作，白天是工人，晚上却受到特殊的待遇，与老板一家相处一室。可我心里很清楚，老板把我当成过境的贵客看待，因此我不能在此店长期干下去。柯鸿武、陈联珠、陈春辉等人，曾经好几次试探我内心蕴藏的秘密，但我始终守口如瓶。我认为，一个青年立大志，大家是否知道并不重要，重要的是要默默地持之以恒地为实现目标而耕耘。我要争取成为有文凭的知识分子。我希望将来捧的是知识造就的饭碗。尽管直至目前，我充其量也只有初中的中文水平，只会小学的四则运算，但我才二十出头，让我在自学的园地上再辛勤地耕耘十年，相信会收获更多的果实。

上个星期天，独自一人游览黄东泉花园。真是见面不如闻名，还说它是金保市的名胜古迹，只见杂草丛中有几把让人休憩的、生了锈的铁椅而已。这简直是荒草园，难怪罕见人迹。

最近又写了《霓虹灯》《夜》《愿望》等三篇短文，有感而发，在纸上倾诉。我现在对生活的感受有如霓虹灯，白天它淡然无光，人们根本不注意它的存在，晚上它发光才让人们注意到。同样的夜晚，有人快乐有人愁。严格地说，愿望也是人类的一种本能。

热爱通信

1952 年 4 月 27 日　星期日

通信成了我的一种爱好，也是我在精神上的一种活动。与亲人通信，那是家书值千金；与朋友通信，谈新叙旧，乐在其中；与邮友通信，交换邮票，谈赏邮票之乐；与笔友通信，交换人生的哲理……我这个永顺成的工人，又有让人觉得不简单的事了，那就是我的信特别多。

二弟在太平市的华联中学念到高中一年级才辍学当工人，他的字写得比我的字漂亮得多，他的文学修养很好，我的习作经常邮寄给他看，他的指点对我帮助很大，实际上他已成了我的函授老师。最近他来信说："你寄来的小品文和诗，我都看了，内容丰富，含义与寓意都很好，可惜艺术加工不高，还需努力，希望你能不懈地坚持下去，辛勤地耕耘，终有开花结果之日。"

艳　遇

1952 年 5 月 4 日　星期日

不管是什么活动，只要参加的次数多了，就会从中体验到乐趣，从而对它着了迷，成了一种嗜好。生活在社会底层的劳苦青年工人，业余不少人以赌博、酗酒等来取乐，而我却以看书与写作为乐。开始之时，是为改变被人家看不起我是文盲的处境而强迫自己去看书与写字，而今却已成为一种爱好，几乎达到一日不看书，不写写文章，就感到生活好像不充实的地步。我既然把业余的时间与精力都花在这方面，就不用担心会堕落了。我以这种超常规的特殊武器提防在我周边存在的、诱人堕落的陷阱和迷魂阵，还是很有效的。

最近花了好几个晚上的业余时间，完成了《小渔民》之作。十几张标准的稿纸，共五千多字。主要内容是写我从十周岁至十三周岁当小渔民的经历与感受，投稿于《南洋商报》的副刊，就当是向副刊的编辑倾诉我苦难的童年吧。

我出身太穷，经历太苦，由此产生了很矛盾的心理，既羡慕有钱人丰富的物质生活，又看不惯有钱人的生活方式。有时候我自责，对陈春辉，为什么我老是嫉妒他优越的生活条件，而不多看他平等待我呢？至此我深深地领悟了冰心在《寄小读者》中所说的"天上星多月不明，地上人多心不平"这句话的寓意。

我天生一副英俊的模样，很吸引女孩子。但我不是轻浮的青年，也不想过早地坠入情网，因此与朝夕相处的陈联珠也只保持友好的关系而已。可是今天却发生了一件意想不到的事，缘于我今天独自一人去看电影。电影正在放映，观众并不多，我找个比较少人坐的地方坐下来。有一个穿着非常时髦、很漂亮的妙龄女郎，就坐在离我只有两米左右的位置。当电影放映到一半时，她竟不请自来，跑来坐在我身旁。人到香气也到，一阵淡淡的、闻之令青年男子动情的幽香，差点把我的魂也勾走了。幸好我的定力还可以，一再告诫自己，对陌生的漂亮女孩要提高警惕。她在我身旁坐了一会儿，看我对她不动情，她又故意把手帕丢落在我脚边，她看我不去捡起来交给她，只好自己捡起来，轻轻地小声骂我一句"死人"，就到别的地方坐了。

想当华警

1952 年 5 月 15 日　星期四

最近政府在报纸上公开号召华人当警察，马来亚最大的华人社团马华公会，也鼓励华人报名参加。我也觉得必须有华人警察，华人是马来亚的第二大民族，可是警察向来都是由马来人和印度人来当，在处理一些案件时，华人吃了不少亏。另外，政府若想搞好社会治安，也必须和华人配合。

关于华人加入政府当警察的问题，在华人社会中引起激烈的争论。赞成的人说："华人是第二大民族，怎么可以没有华人警察呢？华人加入警察，是华人参政的第一步，必须争取。"反对者说："警察也是兵，政府也可以根据需要，将华人警察当兵用，调去打马共，这岂不是叫华人去打以华人为主的马共吗？"但也有人认为："这个顾虑是多余的，因为政府根本不信任华人，唯恐华人接近马共，叫华人警察去打马共，弄不好则来个对空鸣枪，给马共报信。"

经过再三考虑之后，我觉得去体验一下警察的生活也不错，决定报名参加警察，但不想让老板一家人知道，免得他们劝阻我，动摇了我的决心。因此，我只能偷偷地进行。我去问本市的警察局，是否招募华人当警察？警察局的局长说没听说呀。我又向老板请了半天事假，到怡保市的警察局询问。该局的经办人说："确有此事，但报名的华人很多，已招满了，不再招。"他建议我直接向吉隆坡的警察总局报名试试看。于是，我花了一元钱，请人家帮我打印一张英文信，邮寄到吉隆坡的警察总局，询问有关华人警察之事。

1952 年 5 月 25 日　星期日

吉隆坡的警察总局很快就给我回信了，是用英文打印的。我知道春敬懂英文，但我不想让他知道此事。这几年来，虽然我没有专心去自学英文，但在英国统治下的马来亚，日常生活中或多或少地与英文接触，我也略懂得一些英文的日常用词。因此在字典的帮助下，大体上也知道此英文来信的内容，是叫我亲自到吉隆坡进行面试。这下我有些犹像了：一是去吉隆坡一趟，来回得两三天，以什么理由向老板请假呢；二是起码得花费大几十元；三是若是参加不成，岂不是被人家笑？

再三考虑之后，还是决定到吉隆坡走一趟。因为我突然想起住在吉隆坡的三姑与五姑的住址，何不顺便去拜访她们呢？看看她们能否帮我在吉隆坡找份工作。在请假的时间上，我做了如下的安排：利用星期天的假日，坐火车到吉隆坡，当天晚上在姑姑家过一夜，隔天是星期一，到吉隆坡的警察总局进行面试，当天晚上就可坐火车回到金保市。因此我只需要向老板请一天假就行。我骗老板说家里有急事，需要回家一趟。

本来嘛，华人参加警察是光明正大的事，我之所以弄得如此神秘，不让这里的人和家里的人知道，是怕他们反对我当警察。另外，我有预感，人家未必要我，因为我的马来话讲得不是很好，英语就更不行了。

面试不及格

1952 年 5 月 27 日　星期二

我终于去了一趟吉隆坡，吃住在五姑家，来回车费及其他零用，总共花了二十元。昨天上午，我到吉隆坡的警察总局报到，有关人员问我为什么要参加警察，我说帮助政府维持社会治安。又问我是否有犯罪记录，会讲何种语言等等一系列问题，我一一如实回答，对方很满意，点头说声"OK"，就算面试过关了。一个英国教官带我到新警察的训练场，我看到不少刚加入警察的华人青年在接受操练。那个教官叫我听他的口令，走几步给他看看。不知是心慌还是怎么的，脚步老是走不稳，歪歪斜斜走不直，简直在丢人现眼。我自知没有希望了。果然，那个教官朝我摇摇头，微笑着说不及格。他带我回到警察总局，负责招募华警的人员说不要我，我只好悻悻然地离开吉隆坡，当晚坐火车赶回金保市。

我的身体很结实，平时背上两百斤重的东西，走起来步伐还是很稳的，这次在教官面前，竟连空手也走不稳，真是活见鬼了。这是事先我怎么也想不到的。更倒霉的是，吉隆坡警察总局约我面试的那封英文信，我怎么那么粗心，就放在我宿舍的书桌上呢，而这宿舍的真正主人是少爷陈春辉。看样子肯定老板一家人都知道了我去吉隆坡面试的事。

警察当不成，心情就不好，这下更使我感到没脸在这里干下去，决定辞职到吉隆坡找工作。因为这次在吉隆坡会见了三姑和五姑，她们均答应帮我找工作。

惜别金保市

1952 年 6 月 5 日　星期四

按不成文的契约，我得提早半个月向老板提出辞职，也就是说，我在 6 月 2 日向老板提出辞职，但我得干到 6 月 17 日才能离开永顺成。老板问我："干得好好的，为什么要辞职？"我骗老板，说是吉隆坡的姑姑叫我去帮忙，老板也就不再说什么了。老板一家人，除了二公子陈春凯以外，都舍不得我离开。

此次在还没有找到新的工作的情况下就辞去原有的工作，实在是有些冒险。但我已做好可能暂时失业一段时间的思想准备，我身边的储备金只要节约着用，维持一两个月不成问题。必要时，再苦的工作我也能干，不会找不到工作的。

最近与二弟通信，蛮有意思的是各自阐述对劳资关系的看法。他认为：资本家出资本，工人出劳力，这很公平。我认为问题出在劳动果实的分配上，资本家剥削工人。他向往资本主义的自由，我较倾向于共产主义的平等。我看自由与平等难兼顾。

1952 年 6 月 15 日　星期日

按规定，我在 17 日才能离开永顺成，但老板说，为了方便结账，只需干到 14 日就行。因此，我决定今天就离开。从 6 月 2 日提出辞职至今天的近半个月时间里，我每天照样认真地工作，善始善终，老板一家人很赞赏我这一点。在如何向老板辞别的问题上，我是很讲义气的，若老板对我不友好，则不辞而别，如我对待新成美的老板一样。

　　在永顺成当店员，是从 2 月 17 日开始，至 6 月 15 日的今天结束，将近四个月。来时是联珠的订婚之日，离开时是春敬的订婚之日。巧遇造成的奇迹成为传奇，给我留下难忘的美好回忆。

抄歌留念

　　联珠和春辉分别是老板娘最疼爱的千金与少爷，我跟春辉同睡一张床，他把我当成良师和益友，联珠的寝室与我睡的房间仅一道薄木板墙之隔，她把我当异性知己。我与他们姐弟俩朝夕相处近四个月，建立了深厚的感情，如今要离别了，不知何日再见面，大家不免有些惜别的情结，彼此结合实际情况，用不同的方式，给对方留下一些纪念的东西。春辉与我，互送个人半身照片做纪念。前天晚上，他还特地邀请我与他去看一场电影，他在我那一本厚厚的手抄歌本上，抄一首歌做纪念，歌词的大意是惜别。昨晚我与联珠进行离别谈话时，她向我道歉说："感谢你送我相片，而我没送相片给你，请你谅解我的苦衷。"

　　联珠还对我说："我在你手抄的歌集上，给你抄一首歌，留作纪念，今后你见此歌，就会想起我。"她的字体，刚劲有力，完全不像女孩子的笔迹，比我写的字还漂亮。她在歌尾的空白处，写上"今朝离别后，何日再相见"，并签上她的名字与日期。她抄给我的歌，其歌词的内容是讲一对男女青年相恋却无法相爱，这在讲我与她的关系呀。我对她说："你今后的命运，全靠你自己掌握。"她说："我只能听天由命。你离开我以后，有何打算？"我能告诉她，我正在向林肯和高尔基学习吗？不能，因为我出身太穷苦，如今已二十周岁，仍一事无成，她会不会笑我在做白日梦呢？因此我只对她说，我到了吉隆坡再说。她很严肃地对我说："我们有缘相处近四个月，今后不管你到什么地方，从事什么工作，希望你能洁身自爱，把好学的精神保持下去。我相信你终有一天会平步青云，凌云得志，出人头地。"我很感动地说："我一定努力奋斗，不辜负你对我的期望，我将永远记住你对我的关心和鼓励。"她说："其实你来我们店工作一段时间之后，我们一家人就觉得你和一般的工人不一样，因为从你身上散发出很浓的知识分子味道，我知道你对未来肯定有所抱负，你能告诉我吗？"我说："具体的抱负不好讲，但抽象的奋斗目标，我可以告诉你，我要做一个有益于社会的人。"

我还在晚上到同事梁粮先生的家，向他告别。我对他说："梁粮兄，你是店里的会计，地位比我高，但没有看不起我，我很感激。"他说："老板一家人都不敢看不起你，我更不敢看不起你。不过，你确实有贵人之相，况且你又好学，能说会写，你的前途肯定在我之上。我能认识你，算有缘分。"我说："也不见得人人都看得起我，像老板的三公子，就不屑与我接触。"他说："那是他有眼无珠，看不见你潜在的才华。"我说："最可恶的是那个老伙夫，简直是老板的间谍。"他说："有的人，生就一副奴才相，不屑与之计较。"我说："看在他已是五六十岁的老人，凡事我都让他三分，可他以为我是怕他。他还说我的神经有毛病，说我既已当了工人，又何苦再学文化。"他说："这个老浑蛋，工资一到手，就往赌场里钻，往妓院里跑，难怪他到头来老光棍一条。看他将来怎么办？"

我崇拜苏联的高尔基、美国的林肯，也崇拜中国的一些名人如创建了儒家学说的孔子，开建盛唐之基的李世民，以至于现今在海外还有唐人和唐山之说，再如诸葛亮（这里的华人都叫他为孔明），我崇拜他的鬼神莫测、神机妙算的本领。

难忘的送别

上午我参加了陈春敬先生的订婚礼，我也在众多来宾面前站起来讲了几句贺词。与上一次在梁粮兄的婚礼上的讲话相比，我有很大的进步，至少手脚不会抖得那么厉害，但离成功的演讲还差得很远。

　　中午，老板专为我举行了送行家宴，宴席只有一桌，席上坐的就只老板一家人和我，充满温馨的气氛。春辉送我一套巴金著的《家》《春》《秋》小说，赠言希望我扮演觉慧的角色，我则把这几年以来所写的几本日记，寄放在春辉处。老板的未来女婿柯鸿武先生对我说："子仪兄，希望你今后多多关心劳苦大众的疾苦。"我说会的，老板娘包了四十元的红包给我，说是祝我一路顺风。我注意到了联珠，只见她低头不说话。我知道她现在心里在想些什么，但在这种场合下，我讲话必须掌握好分寸，千万不要破坏了祥和的气氛。我真的一时不知该对她讲些什么才好。

　　下午一点多，春敬亲自驾驶他们家的小轿车，将我和行李送到火车站，春辉也跟车为我送行。他们兄弟俩在火车站，一直目送我上火车。几十年之后，我从 1992 年至 1997 年，三次到马来西亚探亲，三次特地到金保市找当年我工作过的永顺成杂货店，可它已消失得无影无踪，更是打听不到春敬、春辉、联珠的下落，诚为遗憾！

第五章

吉隆坡之路

亲 吃 亲

1952 年 6 月 16 日　星期一

昨天下午乘火车离开金保市，今天晚上七点多抵达吉隆坡，后来到位于怡保律的五姑家。五姑一家人对我还算热情，五姑叫我把她的家当成自己家住下来，因此我就暂时住在五姑家。

五姑一家人在日本占领马来亚时曾由吉隆坡逃难到大直弄住下来，和我家做了一段时间的邻居，后来她一家人过不惯大直弄很差的生活条件，又搬回吉隆坡住。五姑丈受过英文教育，原在政府部门工作，后来身体不好，提早退休在家。五姑是家庭妇女，她育有两个儿子、四个女儿。大儿子毕业于英文学校，现在一所英文小学当教员。他是我的表兄，人长得很帅，已有了女朋友，不与五姑住在一起，在附近租房子住。他是虔诚的天主教徒，喜欢音乐和体育，别看他一副文质彬彬的样子，可是吉隆坡小有名气的西洋拳击手呢。他对我也很客气。二儿子的名字叫猪仔，长得很魁伟，是抱来养大的。大女儿已出嫁到咸巴地方。二女儿嫁给本市的一名中草药拳头师。三女儿每天晚上打扮得花枝招展，行踪诡秘，不知从事何种职业。四女儿才十岁。

昨晚在与五姑一家人接触交谈了两三个小时之后，从小就到社会上混的我，敏锐地感觉到这一家人（除了大儿子以外）的邪气很重，在对我的甜言蜜语中，好像蕴藏着不善的意图。我得提高警惕。从五姑一家人住在一幢破旧的房子来看，他们的经济也不是很好，但交谈之后已是下半夜一点多，当然非得在这个家宿一夜不可了。五姑安排我单独睡一个房间，可是没有房门，很不安全。我最担心的是放在我那只小皮箱里的二百多元储蓄，那是我用来应付失业时的生活费用，万万丢失不得，只好把小皮箱当枕头。可恶的蚊子和臭虫，使我无法熟睡，却想不到它们反而帮了我的大忙，让我在清晨四点多发觉有人在移动我的小皮箱。

我不动声色，在黑暗中张开眼睛一看，是那个打扮得妖里妖气的三表妹
在移动我的小皮箱。企图是明显的，但又不好撕破她的脸皮，我故意咳
嗽一声，并翻身坐起来，装着自言自语的样子说："天亮了，怎么天还
这么暗呢？"三表妹赶紧缩回手，并拉亮了电灯，笑着说："表哥，你怎
么睡得连皮箱都快掉到床下了，我来帮你扶正。"令人感到奇怪的是，
五姑及时地从她的卧室走过来对我说："我怕你初到这里不习惯，睡不
好，特地叫你的三表妹来关心你。"哈哈，母女二人在我面前演戏。我
装着相信她们的样子，说："谢谢姑姑与表妹，没事，你们去睡吧。"想
不到五姑会对我趁火打劫，太令我失望了，我怎敢住下去呢？也难怪她
那作风正派的大儿子不跟她住在一起。

　　今天一大清早，我早饭也不在五姑的家吃，提着小皮箱向她一家人
告辞。到与她家只隔几十米远的三姑家，我将昨晚在五姑家发生的事告
诉她。三姑说："那就住在我家吧。"她安排我单独住一个房间。三姑的
家居条件较好，为人较正派，也很讲卫生。经与她交谈，直觉告诉我，
她对我不会怎么样。三姑丈是福建省永春县人，名叫刘奕绵，是鹤拳的
拳师，在一家戏院当保镖，常值夜班，很少回家睡。她只有两个女儿，
大女儿叫朝花，已出嫁，二女儿十六七岁，因此，实际上夜晚只有三姑
与小女儿在家，我来住算是与她们母女俩做伴。

失　业

1952 年 6 月 18 日　星期三

　　三姑告诉我："五姑为人不正派，名声不太好，今后你少与她来往，
免得惹来是非。"我心里在想：少来往不等于不来往，说不定也有求她
的时候，做人要留有余地，不过我得提防五姑几分。人以群分，她能走
什么门路给我介绍工作呢？可想而知，我怎敢叫五姑帮我找工作？
　　来吉隆坡已三天，体验到失业的滋味。但在来吉隆坡之前，我有这

方面的思想准备。现在我省吃俭用，我的储备金还可以维持一两个月的生活，且免费住的地方已解决。但父母和弟妹们在等我寄家用钱，我得想办法尽快找到工作。

这几天，几乎每天上午都在附近的咖啡店渡过，花上一角钱，要一杯咖啡，坐下来，阅览咖啡店订的几种华文报纸。目光老是盯着广告专栏里的招工启事。是有不少招工的消息，但人家要求起码要有小学毕业以上的文凭和具备一技之长，可我连小学毕业的文凭也没有，而我所具备的一技之长又非人家所需要的。我只好天天看报纸等机会。在咖啡店里一坐就是一个上午，中午在三姑家大睡午觉，下午和晚上看看书，写写小品文，或与三姑和表妹闲聊。

失业的日子过得很烦闷，三姑只答应我住在她那里，并没有说要我和她一家人一起吃饭，我只好一日三餐在外面吃，找专卖廉价的工人饭菜的路边小食摊。为了节省，菜比饭贵，我就多吃饭少吃菜，一天的伙食费控制在一元钱以内。

表　姐

1952 年 6 月 19 日　星期四

三姑的大女儿朝花，昨天下午回娘家，三姑介绍我与她认识。她比我大两三岁吧，是一个很有风韵的美丽少妇。也许我与她的缘分还不错，初次见面就很谈得来。我告诉她，我还找不到工作。她说："等下我就给你去问问熟人，你希望找到什么工作？"我说："先解决失业的问题再说，随便什么粗工或杂工，我都可以干。"三姑说："说实在话，我平时很少与人来往，认识的人也不多，我很难帮你找职业。朝花好动，交游较广，她既然答应帮你，很快就会有消息的。"

朝花也真行，昨天傍晚她到附近走一圈，还不到两个小时，就给我找到一份工作。她对我说："我认识一个惠安人，名叫黄奕菊，就在我们家的附近经营柴炭店，我与他已初步讲定，每天工作八小时，从上午八点至下午五点，其中十二点至一点的一个小时为午餐时间。三餐吃老板的，有地方睡，并享受星期天休假，工作内容主要是卸货与送货，当没有上述任务时，就把木头劈成烧火柴片。这些都是重体力劳动，也较脏，月薪一百元，你做不做？"我说先做再说。

今天上午，朝花带我到黄奕菊经营的柴炭店，把我介绍给黄奕菊老板，接下去我就开始在这里工作了。黄奕菊既是老板也是参与劳动的工人，他只雇用我一个人，他有一个在校念书的十几岁的儿子，放学后有时也过来帮忙。

这间店只经营烧火柴片和木炭，在海边的湿地森林里，有一种本地人叫加定（闽南语译音）的树木，笔直而少节，很耐烧，易燃而少烟，烧成木炭时，还可保持高温一段时间，才化成很少的灰白色的余烬。因此，它是高级烧火柴和高级木炭的理想材料，店里购进的是已剥去树皮，长八十厘米、直径十几厘米的加定树原木，得用斧头将它们劈成宽四五厘米、厚半厘米的薄木片，晒干后扎成五十斤一把出售。这种烧火柴价格较高，经济较好的人家才买得起。而购进的木炭，也是用加定树烧成的高级木炭，整条木炭仍保持原木的基本形状，买主多是金首饰加工店，用它做溶化金银的垫板。

柴 炭 店

1952 年 6 月 25 日　星期三

在柴炭店工作了好几天，觉得还能胜任。虽然把原木劈成薄木片是有技术的，但我八九岁时就掌握了，所以现在干起来很老练。送货是用三轮车，一次要运送五六百斤。一开始我不会脚踏三轮车，经过几次的练习也就学会了。但装上五百斤的柴片后，得用力踩踏才行。而将柴片运送到顾客的家时，住在楼下的，从三轮车上卸下来之后，搬进去就行；但若住在三楼以上的，搬起来就很费力了。我平均每天得运送五六趟，合计三千斤左右的柴片与木炭，体力消耗很大。

这间柴炭店占地面积约三百平方米，四周用围墙围起来，只在靠近公路的一边开了一个大门。围墙内，有一间单层的小屋子，使用面积只有十平方米左右。靠墙的地方，摆放一张小办公桌，配上一把靠背办公椅，这是老板办公用的，其实只不过是开发票和算算账而已。办公桌的上方有一个小台架，供奉财神爷赵公明，每逢中国农历的初一和十五，老板必给赵财神烧香。在另一个靠墙的地方，摆放一张单人床，配有蚊帐。在小屋子的外面不远处，有一简易的小厨房，还有两间仓库，分别储放干柴片和木炭，露天的空地上堆放着待加工成柴片的原木。还有几排供晒柴片的架子。

柴炭店的大门口紧靠吉隆坡往怡保的大马路，左邻是咖啡店，右邻是铁工厂，背后是中央运输公司。每天早上五点多，标有中央字样的大货车，一辆接一辆，三十辆排成车队，刚好经过我睡觉地方的旁边。那道只有一米多高的围墙根本不起隔音的作用，那么多的货车一起行驶，发出强大的噪音，逼得我不得不在清早五点就起床。

店里的一日三餐是这样安排的。早餐在早上六点，到左邻的咖啡店买一大壶的咖啡和一些糕点拿到店里，老板与我一起吃。然后开始工作，不外是卸货、送货或劈木头。老板自己动手煮了一大锅稀饭，简单地备了两三样送稀饭的菜，不外乎是咸萝卜干、煎咸鱼或酱菜。我来店工作的第一天，很不理解地问老板："不就是你和我两个人吃吗？煮那么一大锅，哪吃得完？但煮得那么稀，吃过不久，恐怕就饿了。"老板笑笑对我说："等你送完一趟货后就知道我这一大锅稀饭的作用了。最后没吃完的，可以喂鸡鸭，不会浪费的。"

第一天工作，就碰到消耗体力非常大的送货任务。第一趟，老板说我刚刚才学会脚踏三轮车，就装运四百斤。凭我这几年以来从事搬运工作锻炼出来的手力和脚力，况且是在市区平坦的马路上行驶，倒不觉得怎么吃力。问题是吉隆坡是全马来亚联合邦最大的城市，人多车多，特别是市中心的峇都律，不到十米宽，显得有些窄了，而那些骑摩托车的年轻人，车速快，横冲直撞，不时发生车祸，我踏着装有四百斤柴片的三轮车，非常小心地在市区穿街走巷，把货送到顾客的家。然后，我得把货提到对方住的四楼，我如果每次肩背一扎五十斤上四楼，当然省力，但得背八次。我自以为肩背二百斤也不觉得吃力，那就一次肩背两扎一百斤，上四次楼就行，省事得多。但我忽略了一点，以前我肩背货物是走平路，如今我是登上四楼，所以显得有些吃力，背上一百斤登了四次四楼之后，我的双腿快抬不起来了。加上吉隆坡的市区非常炎热，使我流了大量的汗，消耗了大量的体能。等我踏着空车回到店里时，早餐吃的东西早已消化得不见踪影了，立即喝了两大碗的稀粥，好似吃了一顿美味佳肴。这下，我知道老板煮一大锅稀粥和酱菜的道理是解渴、充饥、补充盐分。老板允许我休息十五分钟后再运送第二趟的货。老板分配我的任务是把六百斤的柴片送到顾客住的六楼。这批货送得很疲累，完成任务后又渴又饿，又是将两大碗稀粥喝进胃里。此时已是中午十二点多，老板对我说："只有我们两个人吃饭，再煮饭菜真麻烦，随便喝两碗稀粥算了，晚餐在我家里吃。"下午从一点至四点，柏油马路上热气腾腾，非常炎热，双脚用力蹬着装有几百斤柴片的三轮车在马路上走，浑身汗淋淋，真够受。幸好下午送的两批货较近，也不要登楼。下午五点下班后，老板带我到离店不远的住家，并在他家里洗澡。接着与老板一家共进晚餐。晚餐是米饭，三菜一汤，有鱼有肉，伙食不错。

与鸡鸭共眠

1952 年 6 月 29 日　星期日

我来柴炭店工作已十一天，每天的工作有时较累，有时较轻松，总的来讲，不太辛苦。老板一家待我还算可以，伙食也不错。但送货点都在市区，危险性较大，有好几次差点撞到人或差点被车撞。而且睡的环境非常差。

来该店工作的第一天傍晚歇工后，老板就把他饲养的、白天在店四周草地上到处乱跑、边觅食边拉屎的几十只鸡鸭，抓去关进三大只笼子里，放到我睡的床下，难怪我睡的床离地面有一米多高。这下我真的与鸡鸭共睡于一床的上下了。鸡鸭们虽然不会吵我，但它们散发出来的臊腥怪味，使我闻着很不好睡。第一天晚上我几乎睡不着，第二天晚上我还是到三姑的家睡觉。其实我工作的店离三姑的家没几步远，若不是发生了下列事件，我就会在三姑的家住下去。

事情是由小孩打架引起的，五姑的孩子把对方打伤了。昨天晚上八点多，对方纠集了好几个人到五姑家打人。这下五姑一家人被对方打得够呛，幸好当拳击手的大表兄及时赶到，加入战场。大表兄平时训练或参加比赛，都是戴厚厚软软的大皮手套。他曾经对我说，拳击出手快而猛，因此一记重拳的瞬间爆发力可达几百斤，他出拳打人不戴厚手套，便把对方那几个人都打伤了。

对上述的打架事件，我与三姑均不参与，主要是觉得五姑一家人的邪气很重，和左邻右舍经常吵架，还是少管他们的事为好。但五姑一家人却由此对三姑与我均有意见，像这次打架，五姑说我与三姑在幸灾乐祸。更可恶的是五姑的第三个女儿，即我刚到吉隆坡的那天晚上在五姑家过夜时想偷走我的储蓄金的那个三表妹，竟指责说是我把五姑丈捆绑起来，叫人家来打。她为什么会无中生有地诬陷我？她为什么如此恨我？我觉得好气又可笑，相信没有人会相信她讲的鬼话。我还没有找她算账呢。胆小怕事的三姑不让我在她家睡，我只好与鸡鸭同宿于一屋内。

睡破庙

1952 年 6 月 30 日　星期一

经三姑丈刘奕绵介绍，前天晚上到附近的空空坛庙宇里睡觉。这是一座几乎没有善男信女涉足的破旧庙宇，很脏又阴暗潮湿。它实际上已成了戒毒所，原来的道长，已改行为戒毒所的所长，不念道经，改念戒毒经。当天晚上九点多，我就看见有十几个想戒毒的青年来这里睡。我心里感到很别扭，我又不是来戒毒的，干吗要与他们睡在一起？我只好把草席拿到庙前的草坪上，一铺开就睡了。开始时觉得空气很新鲜，躺在柔软的草坪上很舒服，很快进入梦乡。可是睡到下半夜，浑身让露水打湿而醒来，常识告诉我这样会使人得病，不得已，只好到庙里睡。在这里，我睡在一个叫金纽的青年身旁，他以为我是因为想戒毒才来这里睡。经我说明原委之后，他说他的处境与我类似。啊，同是天涯受苦人，相见何必曾相识。

为了安全起见，我还是将行李寄放在三姑家，每逢星期天休假，就在三姑的家里看看书，写写小品文。三姑对此很不理解，说："当工人没有像工人的样子，整天看那些没用的书，写那些没用的东西，还不如像一般的工人那样玩乐。"我对她的话，只是报以微笑。

1952 年 7 月 7 日　星期一

在空空坛庙宇里睡了几个晚上，都睡得很不安宁，觉得与这些吸过毒的青年在一起睡很不是滋味，又生怕我这朵出淤泥而不染的荷花会沾上污点，因此只好再回到店里的那间小屋与鸡鸭同宿于一张床的上下。也许是久闻鸡鸭的臭臊味，我的嗅觉神经麻痹了，才使我觉得已不那么刺鼻难闻。

来吉隆坡工作，我怎么也想不到，会遭遇到与吸过毒的人在一起睡破旧的庙宇，与鸡鸭同睡一张床的上下的厄运。如果拿我在金保市工作，睡在少爷的高级卧室相比。那简直是一下子从天堂掉进地牢了。但我不后悔，因为从某种意义来讲，我得到了难得的生活体验，使我深深领略了无处栖身的滋味。

改造还是适应

1952 年 7 月 13 日　星期日

来吉隆坡快一个月了，与亲友通信时，用的是三姑的住址，因为我并不想在柴炭店长期干下去。在通信中，不免要讲讲我在吉隆坡的情况。但我从不向人家讲我所受到的不如意事，觉得向人家诉苦是懦弱无能的表现。现在我需要的，不是怜悯与同情，而是勉励，给我加强斗志。因此我在信中只是说："我正在为寻找通往美好的前途之路而做艰苦的奋斗，正在为改善我的生活环境和工作的报酬做斗争。"

陈联珠和柯鸿武，都分别给我回信了。联珠以异性知己的身份关心我，鸿武以师长的口气勉励我，还将《国际歌》的歌词抄给我看，使我深深地感受到这歌词对一个正在受苦受难的人来讲，是激励斗志的良药。是呀，世界上本来就没有什么救世主，全得靠自己去奋斗，英特纳雄耐尔，一定会实现。

最近一段时间以来，天天与鸡鸭睡在一起，无心思看书与写作，自从拜读了《国际歌》的歌词之后，我的斗志又来了，觉得对待生活环境，能改变的就想办法去改变它，若无法改变它就想办法尽快地适应它。其实，适应的过程也蕴含着改造的因素。所以，从昨天晚上开始，我又恢复了看书与写作，把祭财神爷的神桌当书桌，吃饭椅子当书椅，在靠近神桌的桌面上方拉一盏电灯，一手执笔，另一手摇动葵扇，既驱暑热又赶蚊子。有道是十年寒窗，而我这又是几年的"热窗"呢？

1952 年 7 月 20 日　星期日

我现在一个月的工资是一百元，每个月固定给家里寄四十元，别看还有六十元，在吉隆坡这个花花世界的大城市里生活，只要手稍微放松就会全花光的。

我爱看书，看的速度太快了，虽然不敢说一目十行，但一目七八行并不难。最近在峇都律的书店，花一元四角钱，买了一本《叶圣陶文集》，一个晚上下来，几个小时就看完了。实在看不起呀！以前是向朋友借书来看，在万里望向洪善政和汤国威借书来看，在金保有陈春辉借书给我看，如今刚来吉隆坡才不久，还没有交到爱好文学的朋友。虽然我在送货上门时服务态度很好，有的顾客已把我当成朋友，清汉君就是其中的一个，我向他借过不少书，可惜都是冯玉奇著的爱情小说。我倒是想看看那种写穷人家的子女的爱情书，可是借不到这样的书。

1952 年 7 月 27 日　星期日

我不敢说自己很聪明,但敢说我非白痴。我不管在什么地方,做什么工作,总会听到对我的两种截然相反的评语,即聪明透顶和大笨蛋。像我在这里工作,三两下就学会脚踏三轮车,老板说我很聪明。但在今天,把柴片装上三轮车时,匆匆忙忙没叠好,翻车了,老板骂我笨如猪,老板的儿子说我是饭桶。我不与他们争辩,可是我心里不服,不就是重心不稳才翻车嘛,下次注意一下就行。

车　祸

1952 年 8 月 3 日　星期日

脚踩载重好几百斤的三轮车,在吉隆坡的闹市穿行于大街小巷,刚开始时我提心吊胆,一路非常小心,但经过一段日子之后看看平安无事就掉以轻心了。前天在送货上门时平安无事,卸下货之后我脚踩着空车,快速地奔驰,经过峇都律的一个急转弯处,被一辆飞速而过的摩托车从旁边碰撞了一下,我被撞得空车三轮朝天,人被弹起后又被重重地摔在马路边的沙土人行道上。由于惯性,我的身体还被拖行了两米多远,上身只穿背心,下身只穿短裤的我,四肢被沙土擦破皮,到处是渗流着血丝的伤口。更糟的是,渗流出来的血水和沙土黏在一起。我得赶快想办法把黏在伤口的沙土冲刷掉。刚好离我身边只有几步远的路边,就有一个供行人喝水的水龙头,扭开水龙头,利用自来水冲掉伤口的沙土,本来伤口就有些痛,这下冲洗就更痛了,我只好咬紧牙根忍受着。周身的沙土冲洗干净了,我坐在马路边休息,这下才想起刚才把我撞飞的那辆摩托车和车手,可是人家趁我受伤之际早已逃之夭夭。

这次车祸,幸好三轮车没被撞散了架,否则起码会被老板臭骂一顿。又幸好没有骨伤,不影响工作,否则可能丢掉工作。总之,幸好只是受点皮肉之伤。我忍着伤痛，踩着三轮车回来。老板首先沉着脸问我这趟货为何送去这么久才回来。我撒谎说是等顾客回来开门，他看三轮车没受多大的损坏，又看我照样搬货上三轮车准备送货，也就不再说什么。他看到我的四肢到处是带点血的皮伤，为什么不关心一下？虽然苦命的我，不管是肉体或心灵受了伤，老板从来也不过问，早习以为常，但心里还是免不了会生气。不想在这里干下去。

看到报纸上的招工广告，商号为建成的碾米厂要招收工人，刚好我有一趟货是送到该厂附近的人家，于是我趁机到该厂询问有关招工之事，可是人家只看了我一下，就说不招收工人了。这是为什么？我回来之后不久，就将此事向清汉兄请教。他笑笑地对我说："你怎么那么天真？他们不是不雇用工人，而是要雇用熟人，你又没有熟人替你介绍，谁敢雇用你？"我说："那他们为什么还要广告招工？"清汉兄说人家是做给熟人看的，这下我好像又长一智了。

接到被这边政府遣送回中国的洪慈孝先生的来信，内容大体是说："我已安全抵达福州市，正等这边政府给我安排工作，眼下祖国刚解放，百废待兴，急需各种人才，欢迎你回来参加祖国的建设。"这对我来讲，好像是在黎明前的黑暗中见到曙光。对我这个在马来亚土生土长的华裔来讲，把中国看成是我的祖国，心理上就会产生亲切感，但如果把祖国改叫为唐山，则心理上感到中国很神秘，很遥远。我是否回国呢？举棋不定！

唐山　唐山

1952 年 8 月 10 日　星期日

未接到洪慈孝先生的信之前，我从未想过回国这个问题。现在他叫我回国参加祖国的建设，使我产生了这么一种心理：这几年以来，都是为糊口而工作，远不如参加祖国的建设来得有意义。但面对现实，有两个问题使我至少在近期还不可能回国：一是我现在工作，不光是我个人糊口，还要抚养弟妹们，虽然二弟也有了职业，减轻了我的负担，但最好再等一两年，让我的弟妹长大些更好；二是我想找机会进大工厂当工人，以便学到技术，才好回国参加建设。

听说从马来亚到中国，要坐一星期的大轮船，总觉得祖国距离马来亚很远。又听唐山老亚伯讲，当年他从中国来马来亚时，坐船过那一望无边的七星洋（即南中国海）时，水黑如墨汁，水深不可知，惊涛骇浪真吓人，万一翻船，则船上所有的人都得去喂鱼。所以，我一想到回国的问题，既兴奋又忧虑重重。

趁今天是休假日，我特地去拜访住在巴生路半山芭的清汉兄，看他能不能给我找一份可以学点技术的工作。他说："这里刚办起规模不小的刘亚保电机制木厂，急需工人。如果你能进这个厂工作，是可以学到不少技术的，可是我不认识老板刘亚保，我只能向你提供信息。你不妨大胆到那个厂试试，而你现有的工作暂时不要辞掉。"经他这么一讲，我决定去试试。

试工闹剧

1952 年 8 月 13 日　星期三

对一般青年来讲，刚涉世之时有棱有角，但经过人情世故的磨炼之后，不少人被磨平了棱和角，变得处世圆滑，被人称之为大有进步。而我呢？恰恰相反，竟被磨炼出尖锐的棱角了。本来我在柴炭店工作，已干得很不称心，上个星期六还与老板吵架了。在吵架当中，他竟然挖苦我："像你这样斯文的人，当工人不像工人，要不是我收留你，你去做乞丐差不多了。"我有很多理由可以驳斥他的话，但小不忍则乱大谋，我表面上装傻，不与他计较。就在前天，我偷偷跑去裕源板厂试工一天，害得老板一时找不到人及时给顾客送货，亲自出马，劳累了一天。隔天他问我为何旷工，我说得了急性肠胃炎，去医院看病，没法及时请假。我已不怕他辞掉我，因为人家已答应我去工作。

前天我去裕源板厂试工，碰到令我一生难忘的遭遇。先说裕源板厂吧，它是锯板厂，现在已被刘亚保收购，并扩大规模，改叫刘亚保电机制木厂，只是招牌还来不及更改。那天一大清早，我就到该厂的大门口，厂门还没有开，但已有两个青年比我更早来。他们也和我一样，都准备事先在没有得到该厂的同意之时，先混进去干一天给老板看看是否满意再说。但他们两个说，就怕一进厂门立即被管工者认出来。我说未必，新厂新工人，管工者一时也未必个个都认得。

上午八点整，厂门开了，几十个工人拥进去，反正都是新招来的工人，都互不认识，我们三个人也趁机混进去。真的让我们蒙混过关了。然而我们又没有在制木厂干过，能干些什么活呢？看见工人各干各的活，有几个男女工人在搬木板，对了，这项工作最简单，我们也会干，于是我们也跟着他们干起来，并且很卖力地干。干到九点，正当管工者叫大家休息的时候，来了一位七十几岁的老人，看他的穿着与架子，我们以为他就是老板。还没等我们开口自我推荐，他就气势汹汹地把我们三个人从众多工人当中挑出来，接着声色俱厉地说："你们三个人，不是我厂的工人，是谁叫你们来的？"我说："听说你厂急需工人，我们就来了，先干半天给你看看行不行，如果你看了，觉得满意，就招我们当你厂的工人。"我们以为最多不招收我们，叫我们走人就是。没想到他竟当众辱骂我们，他说："××××不请自来，给我当××我也不要，统统给我滚！"我们三人都非常气愤，其他两人立即破口大骂："你这个老不死，看我们以后怎么收拾你。当心你的狗命。"说完之后，他们气愤地走人了。我倒觉得这样未免太便宜了这个老鬼。哼，他敢辱骂我，我要叫他难堪。我接着冷笑说："你是什么东西？你为什么不拿镜子照照自己，你还以为你年轻吗？就算我给你当××，你行吗？"这下可炸开了锅，工人们七嘴八舌，纷纷挖苦他，讽刺他："这么老了还这么花心？我看连妓女都嫌他太老了，不赚他的钱。"人声嘈杂，他也弄不清楚究竟有几个人在嘲笑他，他气得连话也说不出来。说来也真巧，真正的老板刘亚保开着私家小轿车来了，是一个约五十岁的胖子。他下车后，就立即问那位老人："爸爸，究竟发生了什么事？"哦，原来他是老板的父亲。他用手指着我，我赶快抢先温和地笑笑说："没事，老人家喜欢和年轻人开玩笑，只是他开玩笑的话说过了头，不太文雅，没关系，我不在乎，您老人家也别生气。"他还不算糊涂，顺着我给他搭的楼梯走下台，较平静地说："是没什么大不了的事，不过，你不请自来，不太好吧！"我说："您老人家度量大，是我不对，我向你道歉。"老板刘亚保朝我微微一笑，答应从明天开始，我来他的厂工作。我说："谢谢！不过，我做事习惯善始善终，今天我既然来工作了，我得干到下午下班后才走，至于这一天的工钱，就不必给我吧。另外我还得遵守劳资双方的潜规则，我得向我现在工作的店老板提早半个月提出不干，因此，我在本月底才能来这里工作。"刘亚保老板说："守信，做事有头有尾，很好。我欢迎你来我厂工作，随时都可以来。"

那一天试工，午餐和晚餐都在厂里食堂吃，伙食不太好，但为了能学到一些技术，我也不去计较伙食的好坏，关键是月薪有多少。上午我与老板的父亲对顶的事成了工友们在午休时的主要话题。我对工友们说："上午老板的父亲先辱骂我，我才奚落他，我看你们当中有些人对此幸灾乐祸，跟着起哄，奚落他，究竟他的为人如何？"不少工友说他就是这副德行，平时若看某位工友不顺眼，就用很难听的脏话骂人，大家又不敢顶撞他。有位工友问我："老板为什么不但不计较你与他的父亲吵架之事，还对你这么客气，破格表示工厂的大门随时向你开着，你知道这是为什么吗？"有些话，还是让别人来讲更好。我装傻说："不知道呀，也许是我的运气好，遇上好老板。"这位工友说："我们谁也不敢去顶撞这个脾气暴躁的老家伙，你好大的胆量，也真够厉害的。你既会气他，还会在适当的时机给他面子，让他下台。我们谁也没有你这种本事，你很不简单呀，难怪老板欣赏你，我们也佩服你。"也许事实正如他讲的那样，但我还是谦虚一些为好，我说："你们过奖了，我看我没有像你们讲得那么好。小弟今后还希望你们多多关照。"

这两天，我在柴炭店照样做好我的分内工作，但暂时没有送货任务时，不像以往那样闲不住，主动找些分外的工作做，而是坐着看看书。老板实在拿我没办法，今天就给我结账，让我走人。我也拿到按劳资双方的潜规则应该得到的六十几元。我还是把行李寄放在三姑家，随身带两三套替换的衣服。从三姑住家所在的怡保路到位于巴生路的刘亚保的工厂，必须经过位于闹市的峇都路的露天市场，我顺便在该市场买了二十几元的日常生活用品，然后就正式到刘亚保的工厂工作。

　　通过上述两个事件，工厂让我进来，柴炭店让我走人，我明白这么一个道理：若想在社会上混得好过些，光靠卖力气是不够的，还得斗智呢。从 6 月 19 日开始，至 8 月 13 日为止，在柴炭店共干了近两个月。

电机制木厂

1952 年 8 月 17 日　星期日

　　在刘亚保电机制木厂工做了几天，对整个工厂的概况有了初步的了解。原来的裕源板厂招牌，已换成刘亚保电机制木厂的招牌，这几天，各种新机器不断运到厂内各个车间，都是德国制造的。这个厂以原木为原料，通过各种机械加工成各种木制品，主要是房子的门窗架和木地板，也批发各种规格、各种材质的木板和方条木。

　　这是我平生第一次进工厂工作，见到许多各种用途的机器，让我大开眼界。光是锯板机就有好多台。

　　这个厂购进的原木，通常直径在三十厘米至七十厘米之间，长六米。有一个堆放原木的场地，所有的原木都有序地摆放在场地的牢固铁架上。铁架的另一端，有两条铁轨道，可以将铁架上的原木，轻易地推放到停在铁轨上的木马（四轮小平车）上，再推到锯台待锯。在锯很坚硬的原木时，阻力很大，这时就启动升高电压的自动装置（池状的巨型蓄电池）。

　　昨天，一部有十六个轮子的加长载重汽车，运来一根六米长、直径达一米多的特大原木，说是有十几吨重，我们十几个人用带齿的弯月形搭钩，花了九牛二虎之力，才把这庞然大物从车上卸放到铁架上。

　　木工车床的种类很多，专加工木地板的四面刨光、两侧挖槽的机床就有两台，其功能是把六米长、十厘米宽、两厘米厚的木板，同时四面刨光并两侧同时打凹槽与凸槽，成为标准的木地板。在加工时，有四股形状不同的刨花从机器的上下左右四个方向喷射出来，颇为壮观。另外还有四台单面刨光的车床，四台切削车床，五台钻孔车床，两台雕刻机。有一台柴油发电机，好大一部，约四米长、一米五宽、两米高，运转时发出震耳的噪音，并配备一台大变压器。

通过上述机床加工出来的门窗和木地板等各种配件，还要通过木工的手艺来装配成出厂的产品。因此，这个厂有好几个车间，如锯板车间、机械加工车间、木工车间、机械维修车间。晒木板的场地占地面积很大，大约五百平方米。储放木板的仓库也很大，占地和晒木板的占地差不多。两者平行紧邻在一起。因此整个工厂大约一百来米长、六七十米宽。还分厂区和生活区，生活区的设施包括炊事房、膳厅、工人宿舍、洗澡间、卫生间、娱乐室。工厂里还订了一份报纸。由于有自家的发电设备和抽水机，因此水和电较有保证。

在这个厂工作，免不了要与木屑和刨花打交道。整个工厂在运作时，到处是飞扬的细木屑和刨花，地上也到处是木屑和刨花。有两个临时女工，专门把它挑到厂后空地上，因为没有人要，只好把它烧掉。厂门紧邻巴生路，距市区五公里半，从厂门向前看，是一望无际的橡胶种植园，厂后不远就是一望无际的森林。

搬 运 工

我没技术，只好暂时当搬运工人，把刚锯好的板材从锯板车间搬到晒架上，竖起来交叉相叠着晒，又把已晒干的搬进板材仓库叠好。与我一起搬运的工人，一共有六七个。一次肩扛的重量必须在一百斤以上。有一次，要把六米长、二十厘米宽、十厘米厚的板材，从晒场上搬到仓库，有三十几米远，可这是很重的黄松（本地人叫"叻沙"）材，一块就重两百多斤，肩扛走三十几米远，得消耗很大的体力。但我来这个厂工作的目的是学技术，方法是偷着学，手段是多观察、多思考、多虚心向人家请教，多为有关的师傅义务服务，联络好感情，力争人家给我试操作的机会并进行指导。

我本来就长期在杂货店干搬运的工作，以为来这个厂从事搬运板材的工作，应该不会怎么吃力吧，其实不然，干了几天觉得很吃力。以前我不管在杂货店或柴炭店工作，搬运货物都是附带的，搬运的路程很短，从不超过二十米，时间不超过半小时，且货物多是不伤肩头的。这次在这个厂当搬运板材的工人，搬运的路程一般都是五十米以上，且一天起码得搬运六七个小时，搬运的都是黏着木屑的板材，有的树种锯成的板材黏着一层油脂，有的渗出酸性或碱性的液体，这些足以使肩头的肌肉被磨破皮。

搬运木板材，头三天最难受。第一天，我还是用以往用肩扛货物的习惯，上身打赤膊，比我先入厂的工人对我说："别小看那些黏在板材上的木屑，它们黏在你身上，会很难受的。"我不信，从小到大我的皮肤是经得起考验的，没那么容易受伤。可实践证明我是错误的，我才搬运了约半个小时，就觉得黏上不少锯屑的上身、脖子、头部，有些轻微的痛痒。但我又误以为是不习惯造成的，只要多搬运几次慢慢就会习惯的，我咬着牙硬撑着干了一个小时。这时情况并不像我想的那样，而是肩头有些红肿发痛，且整个上半身越来越痒得难受。我不能再逞强了，只好戴上草帽，穿上厚的长袖衣，这下不需搬运几趟，汗淋淋，热得不好受，但也得忍受。好不容易坚持干了一天，肩头红肿得更厉害，有灼烧的痛感。第二天就更够呛了，虽然穿着厚厚的上衣，但肩头红肿的地方已被磨破皮，渗流出血了。我硬是咬着牙干下去。但干不了多久，上衣的肩头处被血染红了。工友们对我伸出友爱的手，他们说："你每次搬少些，减轻肩头的压力，会好受些。完不成的任务，由我们大家来帮你完成。"他们又给我找来一块破布，叫我垫在肩头上。我听他们的，这下肩头垫得厚，又减轻了压力，血不再渗流了。监工的工头看我忍着肩头的痛艰难地工作着，只是淡淡地问我还能干下去吗？我也淡淡地说："初来不习惯，三天过后，就会慢慢适应。"他叹了一口气，不再说什么了。看样子是老板要他关照我，否则他才不会对我手下留情，也感谢工友们如此爱护我，我在考虑今后我能为工友们做哪些好事。我的工钱，那真的是用血和汗换来的。第三天的情况稍微好些。

偷学技术

来这个厂工作了几天，如果我想学点技术，最好先从电锯锯板学起。因为我从事搬运板材，与锯木的工种最接近，一根大原木在电锯加工成板材的过程中，为了安全是不允许我们靠近锯台附近的刚锯下来的板材的。我得等锯板师傅把那根原木加工完毕，停下来稍微休息时，才能去搬那些刚锯下来的板材。等待的这段短短的时间，也等于我们搬运工获得喘息的机会。此时其他工友们在闲聊，唯我在注意锯板师傅们的操作技术要领。老天不负有心人，通过这几天的偷学，我已基本上掌握了电机锯木的技术要领。

先讲圆锯的锯木技术。由五个人配合进行，先把要加工的原木，弄到停在铁轨道上的木马，用两个三角形的木块夹住原木，注意保持原木在木马上的平衡，然后沿着轨道，把原木的一端靠放在锯台上，掌握整个加工技术的技师首领（闽南话叫"头手"），先观察整根原木的形状，选择加工的最好方案，然后双手圈抱着原木的另一头，稍微抬高，叫另外两个助手移动木马至距离锯台两米左右的地方，头手松手，让原木回放到木马上，再用锤子敲打三角木块把原木夹紧。这些准备工作完成之后，才开动电锯，开始锯原木。在电锯加工原木的过程中，有喷头不断往锯片喷水，一是起润滑作用，二是降低锯片的温度。头手的手、脚、腰部及腹肌都在用力，还全神贯注锯片在锯原木时的位置，及时加以纠正。又因电锯发出强大的噪音，头手根本无法向助手发出口头指令，只能用手势表达，有一套手比画指令的语言。两个助手既帮助头手把原木推向前，又得全神贯注看头手发出的手势指令，执行纠正偏差的操作。两个助手分别在原木的两旁，各用锤子，根据纠正偏差的需要敲打夹原木的三角形木块。如果碰上锯的是大口径、材质坚韧的原木，头手就更吃力了，这时他还得下手势指令，叫负责喷洒润滑剂的工人，由水改用机油喷洒，叫负责操作特大型电池槽的技工加大电功率。锯台的另一端，还有两个人配合，一个是负责拔拉过电锯的原木，并从锯台上把原木推送给头手再锯，称为"拔尾手"，也就是头手的副手，另一个是搬运工人，从副手的手中接过锯好的板材，放在指定的附近的地点。头手和他的副手，都会操作电动磨锯机，但主要技术是用板卡调整每个锯齿的角度。电锯加工原木的技术工人，是特大重体力劳动者，而头手随时都有发生工伤的危险，轻则重伤致残，重则当场没命。主要是副手在把过电锯后的原木送回给头手时，万一不小心，原木的头部碰上飞速转动的锯齿，则原木通过锯片转动的方向，从锯片的上方飞向头手，若躲闪不及，被它击中，后果不堪设想。因此，头手的月薪是三千元，其他人的月薪，副手是一千五百元，助手是六百元，而我们搬运工的月薪是一百元。

工人的伙食

　　这个厂的伙食差到跟猪食差不多，是我有生以来吃得最差的伙食，用劣质米煮饭给我们工人吃，粗糙难咽，米虫的死尸挑不尽，还得防牙齿咬到小石子。虽说餐桌上有鱼有肉，但都是用廉价买来的，多刺的小杂鱼，吃起来很麻烦，提心吊胆，怕鱼刺哽喉。肉更是乱七八糟的杂肥肉，看了就没胃口。几粒西红柿，几片菜叶，在水里煮几下，放点盐，就成了菜汤。原则上是所有员工的伙食都由厂方免费提供，但家住市区的员工，因厂方的伙食太差，在下午收工后，连晚餐也不吃就回家了，早上也是在家吃的，所以三餐在厂食堂用餐的，都是我们这些从外地来的员工。

　　睡的地方，虽说是在水泥地面的宿舍里，但却是名副其实的工棚，睡通铺，一排睡十几个人，睡具得自备。因靠近森林，晚上蚊子特多，加上臭虫又多，睡得很不安宁。我正在想办法自带蚊帐，看看有什么地方可以睡。

坚持自学

1952 年 8 月 24 日　星期日

　　来这个厂当搬运工人已有十几天，肩头被锯糠摩擦破皮的地方早已结疤好了。但有的板材的液体带有很强的腐蚀性，我才干那么十几天，就破损了两件上衣和一双鞋子。趁今天休假，到市区买了两件上衣和一双鞋子，又到书店买了一瓶墨水，一叠信笺，一本杂志，以上总共花了十四元五角。看到有出售《中英记账指南》，也想买一本来自学，一看标价是五元五角，钱没带够，下次再买吧。

　　自从我养成爱看书、爱执笔写文章的习惯以后，不管到什么地方做什么工作，我都坚持不懈地自学，而赞赏与讽刺挖苦也随着而来。不知是叛逆的心理作用，还是不甘久居人下的心理，反正有人反对我自学，我就越起劲自学给对方看。我总认为多掌握些文化知识是有好处的。我到这个厂工作以来，天天晚上到膳厅自学，刚开始之时，一些文盲的工友劝我："我们白天劳累了一天，晚上应该好好娱乐一下，开开心，早早睡才是，而你还在看书、写东西，这是何苦呢？其实像我们干粗活的，只要有力气就行，是不必要有文化知识的。"可是经过一些日子以来，我替他们写家信、读家信，念报纸上的新闻给他们听，他们又看我学东西很快就会，终于改变了对我的看法。他们说："有文化的人就是跟文盲不一样，看来一个人有文化还是有好处的。"最近他们尊称我为林先生。

商品树种

我自幼生活在海边湿地森林的渔村，对湿地森林的树种了解得比较多，父亲不时也带我到陆地的二叔和大姑家玩一两天，当然也看过、认识了一些果树，但对于陆地的森林里有哪些有经济价值的树种，连看也没看过，现在总算开了眼界。这个厂采购的原木，通常有下列树种：一是见得最多的，当地人叫大麻（不是用于提炼毒品的大麻）的树木，其颜色与密度，与中国南方产的杉木差不多，但材质不如杉木，易生蛀虫；二是油木，那真的是名副其实、含油量非常高的木头，锯它时其树干会不断地流出类似柴油的深褐色液体，其密度较大，但质地不硬；三是冰片，其特点是会挥发出很好闻的芳香味，算是较好的树种；四是黄松，本地人叫它叻沙，很重，是名贵的树种；五是柚木，数量稀少，更名贵；六是菠萝木，因其材色像菠萝的颜色而得名；七是甘拔（译音），类似中国的槐木。还有偶尔见到的不知叫何名的树木，有的会渗流出腐臭味的液体，有的会挥发出似臭酸的刺鼻气体，有的锯屑有致人过敏的毒素，人的皮肤接触多了会红肿和痛痒。

物尽其用

我再也不必偷偷地学技术了，因为很意外地获得老板赏识。上午刘亚保老板看见我肩扛木板，善意地朝我笑笑，我也报以表示谢意的微笑，他没有说什么。可是在中午饭后休息时，他叫我去他的办公室，问我工作习惯了吗。我说还可以。他说："有一项工作，想叫你去试试，看看是否干得来。"我说："我力气不如某些人，如果需要出大力气的话，我好为难。你叫他们去干会更好些。"他说："不必花什么力气的，但要花脑筋。"我说："行！可以让我试试，我就喜欢干动脑筋的事。"他说等下开工时带我去看看，可我怎么猜也猜不出他想叫我干什么工作。我可连小学毕业的文凭也没有呀！

下午一点开工之时，老板带我到一台手拉电动小圆锯的锯台前，指着放在地上一堆两厘米厚、三厘米宽的木条的下脚料，说："这是一张写着需要裁成各种规格用材的尺寸表，你要动脑筋，尽最大限度做到物尽其用。"原来是叫我干这种带有灵活性的工作，太好了，值得试试。我问他要我多少时间完成，他说一个小时，并给我一把钢卷尺。我还跟他回到他的办公室，向他要了纸与铅笔。

我实际只操作了半个小时，就完成了上述老板交给我的工作任务，并把已裁好的各种规格的小段木条，分类叠好，压上一张小纸条，上标明规格和数量，然后到老板的办公室，向他汇报。他跟我过来一看，开始之时很满意，接着眉头微微一皱，用迟疑的眼光望我一下。原来，他怀疑有人帮我完成。他到附近找了一根别人裁剩下的下脚料交给我，叫我当场演示给他看。果不出我所料，他当面考起我来了。

我把那根下脚料用卷尺一量，真正能用的只有六十二厘米长，还剩下四厘米长的尾段，太窄了，怎么用？况且要我裁的规格，最长的是五十厘米，通常的裁法，会造成还有一段十六厘米长的木条不能用。我灵机一动，何不灵活地采用互相搭配的方法呢？于是我就将它裁成完整的四十厘米长的一段，和二十五厘米长的一段（太窄的部分有三厘米长）。这样一来，这根下脚料到我手上，就只剩下一厘米长的地方不能用，那真的做到物尽其用了。

老板看了我的操作后，皱着眉头说："物是给你用尽了，但你那太窄的三厘米长，怎么用呢？"我说："做窗架用的横条，两端必须切削成凸形，正好太窄的那部分可以用上。"老板这下很赞赏我，对我说："你的想法很灵活，也很科学。我会向管工的人说，从现在开始，允许你看到有什么地方需要你帮忙解决问题的，你就可以去试试。"这算老板给我什么名分的工作呢？是杂工还是技工呢？不过显然是老板特别照顾我，让我有机会学到很多技术，这比给我加工资更有意义，我又何必去计较其他的呢！

这算什么工种

1952 年 9 月 1 日　星期一

自从老板让我自选工作以后，我就到各个车间，主动找机会帮忙，实际上我是在找机会偷学技术。就那么短短的七八天，让我学到不少东西呢。除了那台高度精密的刨光和打槽并举的机器以外，其他各类的锯板机和制木车床，我都一一操作过。就连那危险性很大的巨型电池槽，我也学会了操作它。虽然我现在工作很轻松、很自由，但我至少在表面上要给老板和工友们一个忙忙碌碌的形象。因此，我也经常帮忙搬运板材，甚至挑刨花和锯糠、打扫车间的卫生。

1952 年 9 月 8 日　星期一

进厂工作以来，一直不好意思问老板月薪是多少。考虑到我不是由老板的熟人介绍来的，可能最多只给我领临时杂工的工资，大概七八十元吧。直至前几天，管工人员才告诉我："你三餐吃老板的，享受星期天假日，月薪一百元。若加班加点，还可领到相当于双倍工资的补贴费。"这个待遇比我原来预计的好得多。这样一来，我只要勤劳些，一个月就可以赚一百多元。这是我从十三周岁出来工作这么多年以来最高的月收入了。

来吉隆坡之后，由于工作和生活一直很不安定，没心思到市区看电影。现在可以说相对较稳定了，就到市区的文艺电影院看国语片《一板之隔》。虽然只有三个演员在演，但剧情却很有现实意义，不禁使我回想起与陈联珠相处的几个月，那真的是一板之隔呀！

我在给朋友的信中，总是把自己说成是一个奋战在充满荆棘与陷阱的前进道路上的勇士。在得到朋友们来信的赞赏与鼓励的同时，也惹来一些人对我的误解，有的还请求帮他找工作。对此，我总是说等有机会时会尽力相助的。想当初，我进厂的第一天受到的侮辱，他们受得了吗？有化险为夷的本事吗？

老板的侄儿

老板的侄儿，名叫刘瑞吉，与我同龄，老板安排他在厂里做看头看尾的工作，实际上起了监工的作用，不但监视我们工人，也监视那位刚调来的监工人员是否尽职。我和他的私人感情不错，彼此互相尊重。他为人幽默，心地善良。上个星期三，我的胸部被板材撞伤了，青肿起来，疼得很，他知道之后，给我几颗治内伤的铁打药丸和几帖铁打药膏。由于我听他的话，及时内服外敷，还真有疗效。

本厂的产品都堆放在木工车间旁的仓库，有时候，搬运工也要去帮忙装车，车就停在木工车间和仓库之间的狭小的空地上。这里的地上不时有带铁钉尖尾的小板块，不时有人受伤，虽然我非常小心提防，但有一次还是踩到带铁钉的小板块，不但刺穿了我一厘米厚的胶鞋底，还插入脚跟肉一厘米。又是瑞吉兄来帮我治疗。他叫我忍痛一下，就把带铁钉的板块用力一拔，让铁钉脱离了鞋子。我脱掉鞋子，他在我脚底的伤口处挤出一些血之后，从火柴头剥下一些火柴药塞在伤口处，然后用火柴擦出火，去点燃那些火柴药，随着"卟"的一声，剧痛了一下，冒出一小缕白烟，伤口留下被灼烧的痕迹，这算是进行敷药前的消毒。接下去用一朵香菇浸下酱油，敷在伤口上，用布扎好就行，一般两三天就会好。

砸伤准新娘

今天我和很多工友一样，放弃休假，加班搬运已晒干的木板。我怎么那么不小心，顾前不顾后，让木板的末端把一位女青工的额头碰伤了，幸好是一块很轻的小木板，只在她的额头上擦破点皮，渗出一点点血丝。可是她明天就要举行婚礼，新娘的额头带伤穿婚纱，岂不是大煞风景吗？我看我得挨骂和挨揍了，虽然她和她的未婚夫都与我交情不错，对我的坚持自学很钦佩，但我还是做最坏的思想准备，坚决做到骂不还口，揍不还手，因为是我理亏嘛！首先，我立即主动向他们俩道歉，一味地向他们赔不是。可是出乎我意料的是，那女的笑着说："擦破点皮的小伤而已，没关系，算是你在我的婚礼上在我额头留下纪念的痕迹。"她的未婚夫也笑笑地说："子仪老弟，怎么那么巧！好像是上帝早已安排的。没关系的，你也不必太过自责。"这场风波就这样结束了，是不是我太走运了呢？

讨回公道

1952 年 9 月 21 日　星期日

17 日那天，新来的工头向工友们发工资，我领到半个月的五十元工资。这半个月以来，我加了七次班，应得十四元，他怎么才算给我五元？事后我问问其他工友，情况与我差不多。我说，难道就让工头这样为非作歹，骑在我们工人的头上拉屎？有的工友说："他就欺侮我们不识字，嘴巴不会说，林先生，那你说我们该怎么办？"我说："让我好好想一下如何治他，你们不要蛮干，今天晚上我们再商量。"

这个新来的工头，真的是利令智昏，他也不打听一下我与老板的关系，以及在工人中的威信，竟敢贪污我的加班费，看我怎么发动工人来收拾他。当天晚上，我联系了十几个较有胆识的男青工，在板材仓库开个短会，做出下列决议：隔天中午的休息时间，大家一起去找那工头算账。要先礼后兵，与他说道理的事由我负责，揍他的事由其他人负责。要注意，目标集中在工头一个人身上，不要转移到老板身上。老板那边，由我去与他交谈，其他人不要去找老板。

隔天的中午休息时间，我们十几个人找那工头。他看我们来意不善，很凶地说："你们想干什么？造反啦！"我很严肃地说："我们一共加班了几次，你和我们彼此都心中有数。你应如数地付给我们加班费。"他说："我不是已如数付给你们吗？怎么？有意见？你们可以去找老板呀！"果然不出我所料，他想把目标转移到老板身上。我说："我手上有一张清单，写着我们每个人的姓名，各人共加班几次，以及收到老板叫你付的多少加班费。你敢在这上面签字表示负责吗？你若敢，我们就不找你算账。"他不敢签字，说明他心中有鬼，我以眼示意工人们，应该给他适当地加压。于是工人们纷纷向他发出严厉的警告："你敢在我们工人身上榨油，我们工人现在就敢抽你的筋。"他软下来了，但他说："也许有时会记错，但我已报账，不好改。"这不是明摆着不想把我们的钱吐还给我们吗？我说："记错？那是你工作失误。少给我们的加班费，应由你来赔。"但他不答应我们的要求，一个名叫亚才的工人，身高一米九左右，很壮，力气大得很，肩扛四百斤犹健步如飞，气不喘，号称本厂的大力士，为人很忠厚，从不与人吵架，现在他也恼火了，他像抓一只小鸡似的，一手抓住那工头的裤腰带，高高举起，厉声责问工头："你不赔是吗？那好，我现在就要你好看！"那工头还算识时务，晓得好汉不吃眼前亏，立即向我们赔不是。我也软硬兼施地说："严格地说，你也和我们一样，都是为老板打工的，何苦跟我们工人过不去，不要为了多捞那几元钱，而付出一大笔的治伤费用，请你好好考虑！"这下他才说："我赔，我赔！"于是亚才才饶他，我们总算从他手上得到我们应得的加班费。我进一步做好善后工作，我对他说："你是赔钱还是还钱我们彼此心中都有数，事情已经过去了，今后只要你秉公办事，我们还是可以好好相处的。"事后我碰见老板的侄儿瑞吉，将上述之事告诉他，并叫他转告他的叔父，我说一人做事一人当，我们工人没有怪你叔父的意思。瑞吉说："我们不是叫他来与你们工人作对的，让你们教训他一下也好。"至此，我总算把上述事件摆平了，其实我也不想当什么工人的领袖。

最近祖国的朋友陈志强和洪慈孝来信。陈志强已被调往广东省的平川县，从事土改工作。洪慈孝被叫去进行政治训练。什么"土改""政训"我不懂，觉得很抽象、很神秘，使我对回国之事，多了一些顾虑。

及 时 雨

1952 年 9 月 30 日　星期二

二弟来信，一再告诫我，吉隆坡是花花世界，到处有令人堕落的陷阱，千万要小心。我回信叫他不必为我担心，说我会避开那些陷阱的。

我现在每月有一百一十几元的净收入，来源于工资和加班费。每个月计划着开支，寄五十元给父母亲，自己零用三十元，储蓄二十元，剩下的十几元做社交应酬之用。俗语说，在家靠父母，出外靠朋友。就以本厂的工友来说，其中有些人已成为我的朋友，有的月头领到工资，就吃喝嫖赌一齐来，以致一到月底，就钱包空空如洗。他们知道我是单身的好仔，心肠又好，于是就向我借点钱救急一下。讲是这样讲，鬼知道是否真的是生活上的急用？不过，不管谁以什么理由向我借钱，我最多一次借五元给对方；若守信用，准时做到有借有还，则再借不难，若有借无还，则别再开口向我借，我就当助人为乐吧。

不久前，我才寄给父亲五十元，怎么他又来信叫我再寄钱给他？理由总是一大堆。我是他的大儿子，寄钱尽孝也是天职，但我回信对他说："我不是在做生意，当头家，而是当苦力工人，收入有限，我在社会上谋生不容易，若平时不储蓄一些钱，碰到失业之时将如何生活？我自己也得留些零用钱。因此我不能把工资全部寄给您，请您谅解好吗？"

游览波德申

1952 年 10 月 5 日　星期日

　　早就听说，波德申的沙滩是全马来亚有名的好玩地方，约了几个好友，组成一个小小的旅行团，今天就去那边度假。由我管账，准备每人花十几元。

　　上午八点，我们一行人乘大巴士，从市区出发，途经森美兰州的州府芙蓉市，下车游览该市。小小的山城，自有她美的地方。我们还顺便游览了该市的芙蓉公园。随后抵达波德申海滩。我虽出生长大于海边，但所见到的是湿地滩涂，从未见过像波德申那样一望无际的洁白的沙滩。波德申，果真名不虚传！游人很多，但多是华人和白种人，好像没有见到马来族和印度族的游客。当然，来波德申玩，不光是看那迷人的美景，嬉水游泳也是少不了。自从我离开海边的渔村大直弄以后，一直没到过海边游泳，这下我可以尽情地游个痛快。傍晚，我们才回到吉隆坡。

游览巴生港口

　　我工作的工厂就在巴生路旁，天天都有到巴生市的公共汽车经过，只有三十几公里的路程。巴生是全马来亚有名的港口，况且二堂姑妈的大女儿也住在巴生市的市区，因此我早就有到巴生市旅游的念头。

　　前天是中秋节，厂里放假一天，我趁机到巴生旅游。抵达巴生市，才知道一般人所讲的巴生市是由巴生市区和巴生港口组成，两者还有好几公里的距离。其实巴生港口是在一个岛上，但与陆地只隔一条宽约一百来米的海峡，有一条浮桥把两岸连接起来，公共汽车不能到巴生港，我只好从浮桥上走过去。毕竟是由浮力较大的物体代替桥墩，所以桥稳定性较差。桥宽只有三四米，只允许一辆载重四吨的货车通过，非常不方便，且汽车驶过桥面时，尽管速度与人步行的速度差不多，但桥面还是随着车轮做上下的波动。我在车后走，走得真是提心吊胆。港区内不许外人进出，我只好在港区附近走走看看，但平生第一次看到这么多的大大小小的商船停泊在码头及其附近的海面，我已很满足了。回到巴生市区，我游览了市容。虽然该市与太平市差不多大，但比太平市繁荣得多。顺便也到六角井街，拜访了二堂姑的大女儿的家。因为她小时候也曾经与我住在同一个村，所以我认识她。

1952 年 10 月 11 日　星期六

我虽只有二十周岁，但已到过好几个地方，干过好几种职业，各种各样的人也见得多了，酸甜苦咸辣都尝过，在这个工厂里，从老板到工人，都说我是好仔。

刚来这个厂工作时，为了学技术，不计较老板怎么对待我。可是现在，该掌握的技术我基本上都掌握了，能够独当一面操作各类车床了，但我的待遇还是搬运工。这使我产生了不想在这个厂干下去的念头。我现在好比是被困在浅滩的蛟龙，干脆装死，任由小虾欺。

《南洋商报》有一条消息，新加坡的某工厂招聘见习生，专门从事负责登记货物进出的工作。这我完全可以胜任，且是我所追求的拿笔杆子的工作，又可到新加坡工作。可是，月薪才八十元，住和食自理，这恐怕连自己也养活不了，不能干。

自学中式会计

1952 年 10 月 19 日　星期日

　　厂里的会计，名字叫添树，是老板的亲戚，高高瘦瘦的，四十几岁，从菲律宾过来的，不但会讲菲律宾语，还会讲几句西班牙语，算与我较谈得来。他对我说："不论从你的体形或气质，都是文质彬彬的样子，我看你比较适合做拿笔的工作，这样能更好地发挥你的才能。"我说："我也很想做拿笔的工作，但我连起码的小学毕业的文凭也没有。"他说："事在人为，我也和你一样是自学成才的，其实当会计并不难，只要懂得加减乘除的运算，买一本《自学会计指南》的书看看，掌握了一些记账的有关规定就行。"他讲得多轻松！我很想对他说："你有老板的提拔，而我呢，老板始终不让我跳出搬运工的名分！"考虑到他与老板的关系，不说也罢。

　　关于自学会计的事，我是这样想的，先学再说，也许以后有机会用得上。于是我到市区的书店，花了十几元买了《中式会计指南》和《初级中英文会计指南》。最近自学这两本书，并不难领悟，颇有心得，不学不知道，学了才知道，不是人人都适合做会计的工作。我非常粗心，而会计工作总是与数字打交道，是一门非常细心的工作。我干得来吗？但既然书已买了，若不学，岂不是白白浪费书钱吗？于是坚持学下去。

　　我爱看书，也爱买书，只要去市区，我就到书店看看。最近却在某书店无意中发现这么一种杂志，书名是《新中华》，头脑里一闪：新中华？新中国？莫非是同一个词义？从书架上拿下来翻翻，果真不出我所想，图文并茂，全是介绍新中国成立后的建设情况。其中有一例，说的是荆江的分洪水利工程，仅仅用七天的时间就建好了。一位英国的工程师参观之后，惊叹不已，说像这么大的水利工程，在英国起码得两年才建得起来。呀！两年与七天，差距大得有些不可思议！在科技方面，不管怎么说，新中国是在废墟上建立起来的，才经过短短的两三年，就大大地超过英国？我认为看《新中华》可以了解新中国，就买一本看看。

对新中国，这里的华人主要有两种看法：亲中国的人说，新中国一片欣欣向荣，人民生活得很幸福；亲国民党的人说，中国到处一塌糊涂，人民生活在水深火热之中。但在我的潜意识里，还是比较倾向于相信我的朋友说的话，我相信他们不会骗我。

回国？顾虑多多

1952 年 10 月 26 日　星期日

昨天，三姑托人来厂告诉我，说有急事叫我回家一趟。我以为发生了什么大事，只好向工头请了半天假，匆匆赶到三姑的家。原来是三姑要去探望住在新加坡久不见面的八姑，把屋子的锁匙交给我，叫我经常回家看看。我说会的，实际上三姑的家早已成了我在吉隆坡的家，我在工厂做工，行李一直寄放在三姑家里。

我只在三姑家坐了一会儿，就到离三姑家不远的一个叫冼都的地方，找我的朋友亚美玩，没找到，又到市区的书店想买住在怡保市的朋友汤国威托我买的《中国文学史大纲》，但太晚了，书店已关门。

朋友陈志强来信动员我回国，但我正在考虑以下问题：一是我身边只储蓄两百多元，除了扣去回国的路费以外，所剩无几，万一回国后失业，我岂不是非去当乞丐不可吗？二是我算是什么人才，连小学毕业的文凭也没有，中国的政府愿意给我干拿笔的工作吗？如果还是叫我干不需要文化的工作，那我又何必回国呢？三是志强说我可以直接报考大学的文科，这样可以不必考数理化。问题是我考得上吗？尽管我已不懈地努力自学了好几年，可是没有人家来考过我，现在我的国文程度究竟是初中呢还是高中？我心中无数。四是听说唐山的冬天冷得要命，到时我若水土不服，那可就糟了。五是听说现在中国人民的生活很苦，三餐喝粥，吃不饱，我受得了吗？六是即使我回国后有了工作，还能像现在那样，每个月寄钱给父母亲吗？据我所知，只有从马来亚寄钱回中国，还从未听说从中国寄钱来马来亚的事。七是回国后，还能自由地来马来亚看望亲人吗？……问题还真不少，顾虑重重，回国之事，等过几年后再说。

1952 年 11 月 3 日　星期一

我是在马来亚土生土长的人，为什么唯独对福建闽南的南音情有独钟？我也说不清楚。厂里有一些工人是从唐山来的，在晚上的工余时间里，他们有时候几个人围在一起吹吹拉拉，唱唱南音。我有时候也去当他们的听众。其实我根本听不懂他们在唱些什么，但我爱听那叮叮咚咚的清脆的琵琶声和浑厚深沉的洞箫声。厂里有一位老工人，知道我想学吹洞箫，有一根跟随他多年的旧洞箫，愿意以三元钱卖给我。我会吹横笛，以为吹洞箫不难，其实不然，箫声是吹出来了，但中气不足，好吃力！

二弟来信，说我的写作能力大有进步。我欣慰之余又有些伤感，我看了不少书，使我的头脑很爱想问题，给我带来不少烦恼。有时候，看到那些心地善良而又目不识丁的工人，头脑很单纯，做工赚钱养家，其他什么也不想，省却许多烦恼。而我呢？经常为未来的前途而发愁，我这是何苦呢？很想使自己的头脑单纯些，但已是身不由己了。

化险为夷

1952 年 11 月 9 日　星期日

前几天，厂里工人举行罢工，要求加工资。那时工人都来工厂了，可就是都坐着不开工，众怒难犯，我当然也不敢开工，但也不敢参与闹事，这到底是谁组织的？为什么事先不跟我打一声招呼？我怀疑是马共在组织。厂里有马共分子？是谁？我怎么看不出来呢？我是不会与马共为敌的，但也没有胆量与马共为伍。我不想惹来政治上的麻烦，但昨天还是惹上了。

　　昨天上午九点多，突然来了大批全副武装的士兵，把工厂包围起来，然后把全厂的工人集中在一起，由几名便衣警探认人。其中一名华人警探突然很严肃地问我："你怎么会在这里？为什么要离开你在万里望的三叔？"我一看，他原来是以前与三婶同租住一屋的那位在政府机关工作的人，当时彼此都很熟悉，还算较友好，想不到他现在竟当了便衣的警探。这下我提心吊胆了，联想到前不久，我曾煽动一些工人找工头算账。而前几天的罢工，虽然不是我组织的，但我不敢开工，这等于说我也参加罢工了，现在他会不会把我当成马共分子抓起来呢？关键是我如何合情合理地回答他向我提出的问题。所以我非常镇定地回答："你是知道的，我很小就到我三叔店里工作，一直干到前几个月，这么多年了，他才给我月薪七十元。现在我在这个厂当工人，一个月的工资和加班费合起来，可以拿到一百多元，而且这个厂的老板对我也很好，所以我也乐意在这个厂干。"他听了点点头对我说："那你就好好工作，其他的事，你不要管，懂吗？"我说："谢谢你对我的关照，我听你的。"接着他用英语对一个英国警官说了几句，我不懂英文，也不会讲英语，但多少会听一些，他大意说我是良民。这下我才没事，有惊无险。事后我想，我当时能急中生智，进行那么巧妙的回答，正应了古人所说的："运来则急中生智，化险为夷。"

1952 年 11 月 15 日　星期六

　　我现在生活得很有规律，白天劳动干活，晚上一般是写日记、看看书，有时也即兴挥笔，写些小品文，聊以自娱。要不就吹口琴与笛子，自娱自乐。有时也和一些工友下象棋或打乒乓球。星期天要是没有加班的话，就到市区看电影和逛书店。

　　昨天，脚底又被铁钉刺伤了，无法劳动，老板允许我休息一天。我趁机到市区，在大华戏院看一场电影，是国语片《王魁与桂英》，剧情是讲一个妇女的悲惨命运。到书店买了一本《中国文学史大纲》，邮寄赠送给汤国威先生，另外还买了一本《新中华》杂志。

　　我曾写信告诉二弟，说我有回国的打算。他来信说我成了中国的信徒。我回信告诉他："中国不管由谁来执政，只要能使中华复兴，我就拥护。过去的历史说明，国民党不行，现在换了共产党，行吗？还是让事实来说明吧！"

1952 年 11 月 30 日　星期日

我有着浑厚的男低音，人家说我唱歌很好听，我也爱唱歌，但只是一种业余的爱好而已。昨晚我还到市区的歌台，听香港来的歌星唱歌，花两元钱。

昨天，我的手掌差点报废。我去帮忙翻动大树筒（即原木）时，一不小心，手掌差点被一根直径四十几厘米、长六米的大原木压住，幸好手抽得快，否则整个手掌将被压碎，但中指头还是被刮去一层皮。

二弟来信说，三叔的脚被砸伤，行动有困难，他有意招个女婿来顶替他的职位，众亲人皆反对。为此事，祖母还与三婶吵架。祖母还责怪三叔没好好善待我，才使我离开新成美，否则怎么会发生这样的事呢？我看了二弟的信，有感慨，但不为所动。怪就怪三叔当时动不动就叱骂我，叫我滚回老家去。当我的翅膀还未长硬时，我一忍再忍，而三叔竟以为我是懦弱者，只能逆来顺受，一错再错地对待我，这才使我下决心离开新成美。虽然我离开新成美还不到一年，吃了不少苦，但我不后悔。现在我是越飞越高，目光看得更远了。尽管我的翅膀到处留下被狂风暴雨打伤的痕迹，但并没有被折断。我正朝着我认为光明的方向飞。

思考人生

1952 年 12 月 14 日　星期日

三姑从新加坡回来了，今天下午特地去探望她，从她那里了解到居住在新加坡的八姑一家人的情况，我心中产生了想去新加坡找工作的念头。在三姑家只坐一会儿，就到丽都戏院看国语片《白日梦》，剧情诙谐百出，令人笑破肚皮。但联想到自己，人家若问我为何不懈地努力自学文化，我若说是要像高尔基那样，有朝一日能上大学念书，岂不是让人家笑我是白日做梦吗？

针对想回国而思想上存在不少顾虑的问题，我写信给在中国的陈志强，希望他能帮助我解顾虑。他给我回信了，可是无法解答我向他提出的问题，看来我回国还不是时候。

1952 年 12 月 22 日　星期一

今天是中国农历的冬至节气，这里的华人社会照样庆祝。老板也给我们放一天的公假。据说在中国，从这一天开始，冬天的严寒开始了。从出生到现在一直在热带生活的我，很难想象严寒是什么样子的。以前我从未想过这个问题，现在由于有在中国生活的打算，才关心起寒冷问题，最大的担心是怕受不了。

老板的小舅子是没落的富家子弟，来厂里当工人，经常在我们工人面前摆出一副少爷的架子。我不理睬他就是，可他竟然把我当成他的佣人指派我为他工作。他算老几？连工头也不敢对我这样。由此，我与他吵了一架。事后有几个与我关系较好的工友对我说："你为人很直率，心很好，也很聪明，但不善于处理人与人之间的关系，你与老板的亲戚吵架，会吃亏的。"我说："我也不想与他吵架，是他欺人太甚。"

有时候我在想，虽然全厂从工人至老板，对我都很客气，但我与他们却没有多少共同语言。我喜爱文学，在厂里找不到能与我交谈文学问题的人。

1953 年 1 月 10 日　星期六

告别 1952 年，迎来 1953 年，我已二十一周岁。回顾过去一年的生活，可以用一首打油诗来描述：前进之路多坎坷，披荆斩棘防陷阱。苦难来磨炼心志，耐心等候好时机。

外贼虽可恶，内贼更可憎。昨天晚上，梁上君子来光顾我们工人的宿舍，有三位工友放在裤袋里的钱不翼而飞了，共丢失七十元。看来是内贼所为，个别爱赌的工人输得精光时，连窝边草也吃。我早已成了人家下手的重点目标。因为我是好仔，身上有较多的钱。但我早已意识到这一点，我把储蓄下来的三百多元都寄存在可靠的三姑处，平常只放几元钱在身边零用，而且晚上睡觉时，便把这么一点钱放在枕头下，我的头不离枕头，应该可以高枕无忧。所以，当早上大家醒来时，大喊大叫说丢失了钱，我赶快摸摸枕头底，钱都还在。可是我临睡前放在枕头边的裤子不见了，后来在厕所里找到。显然是小偷从我的裤袋里找不到钱，气起来才把我的裤子扔进厕所。

早就听人家说过，屁股不能坐在被太阳晒得热烘烘的木板上，否则会生疮的。我自恃免疫力很好，不怕，经常坐在热木板上，果真生了痔疮。但我又错误地认为这是父亲遗传给我的，与坐热木板无关，仍旧坐热木板，结果屁股上离肛门仅一两厘米的地方，生了一粒黄豆般大小的疮。我还是不在意，以为过几天挤出脓就好了。可是已过了好几天，不见化脓，倒是红肿得越来越大，痛得我坐立不安。但还在坚持干活，过几天看看能否挤出脓来。

痛不欲生的体验

1953 年 1 月 15 日　星期四

几天过去了，肛门旁边的那颗毒疮已肿得像小鸡蛋那么大，阵阵剧痛伴随着发冷发热的症状，连行走也困难，更不必讲劳动，不去医院治疗是不行了。我向老板请一天假，先去三姑的家，把病情告诉她。她说："你五姑的大女婿，名字叫高乐怀，在开诊所，专治疑难怪症和毒疮。"于是我到高乐怀的诊所，他替我诊查之后，对我说："你怎么到现在才来治疗？太迟了！光是消肿已不可能，得先把脓头弄出来，挤出脓后，才能消肿。你一拖再拖，已耽误了治疗，以致小病弄成大病。脓头已有花生米那么大，得用金疮药膏把它弄出来。但我必须把话说在前头，此药膏贴上去之后，将有阵阵令人难以忍受的剧痛，过程大约两个小时。接下去还会有小阵痛，直至脓头被弄出来为止，这个过程约八个小时。接着不断地流脓，你得准备大量的棉花。挤尽脓后，再贴上第二张药膏，后天再来给我看看。"我说："既然用中草药治疗，那么剧痛，如果改用西医的开刀动手术呢？"他说："如果你忍受不了剧痛，那当然只好到西医院动手术。不过那很麻烦。得先给你进行消炎，然后才可以动手术，而你又同时患有外痔和内痔，动起手术来很麻烦，得连肿疮和痔疮一起割掉。是不小的手术，起码得住院半个月以上，得准备五百元的治疗费用。但有个好处，彻底解决病痛，较少后遗症。"我又问他："那如果用中草药治疗，会有什么后遗症呢？"他说："我只给你医治毒疮，没有给你医治痔疮。你的那颗毒疮，非常靠近肛门的直肠，脓流出之后，很可能造成与直肠相通的后果，形成肛瘘，大便时，有些大便会从原毒疮的伤口流出，不但给生活造成很大的麻烦，而且伤口经常受感染，无法愈合，最终还是得去医院动手术。"我很难过地说："我没那么多钱，医院我住不起，老板不会允许我半个月以上在医院就医，我将被辞退，贫病交加，我怎么办呢？"他说："那就只好先用中药治好毒疮，至于其后遗症和痔疮，以后找机会再治疗。剧痛难受也得受，坚持一下，会过去的。放心，不会痛死的。"我别无选择，只好给他治疗，按常规是先交钱后治病，但他说："都是自己人，我也听三姑说你是孝子又是品德很好的青年，你这个忙我得帮。不必跟我谈钱的问题，先医治再说。"

从高乐怀的诊所拿药之后，在赶回工厂的途中，我想了很多很多。不禁自言自语："父母亲和弟妹们，你们希望我做工多赚些钱寄回家。可是你们知道吗？我正在劫难当中挣扎，尽管我连动手术的钱也出不起，但我还是决定寄一百元给你们。"

1953 年 1 月 16 日　星期五

昨天从高乐怀诊所拿了金疮药膏回厂之后，立即将药膏贴在毒疮上。经过一个多小时，并不怎么痛，接下去却足足痛了八个小时。这期间发生了好几阵撕心裂肺的剧痛，痛得我直冒冷汗，牙齿咬得咯咯响，在床上打滚、蹦跳、用头撞墙，简直是在上刀山下火海，要不是有高乐怀医师"死不了"那句话，我真的不想活了。同宿舍的工友见我病痛得如此凄惨，很为我难过，要连夜抬我去医院。我强忍着痛说："现在是金疮药膏在拔脓头，药性大发作，忍痛几个小时过后就不痛了。"就这样，脓头最终出来了，接着流了大量的脓，真可怕，肿也消了，也不怎么痛。

昨晚痛了一个晚上，今天早上总算挺过来了，脸色蜡黄，人非常累。老板刘亚保也到宿舍看望我，他叫我这几天好好休息，不必上班工作。我已没有精力去分析老板的话是什么意思。

1953 年 1 月 17 日　星期六

按原先的预约时间，今天上午到高乐怀诊所给他看。他诊查之后说："果不出所料，毒疮的伤口已成肛瘘了，以后会给你的生活带来麻烦。"接着他给我开了可用一星期的消炎药粉，叫我每次大便后要洗干净屁股，把消炎药粉撒在伤口处，并交代一些生活上该注意的事项，一个星期后再来给他看。

天可怜我，使我碰上还算有良心的老板，批准我十天病假。若叫我滚蛋，那贫病交加又失业，我就更惨了。

得道多助

1953 年 1 月 27 日　星期二

已一个多星期没有上班工作，老板批的假期也已到了，身体还没有完全康复，最好能再给我一星期的病假。但老板的父亲有些怨言了，他说怎么那么倒霉，养了一个带病的工人。我不敢吭声。我理解，工厂毕竟不是疗养所，我也不能让老板太为难，我得上班工作了。身体太虚弱，厂里的伙食太差，只好到工厂附近的餐馆补充营养，增加了不少的开支。

可能平时工友有困难时，只要有求于我，我都提供力所能及的帮助，所以在毒疮的脓头出来之后的那几天里，行走有困难，他们主动帮我，替我到附近的餐馆买来饭菜。本厂有位身体很壮的工人，五十几岁，是老板的亲戚，在进行电机锯木头时被倒弹回来的木板撞瞎了双眼，老板不忍心抛弃他，留他在厂里看头看尾，他也不白吃，做些他力所能及的工作。别看他双眼已瞎，可其触觉和嗅觉很灵敏。平时他沉默寡言，我也很同情他，经常与他闲聊，他曾对我说："我现在是生不如死，是等死的人。"就是这么一个不幸的人，给我雪中送炭，在我伤口痛得生活自理有困难时，他照顾我，我非常感激他，而他只是淡淡地说："一个人只有自己正处于不幸，需要人家帮助之时，看见别人遇到不幸的事，才会想去帮助别人。"

若有人问我："一个人在路漫漫的前途长征中，最大的敌人是什么？"我说是病魔，因为不管什么样的困难，有望用坚强的意志去克服。跌倒了可以再爬起来，倘若病得爬不起来，则什么前途也不必想了。现在只是肛瘘给我的生活带来麻烦，我必须忍受，挺起腰杆为理想而奋斗。

高乐怀不收我的诊费，但我总不能让他倒贴药钱吧。就此事，我征求三姑的意见。她建议我去买一只大公鸡和一些水果送人家，聊表谢意。我照她的话去办，也只花二十几元而已。

1953 年 1 月 29 日　星期四

我已几乎跑遍马来亚的大城市，很想去闯闯新加坡。因此想利用春节的假期，亲自去新加坡一趟，拜访八姑一家人和陈忠纳先生。我已写信给忠纳和八姑，叫他们给我在新加坡找份工作，并说我在春节会去新加坡玩，分别拜访他们，最好能住他们的住处，省得住旅店花钱。忠纳回信表示欢迎，但说他那里没有地方可让我睡，叫我住旅店，并说在新加坡不好找工作。经他回信这么一说，心顿时凉了一下，但很快就恢复了。还是决定去新加坡一趟，大不了花点钱去新加坡玩一趟，见见世面也不错。

昨天又去高乐怀诊所给他看，他说只有开刀动手术才是彻底解决问题的办法。这我也知道，但我没有足够的钱交手术费，也怕失业，所以动手术的问题等以后再说。其实经过多次高乐怀的药膏治疗之后，疮口已缩小成一个细洞，不太影响生活，只是每次大便后，会有些脓和大便从那细洞中渗出来，用干净的清水洗干净就没事了。于是，我今天开始上班了，觉得还可以。

1953 年 2 月 2 日　星期一

昨天我在操作电锯时，电机发生了短路，这是常有的事。工头说我是故意破坏电机，要我赔。我看他是欺负我老实，以为我连起码的电路常识也没有，好敲诈我一笔钱，好使他的钱包鼓胀些。因此我没好口气地说："赔什么？不就是保险丝被烧断，我再接上去不就行了吗！"我当场毫不费事接好，并操作电锯给他看，一切正常。他想从我身上拔毛的企图才没得逞。

痛失机会

1953 年 2 月 8 日　星期日

前天厂里来了两位英国白种人老板，看他们订制的木制品的生产过程。他们走过我身旁时，正好我在处理边角料。他们停下来，蛮有兴趣地看我在筹划。那两个英国老板通过翻译人员，叫我停下来，问我："懂得英文吗？以前在学校念了几年书？"我说："可以说基本上没有进过学校念书，长期靠自学。看不懂英文，只会听几句和讲几句。"接下去，那两个英国老板与翻译叽里咕噜了几句，然后耸耸肩膀，朝我微微一笑，表示惋惜。那个翻译对我说："他们很欣赏你，说一个普通工人能干筹划节材的工作，很不简单，说你很聪明。要是有英文六号位（即相当于初中毕业）的文化水平，他们想栽培你，送你到英国深造，学费和生活费等等全由他们提供，但学成之后，必须为他们的公司工作。可是你没有初中毕业的文凭，他们为此而替你可惜！"我听了黯然神伤，机会来到我身边了，我却无抓住机会的能力，眼睁睁地看着机会从我身边跑了。难道真的如中国的朋友所说的那样，我必须到中国求发展？

我把此次屁股生毒疮，耽误了及时治疗而给生活带来麻烦的后遗症的事，写信告诉了二弟，但我也只是轻描淡写几句而已，我不想让家里的亲人为我担心。二弟回信说祖母非常关心我，叫我不要到处流浪受苦，回来太平市。但我不会吃回头草的，我要实现从不告诉任何人的内心诺言：什么时候我出人头地了，我就什么时候回去见父母弟妹。

到市区的裁缝店做了两条长裤，花了二十五元，顺便到三姑家，向她的一家人拜个早年。三姑丈刘奕绵带我去游艺场，看莺燕闽剧团演出的《红玫瑰》，讲的是民国初年军阀横行的故事，这是我平生第一次看闽剧。我不会听福州话，只能看幻灯片字幕。

1953 年 2 月 12 日　星期四

明天是农历的除夕，上午照样开工，中午老板办酒席宴请全厂工人，老板也来参加，讲了几句关心工人的话，还发给每个工人二十元的贺岁红包，算是与工人一起过春节。下午开始放春节假，全厂工人纷纷回家过年，大年初四才上班。我明天早上才启程去新加坡玩，今晚我还得在厂里过夜，全厂静得令人发怵。

陈志强从中国来信，说他很关心马来亚的近况，要我讲些给他听。我回信时，只讲些华人社会动态给他听。至于马共与政府对抗的事，还是不谈为好，免得惹来政治上的麻烦。我告诉他，马华公会在闹分裂，政府又针对华人颁布了商业注册的法令，华商举行罢市，以示抗议。马华公会发动每个华人捐献一元钱，筹建马华大学，据说已募得几十万元马币。

最近这段夜间，我都在自学会计学，颇有心得，据说市区的大众服务社有办会计培训班，经询问，光是入学注册费就要五十元，还有学费及其他什么名堂的费用，太贵了，学不起。

到新加坡过春节

1953 年 2 月 13 日　星期五

今天是除夕，一大清早，我和建元兄在吉隆坡火车站坐上开往新加坡的火车。车厢内只有为数不多的马来人和印度人，因为在一般情况下，华人是不会在除夕这一天出远门的。整个车厢内，空位很多，我们选择靠近车窗的座位，一路欣赏沿途风景。火车过马六甲市不久，在一个小站停靠一会儿，上来几个乘客。其中有一位华人妙龄女郎，修长的身材，披肩的卷发，穿白色为底、浅绿色小花点缀的连衣裙，长得非常漂亮，年纪与我差不多。她走过我身边时，我与她四目对视一下，彼此笑一笑。她看我身旁没人坐，就坐在我的身旁，与我交谈起来。我看她没带行李，肯定是短途乘客。果然如此，她对我说："再过一两分钟，到下一站，就到我的家，你要不要到我的家坐一坐？"我婉言谢绝。她下车时，与我握手告别。火车徐徐开走时，她还在站台上向我挥手，她那双会说话的眼睛，含情脉脉地望着我微笑。我的心弦被她拨动了几下，但我想在新加坡找工作的决心使我的心弦很快恢复平静。

新加坡的游乐场

傍晚，火车离开柔佛州的新山火车站，驶过连接马来亚联合邦和新加坡的长堤后，就抵达新加坡了。我们在小坡二马路的皇后旅店租一个房间住下来。打电话给住在新加坡的喜炎君，他很快就来与我见面了。他带我们去游"新世界"和"快乐世界"，这是新加坡最大的两个游乐场，都比吉隆坡的"中华游乐场"大好几倍。我在那里照哈哈镜玩得自己哈哈大笑，而快乐世界的体育馆，正在举行别开生面的四场拳术比赛，吸引我驻足观看。第一场是马来拳术对打，第二场是中国拳术与马来拳术对打，第三场是中国拳术与西洋拳术对打，第四场是西洋拳术与马来拳术对打，但建元和喜炎君对拳术比赛不感兴趣，因此我只看了中国拳术对马来拳术的比赛。当然是中国拳术赢。随后我们又到新加坡的最高层建筑物国泰大厦参观，乘电梯到其最高层的自助餐厅喝咖啡，远眺新加坡的夜景。随后喜炎君与我们分别，我与建元回到下榻的旅社已是深夜十二点多。

不妨谈谈新加坡的游乐场。它有一个足球场那么大，用一道两米高的围墙围起来，有几个可供进出的大门，里头有好几个多功能的露天演示厅，可根据演出的需要，临时进行一些简单的更改就可演戏、放电影或进行体育比赛，如乒乓球赛、羽毛球赛、拳术比赛等等。还有音乐厅、歌厅，可以演奏西洋音乐、中国音乐等。还有卖吃的。总之，玩的花样很多，只要花两元钱买张门票，就可以任你玩个痛快。一般从晚上七点经营到十二点，里面真的是人山人海，非常热闹。

说起喜炎君，个子瘦小，有稀少的黄头发，猴子脸型，背有点驼。我刚进厂不久，他就进厂来工作，当搬运工人。不管从哪个方面看，他都不是干重体力活的料，搬运木板时，肩头被木板摩擦得鲜血淋淋，一个星期之后才适应下来。但他从不叫苦，我很同情他。他力气小，完成不了任务，我就帮他完成。他靠自学才有小学的文化程度，写家信有困难，我就帮他写。他经济有困难，我力所能及地帮他一些。我发现不管是工人还是工头，都不敢去惹他。他整天阴沉着脸，沉默寡言，极少与人交谈，唯独与我还谈得来。他后来告诉我，他是来这里避难的，因为他在新加坡惹了一些麻烦。他只在这里干了一个多月就回新加坡了，临别时才对我说："我是孤儿，个子又瘦小，力气小，没什么文化，很难找到工作。为了生活，我只好靠江湖上的朋友。以后你如果有机会去新加坡工作，若有人敢欺负你，你就告诉他们，我是你的好朋友，他们就不敢对你怎样。"他还给我留下他的住址和电话号码，这下我才知道他是黑道中人。我出身低贱，很难交到"白道"人士，但若有黑道中人愿意和我交朋友，我也不拒绝。

拜　访

1953 年 2 月 14 日　星期六

今天是大年初一，一大清早就到中峇鲁八姑的家，向她一家人拜年。算来我也快十年没有见过她，但她变化不太大，我却由儿童长大成青年了，难怪一见面她认不得我。十年前，她一家人就住在太平市，什么时候搬到新加坡我不知道。可如今，八姑丈和人家合伙经营杂货店，且在中峇鲁的菜市场还独资经营一个小杂货摊，已经是一个小有资产的人了。八姑给我四元的压岁钱，我不收。八姑说："尽管你已长大成人，已工作，会赚钱了。但你还未结婚成家，就得接受我给你的压岁钱。"这时我才知道还有这么一种风俗。我要给她的子女压岁钱，八姑大笑说："压岁钱是长辈给小辈的，你是他们的长辈吗？"

下午到吉灵街拜访陈忠纳先生，他不在住处，写张便条托他同宿舍的人交给他，叫他明天早上到我住的皇后旅店找我。而后我步行回住处，主要是顺便看看沿路街景。因为初到新加坡，路不熟，迷路了，只好花七角钱坐三轮车回住处。接着因时间尚早，我约了伍建元先生一起去红灯码头看大商船和战舰，随后又去参观了新加坡的植物园。

决定到新加坡工作

1953 年 2 月 15 日　星期日

今天是大年初二，上午去参观虎豹别墅，是著名的华人大资本家胡文虎和胡文豹两兄弟的私人财产，但不是住人的别墅，而是园林式的公园，其中有不少水泥塑的艺术品。整个别墅的范围很大，我参观了大半天，也只是走马看花而已。中午去拜访喜炎君，并在他那里吃午饭。下午我和建元君向旅社结账，接着各走各的。

明天我得离开新加坡赶回吉隆坡，以便来得及在初四上班。下午我到中峇鲁八姑的家，向她一家人告辞。八姑丈叫我辞去吉隆坡的工作，到他这里来帮忙。我为了慎重起见，说让我回吉隆坡后考虑一下再说。我说："明天一早就回吉隆坡，今晚我就在你的店里睡，省得再花钱住旅社，行吗？"他说可以。还带我到他的店，是中峇鲁住宅区最热闹的地方，店名叫平平标价公司。据说中峇鲁是全新加坡洋化程度最高的住宅区，住了不少白种外国人。我真的很想体验一下洋化社区的生活。

1953 年 2 月 16 日　星期一

今天一大清早，乘火车离开新加坡，傍晚抵达吉隆坡，立即赶回厂里，才知道初六才开工。即便如此，我也不想在新加坡多玩两天。因为新加坡是个十分洋化的大城市，可娱乐的地方很多，但消费很贵，我实在消费不起。

这次去新加坡旅游，头尾共四天，尽管在旅途中尽量少花钱，结果还是花去五十多元，是我的半个多月的工资。但很值得，主要打开了到新加坡工作的门路。

别了！吉隆坡

1953 年 2 月 23 日　星期一

从新加坡回来已一个星期，经过再三考虑之后，写信告诉八姑丈，决定到他的店工作，同时向老板辞职。他二话没说，就答应了。这也是我意料中的事，自从我患上肛瘘之后，干重体力劳动的活已有些力不从心了，老板当然巴不得我自动滚蛋。另一方面，与我较有来往的工友，从表面上个个都鼓励我到新加坡发展，其实有些人是想乘机赖账，不还向我借的钱。我来这个厂工作以来，虽然大部分工友都曾经向我借过钱，但我都严格控制在五元以内。大多数是向我借两三元，至今统计起来，尚有六十几元未还我。凭这些人的良心吧，我不会为区区几元钱而与人家闹得不欢而别。

又到市区向三姑告别。对了，三姑身边有一个十六七岁的女儿，与我感情很好。但据五姑说，这是我二叔的女儿，送给三姑做女儿，从血缘上来讲，我与她是堂兄妹关系。

即将离开吉隆坡，去看一场电影吧。于是到大华戏院看由欧阳莎菲主演的《别让丈夫知道》。她是一个非常漂亮、非常浪漫的电影明星，我爱看由她主演的电影。

很意外地收到万里望秀意堂妹的来信，她说是马利秀堂舅向她提供我在吉隆坡的工作地址和即将去新加坡工作的消息。而马利秀又怎么会知道这些呢？我可没与他通信呀。在三叔的一家人当中，就数秀意和秀美这两个小堂妹对我最好。

从去年的 8 月 13 日到刘亚保的电机制木厂工作，至今年 3 月 1 日结束，前后共六个半月，知识与见识均有长进，总算没有虚度光阴，基本上掌握了整个工厂的各条生产线的生产技术和管理。这期间，还读了不少世界名著。

这半年多以来，尽管治病花了不少钱，也给家里寄了不少钱，也借了工友一些钱，但由于平时很节约，又没有什么不良的嗜好，因此身边尚有储蓄四百多元。

第六章

新加坡情结

黑道上的朋友

1953 年 3 月 2 日　　星期一

今天清晨，天才蒙蒙亮，我拿着行李，静悄悄地离开工厂。虽然我到新加坡也是打工，但已不是干粗活的工人，又回到商店当售货员。

到吉隆坡火车站，买了一张二等位的车票，花了十四元。上午离开吉隆坡，黄昏之时抵达新加坡。雇辆的士，连人带行李，一起载到中峇鲁区成保路的平平标价公司。抵达时已是晚上八点多。因为今天是该公司的休假日，店门关着。我刚下车把行李搬到店门口，还来不及把行李搬进店内，就发生了我担心的事，幸好我早已有思想准备，且已想好如何应付。来了四个彪形大汉，其中一个阴笑着说："朋友，我们的兄弟暂时有困难，想借几十元应急。"这不是明摆着在向我勒索吗？这要是发生在我初入江湖之时，肯定会被吓得惊慌失措。可我现在也算是历经江湖风险的人，因此我镇定地说："大家都是闯江湖的人，四海之内皆兄弟，兄弟有困难，不必言借，理应帮助。但我现在身上只有十几元现金，我看这样吧，我进入店内打个电话给朋友，叫他立即先借我一百元，送来交给你们。"他气势汹汹地说："不要耍花招，我们现在就要，不要敬酒不吃而吃罚酒。"我也板起脸孔说："怎么？连喜炎兄的面子也不给？"他们说我在乱拉关系，我说："你们不信？可以去问喜炎兄，就说我林子仪已到此处。其实我没有必要骗你们，以后我就在这店里工作，你们还可以来找我算账呀。"他们说："那好吧，明晚此时再来找你。"我说："行，一定在此恭候你们。"他们走后，住店的小青年碧海给我开门，帮我把行李搬进店内。我立即打电话给喜炎兄，将刚才发生的事告诉他。他笑笑说："好呀，我倒想看看他们是谁，明天晚上我到你这里等他们。"这下我才放下心来。

1953 年 3 月 3 日　星期二

　　第一天上班，才知道上班的时间特长。从早上六点多开始，直至晚上八点多才结束，工作不怎么苦，可是时间长，有好长一段时间不当售货员，今天一连站了好多个小时，双腿酸得发麻。不过，三天过后就会好。

　　晚上八点，喜炎兄来了，此时虽然还在营业，但已没有什么顾客，我就和他谈谈别后情况。八点半，停止营业了，我搬来两把椅子，与喜炎兄在店门口的走廊聊起来。不久，昨晚来的那四个人来了，为首的那个感到很惊讶，问喜炎兄与我交谈些什么。喜炎兄说："我们是好朋友，你有什么事吗？"对方说："没什么事，碰巧路过这里，看见你们在交谈，顺便过来看看。"说完就走了。我对喜炎兄说："他们不提昨晚的事，不知以后会不会再来找我麻烦。"喜炎兄说："你放心，他们不会再来。"喜炎兄这次帮我解围，使我想起吉隆坡的工友当中的某些人借钱不还的事，心理也就平衡了。人在江湖走，不能没有朋友呀，何必介意那区区几元的债呢。

中峇鲁住宅区

1953 年 3 月 11 日　星期三

　　在平平标价公司工作已一个多星期，原以为八姑丈会安排我当会计，结果我还是当店员，负责售货与送货，好在送货是以罐头食品和瓶装饮料为主，干净而不重。店里备有一辆小货车，两辆三轮车，三辆脚踏车。送货的路不远，都是好走的马路。

　　说起中峇鲁，这可是目前新加坡最卫生、最高级的住宅区，共有七八条街，有菜市场和学校。其中与菜市场为邻的中保路是区中心，路边是一座长一百多米、高只两三层的楼房，楼下是商业店面，楼上住人。我工作的平平标价公司就在楼下。店前是大马路，店后面有一个大草坪，足有足球场那么大，天天有人管理。整个住宅区显得很和谐，住着各色人种，他们来自不同的国家。就这么短短的几天，来店里买东西的就有英国、美国、印度、越南、阿拉伯等国家的人。世界三大宗教各有人信，信徒们和平共处。离我工作的商店不过上百米远的地方，就有一座基督教堂。每逢星期天的清晨，我就可以听到教堂的钟声和悦耳的唱诗声，使我得到一种心灵上心平气和的感觉。

给亲友们写信，他们回信都说我很有本事，恭维的话一大堆，最后还叫我给他们介绍工作。是呀！在近一年的时间里，我在不同的城镇干过不同的职业，这在有些人的眼里，觉得很有浪漫色彩。有的来信还说我不出三五年将游遍全世界。这样说是有点夸大了吧，不过，我倒真的是游到了马来半岛尽头的新加坡。接下去将游到何方呢？

新加坡毕竟不是马来亚联合邦，有些法令不同于联合邦。比如所有企事业单位不管是政府或是私人的，马来亚政府规定星期天为法定公共休假日，但新加坡只规定每星期必须有一天是休假日，具体安排在星期几各自决定。本店是安排在星期一休假，每天晚上从九点到十一点还有两个小时自由支配的时间。我必须充分利用它们来看书和写作。八姑丈对此很看不惯，文盲的他对我说："别浪费时间去学那些没用的东西。店里琐琐碎碎的事情很多，永远做不完，你若闲不住，也可做做。"我听了很反感，但他还算比较客气对我讲，我就不必与他争论。他确实非常勤劳，白天忙碌一天，晚上停止营业之后，他还在店里东收拾、西整理，每天忙到晚上十一点才回家。

有些事不去想它也罢，一想起来心里就烦。这几年来，全靠自己利用每天晚上的业余时间勤学苦练，已经修炼得可以胜任一般的抄写工作。可是我漂泊过好几个地方，还没有碰上叫我干抄抄写写的工作的老板，好在自学文化已成了我的重要生活内容。我总认为知识是越多越好，坚信有一天我会摆脱老是干不需要文化知识的纯体力劳动的困境。

虽然我来新加坡工作才几天，但已有不少的感受。新加坡确实是一个十分洋化的大城市，在联合邦很少见到的东西或没有见过的东西，在新加坡却已普及了，比如电话、烧菜做饭使用的管道煤气、电冰箱、洗衣机等等。

新加坡是以华人为主体的城市,官方语言却是英语。在日常生活中,英语也很流行,一般的年轻人都会听和讲一些英语。国语方面以福建闽南语为主,广东话次之。有些街道有其通用语言,比如在海南街,听到的都是海南话。还有潮州街、福州街等等,顾名思义。倒是这里不会听和讲马来语的华人很多,因为在新加坡的街道上走,很难碰见马来人。据说,只有靠近柔佛州的地方有些马来村庄。

1953 年 3 月 16 日　星期一

我来平平标价公司工作快半个月,当初我不好意思问八姑丈究竟分配我干什么工作,月薪是多少,现在根据同事的推测,老板最多给我每月六十元的工资,理由是他们在这里已干了两三年,月薪才七十元。如果像他们所讲的那样,以工龄来定月薪,那我这个有文化的工人,岂不是正如八姑丈所讲的那样吗?即文化对工人来讲毫无用处。但我又听人家说,新加坡很重视文凭,只要有高中毕业的文凭,找一份待遇较高的工作并不难,如果有英文学校的毕业文凭,那就更吃香。可是身无任何文凭的我,看来在新加坡也是吃不开的。另外,我总觉得新加坡是高度商品化的城市,连人与人之间的关系也到处体现出商品化,拜金的人多得很。

转为新加坡公民

1953 年 3 月 23 日　星期一

据二弟来信说,已有几个弟妹出来谋生,他们究竟能拿多少钱回家呢?受吉隆坡的添树兄的委托,今晚我去拜访住在中峇鲁成保路的傅振雄先生,他说:"水泥行情不好,我已不再经营水泥,哪有什么水泥给他代理。"初次与傅振雄兄见面，他对我很客气，是个儒商。我看过不少书，若有人想与我交谈有关哲学、历史、地理、文学的问题，我也能谈一些。因此与振雄兄在这方面颇谈得来。他表示若有机会，要给我介绍比较适合我的工作。

虽说新加坡也属于马来半岛，但它不属于马来亚联合邦，因此我原持有的马来亚联合邦的身份证必须换成新加坡的身份证。为此事，我去移民局排了三个小时的队才办妥。由此，实际上我已由马来亚联合邦的国民变成新加坡的国民了，难道新加坡以后会演变成新加坡国吗？但新加坡只是一个小岛，简直有点不可思议！不过若从整个新加坡的社会来看，很多方面不理马来亚联合邦，自行其是，则很有可能会成为以华人为主要民族的小岛国。

梦游的人

1953 年 3 月 29 日　星期日

平平标价公司是八姑丈和杨天成合营的，他们俩都是漳州人。八姑丈名字叫亚来，没识几个字，几近文盲，性格粗犷，而杨天成是儒商，文质彬彬。由于文化素质不一样，他们俩对我的态度也不一样，杨天成对我就很客气，也很欣赏我的自学精神。而其他同事呢？经理苏得泉，会计王永朝，他们俩对我都很客气。与我同样是店员的有福枝（兼厨子）、亚筑、劳技、碧海，连我在内，全店一共九个人。

店里的三餐是这样安排的：早餐，每人发给一元五角钱，自己到菜市场内的小食摊就餐；午餐在店里吃，三菜一汤，菜肴还算丰富；晚餐随便些，稀饭，菜肴也较简单，也是在店里吃。福枝的厨艺实在太差，根本不根据菜谱来烹调，乱煮一通。有好几次想向老板提出由我来掌厨，但我实在不想重操旧业。

晚上就我和碧海睡在店内，其他同事都各自回家睡。我们的睡床是折叠式的钢丝床，环境很卫生，夜晚也很宁静，没有臭虫和蚊子，苍蝇也很少。按理说应该很好入睡才是。但患有夜游症的碧海，使我睡得很不安宁，经常看见他在三更半夜起来，两眼直直地张开，不会转动，怪吓人的，还不停地搬这弄那，忙个不停。这种古怪行为，从几分钟至半个小时。随后他又上床睡觉了。隔天早上问他半夜的事，他茫然不知。因为以前听人家说过，当患有夜游症的人在梦游时，不能当场阻止他的行为，也不能叫醒他，否则会产生严重的后果。自己还不能睡，要密切注意梦游者的行动，曾发生过梦游者杀死人而不负法律责任的案例。所以当碧海在梦游之时，我能安心睡吗？

1953 年 4 月 6 日　星期一

以前我在工厂当工人，或在小市镇当店员，穿破旧衣服也行，在搬货或送货时，身上只穿背心与短裤，头发也不一定要梳整齐。现在在高级住宅区当店员，店里有规定，所有的工作人员，都得穿烫熨得笔挺的英国式的短袖白色上衣和蔚蓝色短裤。可穿凉鞋，但不能打赤脚。头发要梳整齐，胡子要修整。因为来店里购物的人大多是高级知识分子，或有钱人家的太太、小姐、少爷。其中不少是外国人，他们都很讲究穿着。

我原来已能讲熟练的闽南话、广东话、潮州话、客家话、马来话，现在我又有机会学讲英语了。店里不时有白种人来购物，都是讲英语的。也许我有语言天赋，来这里工作虽然才一个多月，已初步能用英语与白人顾客进行简单的对话。倒是国语，始终没有学好，讲得结结巴巴，还不时掺些闽南语进去。从来没有好好进过全日制华校念书的我，日常与人交谈时，都是用方言。虽然我有心学讲国语，但在联邦的华人社会里，是很难遇见讲国语的人。可是在新加坡，会讲国语的华人很多，尤其是从中国来的高级知识分子，讲一口非常标准的国语，使我有学讲国语的机会。

与白人零距离接触

　　以前在联合邦很少见到白种人，更不用说与他们接触，而现在在新加坡工作，与他们接触的机会就多了。有一次，来了一对年轻夫妇，是白种人，男的英俊，女的漂亮。我负责接待他们，他们并没有歧视我，与我交谈起来。他们问我是哪个国家的人。我一时还真的不知该如何回答，说是中国人吗？可我是新加坡的公民。我只好说是新加坡的华人，但那个女的说："不像，你的相貌和身材均与我的丈夫差不多，你的皮肤也与我们差不多。"我本来就是欧洲人的脸孔和体型，但从小到大都在太阳底下工作，皮肤被晒得黝黑，我几乎把自己看作黑人了。来新加坡工作后，由于少晒太阳，才见到我的皮肤真正的颜色，真的有点像白人。

　　有一次，一个碧眼金发的英国少女来买罐头食品。她长得非常漂亮，秀发披肩，修长的身材，穿浅黄色的连衣裙，婀娜多姿。她东挑西选，问我如何挑选好吃的罐头。她的身体几乎与我贴着。这在她看来，是很平常的事，这下我才看清楚她，脸上有不少细细的雀斑，四肢长着金黄色细细的长毫毛，身上散发出一股淡淡的牛奶味，不会很难闻，但谈不上是幽香。远看她非常漂亮迷人，近看她就不那么吸引我了。

　　前几天，吉隆坡的三姑来信说，她的大儿子名叫朝顺，在靠近新加坡的新山小市镇工作，并把他的住址告诉我，叫我抽个时间去找他认识一下。她还说她的儿子是坏仔，叫我帮她教育他。因此，我今天打算乘巴士到新山会见朝顺，可是我刚到车站，想买车票时，他却从新山来找我了。我与他从未见过面，我哪会认得他，可他倒是先认我了。我问他就不怕认错人吗，他说我的长相很好认，果真像他母亲讲的那样，像欧洲人。我带他到车站附近的咖啡店，边喝咖啡边闲聊。在与他交谈中，我觉得他并不像三姑讲的那么坏，他只是对自己的前途很悲观，常常借酒消愁。至于他是否有其他恶习，一时还看不出来。我劝他不妨改为借书解愁，他苦笑而不吭声。

尽尝各种美食

1953 年 4 月 12 日　星期日

我每天拿着老板发的一元五角早餐费，到菜市场内的早餐小食摊吃早餐。小食摊很多，各国的小食都有，我喜欢吃的有：潮州的炒河粉、福建的虾面汤、广州的猪肠粉和咸煎饼、客家的酿豆腐、海南鸡饭、英国的三明治、法国的牛排、德国的香肠、意大利的通心粉等等。我工作的商店，主要经营罐头食品，有几百种罐头，光是果酱就有二三十种，罐头饮料有奶粉、酸奶、炼乳、咖啡、好立克、阿华田、美碌等等。此外，还有肉类罐头，海产品和豆类的罐头，以及十几二十种汽水。我几乎都品尝过。

本店的顾客当中，有不少是有社会地位的人士，由于我对他们彬彬有礼，他们也喜欢我送货到他们的住家。而其他四位店员，基本上是文盲。有一次，来了一位穿超短裙的少女，同事亚筑在接待她挑选罐头时，双眼色眯眯地死盯着那少女的大腿。那少女气得大骂他是阿飞流氓，说以后不敢来店里购物。发生吓跑顾客之事之后，老板再也不让他接待女顾客。而我却与顾客交朋友，像杰超先生与我已成为朋友，这个星期他还与我一起去看了一场电影呢。

朝顺表兄从新山来找我，他也真好意思开口向我借钱，可我与他只是见过一次面而已。在我未摸清楚他向我借钱的真正动机之时，我是不会轻易借钱给他的，尽管算起来他还是我的兄长。

立体电影

1953 年 4 月 19 日　星期日

一般来说，晚上我是很少出门的，但为了调节业余生活，有时晚上也外出活动。来新加坡工作后，早就听说立体电影的事。出于好奇，最近我到首都戏院看了一场立体电影，总算见识了什么叫立体电影。观众入场就座后，戏院发给每位观众一副特制的眼镜，必须戴上它才能观看立体电影，散场时，戏院一一收回。这是一部恐怖性很强的武打片，有些镜头好像是直冲观众而来，够吓人的，有的女观众被吓得不敢看下去，半途退场。难怪戏院规定十六岁以下的儿童不能看！我觉得立体电影也不见得比一般的电影更好看。

前两天，我约了碧海同事，一起到大世界游乐园，顺便买了一把大口琴，然后一起去看舞蹈表演，虽然不必另买门票，但得购买他们的饮料。我们俩各自只买了一瓶汽水，竟要价十元，真是羊毛出在羊身上。一男一女表演双人歌舞，不看不知道，一看才知道是表演裸体舞。这两个演员都是年轻人，男的全身一丝不挂，女的全身只穿一件比基尼内裤，上身赤裸，丰挺的双乳随舞步而颤动，是地地道道的黄色表演。正想不看也罢，却发生了一件令人不愉快的事。坐在我们俩邻桌的几个青年，其中一个竟用脚伸过来碰我们的桌脚一下，弄翻了我们桌上的汽水，使我们俩的裤脚湿了一大片。他们不但不向我们道歉，还用挑衅的眼光看我们。我们俩考虑寡不敌众，不敢与他们理论。只好忍声吞气地离开，花钱买气受，真倒霉。

二弟来信说，三姑去太平市，将我在吉隆坡的生活情况告诉了他。又说双溪吉隆老家的屋子，被政府认为是危房，不能住人，必须拆掉重盖。这样一来，得花好几百元。还告诉我，三弟国狮，因家里实在太穷，交不起学费，小学没毕业就被迫辍学，跟父亲出海，当起小渔民。

我回信说，我出不起重盖屋子的钱，可向二叔求助。家穷又生那么多孩子，即使我把工资全部寄回家也解决不了问题。

人造溜冰场

1953 年 5 月 4 日　星期一

上个星期二，吉隆坡的三姑带着她的最小女儿朝凤来新加坡。当然主要是来看望她那住在新山的大儿子和她的八妹。她也带着朝凤来店里看望我。

前年在槟城买的那支派克钢笔，昨天与朝凤会面时给弄丢了，真可惜。它一直跟随我到处漂泊，忠心耿耿为我服务。我虽然不是文人，但不可一日离开它，只好再买一支。

在报上获悉，从欧洲来了一个溜冰表演团，还特地指出是真冰场演出，这对于在热带出生长大，从未见过结冰和下雪的我，很有吸引力。很想体验一下寒冷的感受，排了快半个小时的长队，才买到一张入场券，花了五元钱。虽然很贵，但观众还是很多。现场是在新加坡最大的体育馆，有好几台大制冰机发出巨大的噪音，制造出大约两个篮球场大的冰面积，冰厚约五厘米。我们观众的座位，虽然离冰场的边缘还有好几米远，却已感到有些寒冷。由于当时馆外的气温高达三十几摄氏度，因此为了保持表演场地上的冰不溶化，主办方采取边演出边制冰的办法。男女青年演员都是脚穿冰刀鞋在冰面上表演双人舞。

我这个人不知怎么搞的，与亲戚相处，总是有好头而没有好尾。与八姑丈才相处两个多月，就合不来了，主要是互相看不顺眼，互相不冷不热。

1953 年 5 月 12 日　星期二

在商店工作，一日三餐都吃得很不安宁。在吃饭时，最好不要有顾客来，否则一顿饭吃吃停停，吃上半个小时是很平常的事。由于我比较会招呼顾客，老板叫我负责门市部的零售工作，主要是接待顾客，送货为次。这样一来，我就更苦了。一餐饭有时竟吃了一个小时，一向不曾有过胃不舒服的我，现在也经常闹胃痛。

以前在万里望小镇工作时认识的朋友吴钟浩先生，早几年就回国，在他的祖籍海南岛文昌县（今文昌市）的一个小农村里当农民。好久没有收到他的信。记得他上次来信大叫他回错了国，在国内当农民比在海外当工人还要苦。可是他最近的来信，却来了一个一百八十度的转变，说他已不相信"三民主义"，而相信共产主义了。他还在信中，向我灌输了很多共产主义学说，甚至还叫我在新加坡组织人民起来反压迫。这我是不会听他的，我可不想被新加坡政府抓去坐牢。

参观航空母舰、巡洋舰

1953 年 6 月 1 日　星期一

为庆祝英国女王的登位加冕大典，新加坡政府规定今天和明天是公共假日，且安排了很多的庆祝活动，所以这两天很热闹。

今天，停泊在海上的英国皇家的桑特号重巡洋舰和独角兽号航空母舰开放，让新加坡年轻的公民登舰参观。这是非常难得的机会，岂能错过？我非去参观不可。

中午吃过午饭后，我到红灯码头排队，花了五元钱购买一张游艇票，每只游艇可坐二十几个人，但每隔半个小时才开一次，我只好在红灯码头耐心地等。

我总算坐上游艇，开始往大军舰驶去。半米多高的海浪使游艇颠簸不已，有人晕船了。经过二十几分钟之后，游艇停靠在航空母舰旁边。好大的舰身，甲板离水面有三四层楼高，有一百多米长。这时从离水面七八米高的舰旁，打开一道宽约一米多，高约一米多的门，放下绳梯。

我们逐个沿绳梯爬上去，进入门内。人在绳梯往上爬时，摇摇晃晃，我是渔民出身，当然很顺利地爬上去。可是有些人，尤其是女孩子，吓得不敢往上爬。游艇经营者派来的水上救护人员，一再说不要怕，有人保护，她们才手脚发抖地爬上去。等到全游艇的人都爬进舰内，才开始参观。这当中有一小段的时间，舰上的一个水兵通过翻译介绍说：这扇铁门是应急用的，钢板有二十厘米厚，全用电来控制开启和关闭，关闭时可以做到滴水不进。

人到齐了，由舰上的两个水兵带领我们参观，这两个水兵都是身高一米八几，肩膀很宽，结实如牛。先参观舰上人员的宿舍。高级军官一人住一间，一般的军官两人住一间，普通士兵四个人住一间。以上房间仅供睡觉用，谈不上宽畅，但非常整洁。接下去参观驾驶室、厨房、餐厅、舞厅、体育活动厅、文娱活动厅、电影厅、报刊厅、咖啡厅、酒吧间、书写室，还看到几个军官在写信。接着我们沿着一米多宽的铁楼梯去甲板上参观。刚才在游艇上还颠簸不已，而今站在甲板上，稳如平地。好大的甲板，差不多有一个足球场大，这还不算伸出舰身的飞机起飞的跑道。舰上停放着十几架战斗机，还当场表演了起飞和降落。讲解员还给我们讲解了起飞时的弹射装置和降落时的减速装置。

接着我们乘电梯，下到底层的飞机仓库参观。机身和机翼有秩序地分开放，可以装配成十几架战斗机。讲解员说，战斗需要时，立即开启甲板，通过起重机，把机身和机翼吊放到甲板上，装成整架飞机只需二十分钟。

这艘航空母舰的排水量为四万多吨，共有七层楼高。最底层是发动机房，说是很脏，噪音很大，就不必参观了。我们一行人离开航空母舰，坐上来时的游艇，在海上航行了十几分钟后，登上桑特号重巡洋舰。才驶近舰身时，看见舰侧有一排小圆洞，原来是舰上的重炮口。舰的两侧都有，共有二十几门重炮。甲板上有好几门高射炮，讲解员还让我们坐上高射炮的可旋转的操作椅子上，给高射炮口调节方向。另外甲板上还有好几个鱼雷发射架。

其实参观上述两艘大军舰的手续非常简单，只要出示公民证和游艇票就行。参观完毕，乘坐游艇回到红灯码头时，已是傍晚了。这次有机会参观大军舰，是可遇而不可求的，给我留下了难忘的美好回忆。这恐怕是我今生唯一一次，以后再也不会有第二次的机会了。

晚上，英国驻新加坡的空军出动了好几架飞机，从天下投放五彩缤纷的照明弹，照亮了新加坡的上空。

英女王的加冕庆典活动

1953 年 6 月 2 日　　星期二

上午有两项重大庆典活动同时举行，一是邮政局发售英女王加冕的首日邮封和加冕纪念邮票，二是英国驻新加坡的海陆空三军举行受检阅的游行活动。我因分身无术，去邮局购买纪念邮票，而错过了观看三军受检阅的机会。

上午九时，邮局开始发售首日封和纪念邮票，由于只限在珊顿道的邮政总局出售，因此排起很长的队伍，队头望不到队尾。本来只准备发售一小时，但购买的人实在太多，只好再延长三个小时。据说共发售了一百多万套，购买者各国的人都有。我花了几元钱，购买了两个首日封和四套纪念邮票。

晚上也热闹非凡。印度商人组织印度人大放烟花。华商组织华人彩车游行，出动一百多辆彩车，其中还穿插着舞狮和舞龙，真是人山人海，挤得水泄不通。海上则由驳业公会举行"金龙游海"，由众多的小艇串成一条细长的龙身，有一百多米长，各小艇很默契地运动。在各小艇上的小灯泡照耀下，从岸上远远望过去，确实像一条活生生在水上游动的金龙。

楼上楼下

1953 年 6 月 3 日　星期三

以前在万里望小镇工作，结识了陈润清和刘凤琼这两位红颜知己，在金保小市镇工作又有了陈联珠这位红颜知己，她们都使我的生活增添了不少的欢乐。可是在吉隆坡工作了半年多，工厂里女工很少，很难寻找到与我交谈得来的女孩子。虽然三姑的小女儿朝凤与我谈得来，人也长得漂亮，楚楚动人，但遗憾的是她与我实际上是堂兄妹关系，只能有亲情，不能有爱情，做红颜知己倒是可以的。现在在新加坡当店员，又有机会接触女孩子了。

不少新加坡的青年男女，其社交已非常欧化，少女穿超短裙、露背现胸的背心，在闹市行走自如。一对对的年轻情侣，手牵手在街上走，在公园里的草坪上，互相拥抱。以上这些现象，人们已习以为常，不会去议论是非。像我与楼上姓胡的少女，几乎天天晚上在交谈，已是很平常的事。但店里的同事，根本不知道我与她在谈些什么内容，只见我与她谈得很投机，就以为我与她在谈恋爱，但没有横加干涉的意思。其实我并没有在姓胡的少女身上打什么主意，至于她是否落花有意，我没有过多地去想。但有一点很微妙，有时候，我与她彼此有事，才一两天没有交谈，就互相思念起对方来了。

上述讲的姓胡的女郎，就住在我工作的商店的二楼。我站在店里的露天小走廊，她的寝室的窗户就在我的头顶上方。她上下楼必须经过店旁的楼梯，由此我与她能朝夕相见。她在南华女中念初三，穿雪白的连衣裙校服，才十五岁，是一个很漂亮的女学生，相信她即使不是校花，起码也是班花。因为她与我有一个共同的爱好，即喜欢中国文学，所以我与她较有话可谈。她与她的祖母住在一起，通常在晚上八点半过后，她的祖母已睡，她的功课已做完，而我店已关门停止营业，我也闲空下来，这时，她从窗口探出上半身，我则站在露天走廊处，就这样交谈起来。经常从晚上九点谈到十一二点。她还想方设法从她学校的图书馆借来不少世界名著给我看，如《少年维特的烦恼》等。

1953 年 6 月 15 日　星期一

今天是我的休假日，一大清早，约了楼上的胡小姐到店对面的巴刹吃早餐，总共才花一元多。当然由我请客，我还花一元一角钱买了从中国空运来的鲜荔枝。贵得很，平均每粒将近一角钱，我与她共品尝。

在吉隆坡与我同厂工作的技师阿贵和郭茂回新加坡了，我到他们的住家拜访，也顺路去拜访喜炎兄，与他们无非聊聊旧事而已。在乘巴士回来的途中，我帮助一位老人提行李下车，却由此丢掉了自己的钱包。抱着去碰碰运气的心理，去该巴士所在的公司询问我的钱包是否掉落在车上被售票员捡起来。还真的好运气，果真如我所料，该公司的工作人员把钱包交还我，里面一物未少。其实我钱包里只有几元钱而已，主要是身份证，若遗失了可真麻烦。

店里来了一位顾客，是一位美丽的少妇，由店里的店员阿肯和朝枝接待。他们俩却对该少妇进行性骚扰。她质问老板杨天成，这样的流氓也可以当店员？这可气坏了老板，害得他不停地向该少妇赔不是，并指责了这两位同事。我袖手旁观，因为他们都是老板的亲戚。

六弟子良出世

1953 年 6 月 22 日　星期一

先后收到二弟国成和堂弟荣保的来信，都是告诉我关于妈妈分娩的事。他们说因为怕妈妈难产，把她从双溪吉隆老家送到太平市的中央医院。隔天荣保去看望她，才知道因为没有人给她送饭，使她整整饿了一天，后来还是荣保叫他的大嫂送饭给妈妈吃。妈妈受不了，还未分娩就离开医院，回老家分娩。祖母到老家照顾她。二姑素端还说，不管这次妈妈是生男还是生女，她都要。

我看了上述的信，心里想：妈妈，您受苦了，我为了赚钱帮助家里养弟妹，为了摆脱被人家看不起的困境，我不能守在您身边照顾您，我现在还带病做工。二姑要您肚子里的孩子，那她为什么不来照顾您呢？

晚上到国泰戏院看电影，又大长见识了。片名叫"三剑客"，是美国的米高梅影片公司摄制的彩色电影。在这之前，我看的都是黑白电影。另外，我还是第一次享受到冷气机带来的舒适和凉爽。

优秀售货员

邮局通知我去领从英国伦敦寄给我的包裹，我莫明其妙，我在伦敦又无亲友，会是谁寄给我的呢？我到邮局把包裹领回来，才知道是伦敦的白兰氏鸡汁公司寄给我的几枚英女王加冕的镀金像章。那是即将发行的英女王相的硬币版本，说是送给我的纪念品。原来，该公司驻新加坡的经理很会巴结店员，深知店员是推销的第一线。他每次来我店了解销售情况时，除了与店老板交谈以外，就找我这个负责门市销售的店员了解情况。人家对我尊重，我就为他多卖些力。我店是该公司的代理经销商，顾客来我店购买营养品罐头时，我总不忘推荐白兰氏鸡汁，因此其销售量大增。其实白兰氏鸡汁与红十字的炼乳一样，都是知名的老牌货，只是最近有不少新牌子的同类产品参加竞争，迫使这些老牌货不好再用老一套的销售方法，抓住店员来帮其推销，也是一种好策略。

入股联华公司

1953 年 8 月 5 日　星期三

　　最近从《南洋商报》获悉，联华公司在招人入股，每股才一元，不拘参股多少，一律欢迎。那么说，一元钱也可以当股东，多么吸引我。我没有资金可当老板，但很想当当几元钱的股东，亲身体验一下当股东的感受。于是在前天的上午十点，到黎士哥士律找到联华有限公司，见到该公司的董事长林洽龙先生。据他介绍：公司的经营方针是，凡是可赚钱的项目都想经营，但不能犯法，注册资金三百万元，现正广招股东，自由认股，多少不限。他对我很热情，带我去参观该公司的电镀厂，是个只有十几个工人的小厂。他见我在皱眉头，赶快解释说："公司刚成立，资金还没到齐，先从能赚钱的小厂办起。"接着他给我一份入股章程，叫我先拿回去仔细看了再说。

　　林洽龙先生是个三十几岁的年轻人，祖籍广东潮州，戴一副金丝眼镜，文质彬彬，好像是个儒商，我暂时还看不出他有骗人的迹象。前天晚上，再三考虑之后，我决定参加三百股。

　　昨天晚上再去联华公司，先交林洽龙先生一百二十元，还差一百八十元下星期交齐。他对我说，公司已在武吉智马律花了七万元买一块地皮，决定本月 15 日建厂房，占地约六亩。

南洋大学

1953 年 8 月 7 日　星期五

身为店员的我，早就想参加店员联合会。听说会址在安顺律，昨天晚上特地到该街道，始终找不到该会所，真扫兴。只好到快乐世界看商品展览会，有不少物美价廉的展销货，但舍不得花钱，什么也没买。

新加坡的橡胶巨商陈六使先生，据说是陈嘉庚老先生的侄儿。他要在新加坡办一所华人大学，取名为南洋大学，还说要办成全世界华人最好的大学，投资一千五百万新加坡币（当地叫勒币）。他自己先捐献五百万，其余的一千万在华人当中募捐。前几天的一个晚上，举行新加坡、槟城、柔佛等三地的平剧汇演，每张门票五元，收入全作为南洋大学的兴建基金。尽管我对平剧一窍不通，但我也是华人，应尽一分力，所以我也买了一张门票去看，算是我为兴建南洋大学尽自己一分力量。

帮杨协成推销产品

1953 年 8 月 10 日　星期一

今天是休假日，下午，老板杨天成组织全体员工去参观杨协成罐头厂和南顺制皂厂，据说杨天成与杨协成是远房的堂兄弟关系，怪不得他大力叫我们推销杨协成的罐头。但杨协成也亲自盛情地接待我们，宴请我们吃他给我们一行人准备好的罐头午餐，还给我们拍了好几张相片，说是做纪念，我看是做广告。

　　说起杨协成，他比白兰氏鸡汁的经理更会利用店员。就在前天，他亲自驾驶小送货运来两箱罐头鱼，叫我们帮他推销。且当场打开一两罐，让我们品尝。我一看，不就是我小时候当渔民时所见的用来喂猪的小杂鱼吗？可是经过他的厂加工制成罐头后，吃起来很可口。我想其大概是先油炸后再蒸，咸淡适宜，微辣而香喷喷，骨酥而不刺喉，比西洋的罐头沙丁鱼和中国梅林罐头厂的罐头鱼还要好吃，还要便宜，真是物美价廉。我很佩服杨协成先生，在罐头食品的激烈竞争中，他能利用不为人看中的小杂鱼制出味美价廉的小罐头，让工薪阶层的人买得起、吃得好，很不简单，此人以后必成为巨商（几十年后果真如此）。他问我们品尝过他的罐头鱼后，感觉如何？我们都说便宜又好吃。他笑容可掬地说："以后有人来你们店里买罐头时，有劳诸位帮我介绍我厂生产的罐头鱼，就按你们现在对我讲的那样，便宜又好吃。"

　　隔天，杨协成先生又亲自开来小货车，除了带来他厂里生产的几种罐头以外，还有几个年轻人，几套餐具，一套小桌椅，有的还背上照相机，有的提着录音机。我店的老板对我们说，他们要拍广告，你们要好好配合。接着他们很快地摆好他们带来的桌椅、餐具，打开好几罐我们昨天品尝过的罐头鱼。那几个跟杨协成来的年轻人，一个拿着照相机，一个拿着镁光灯，一个负责录音。然后杨协成对我们说："你们各自坐好，就像昨天那样吃和回答我的话，不要紧张，要自然些。"随着一声令下，我们边吃他边问。他问："我的厂生产的罐头鱼好吃吗？"答："好吃，越吃越爱吃。"问："贵吗？"答："很便宜"。就这么简单几句话，广告拍摄结束。杨协成接着对我们说："多谢你们的大力支持与合作，照张合影做纪念吧。"于是我们和杨协成、杨天成合影留念。帮助杨协成推销罐头鱼的活动一共有三次，均有拍照留念。而且杨协成冲洗成相片后，送我们每人一套做纪念。但因怕带这些相片回国后，会惹来政治上的麻烦，所以不敢带回国，寄放在苏得泉同事处。

1953 年 8 月 10 日　星期一

　　今天上午八点，杨天成老板交给我两千元去存入银行，这是我平生第一次经手一笔巨款，是我两年工资的数额，如果在途中被抢了，我哪赔得起呀？所以，一路上非常小心，进行了虚虚实实的伪装措施，才算完成了任务。其实，我防小偷的策略，说起来也很简单，只要使小偷弄不清楚我身上的钱究竟放在哪里就行。但我还是希望以后老板不要再叫我去银行存款或提款。

我从银行的储蓄卡里领出一百八十元，交给联华有限公司董事长林洽龙先生，并向他要了收据。至此，我已是联华有限公司的一名拥有三百小股的小小股东了。

过去在吉隆坡同厂工作的建伍兄也来到新加坡，在一间锯板厂当杂工。他对我说，比在联合邦做工还辛苦。是呀，有些联合邦人以为在新加坡工作是在挖金。

住在我店楼上的那位姓胡的女中学生，最近生活变得很放荡，完全失去了一个在学校念书的中学生应有的纯洁品质。据说，她的父母离婚后都不管她，把她扔给她的祖母，而她的祖母又管不住她。念在她与我还谈得来，我规劝她几句，希望她以学业为重。可她却以威胁的口气对我说："你若再管我的闲事，我就与你绝交。"她呀！真是狗咬吕洞宾。与我绝交？我才不稀罕，随她去吧。

学几招防身术

隔壁是布店，老板姓洪，算是近邻。该店从老板到店员，我都认识。其中有一位三十几岁的店员，上海人，长得很英俊。他告诉我，他以前在上海也是江湖上的人物，共产党接管中国后，他才来新加坡。我虽然和他谈得来，但不可能与他深交，因为他的城府很深，我看不透他的内心。但他对我说："你为人很诚实，容易受人欺负，我教你几招防身术如何？"我当然是求之不得呀！于是他教我几招防身术，其中有西洋拳击，中国的棍术、刀术和拳脚功夫，招招都是一出击就能使对方即使不死也重伤致残。比如他教我在四面受敌攻击时，如何运用棍术快速反击。在架开对方兵器的同时捅对方的胸部或肚子，不中则已，一中则对方必死。又如刀术，当对方的刀从上至下砍来之时，把刀背往上一架一斜拉，将对方的刀架开的同时，顺势往对方拦腰一划，一旦划中，对方则开膛破肚。西洋拳击则重点击打对方的头部。中国拳脚功夫则是手、脚、肘部、膝盖同时出击。当对方一拳击来，我抓住对方拳头的同时，顺势一扭，使对方的拳掌背朝上，伸出另一掌托住其肘部，同时伸出同侧脚，使膝盖朝自己的掌背往上一击的同时，脚尖往对方的阴部一踢。以上的五个出击动作都是同时快速进行的，可使对方的手臂与阴部同时受伤。但他一再交代说："这些都是非常凶狠的招数，只有自己的生命处于十分危急之时，方能使用。千万别轻易使用这些招数。"我说会牢记他的教诲。

过一下股东的瘾

1953 年 8 月 22 日　星期六

我自以为在商店里干了这么多年，做生意的窍门已掌握得差不多。通过这次入股联华后，才深深感到我对商场上的竞争知识懂得太少了。今天联华召开全体股东大会，我也被邀请参加。到会的只有十几人，都是穿西装、大腹便便的中年人，一副大老板的样子，唯我是一个小青年。看他们个个脸上的表情，好像是把我看成富家少爷了。其实我那区区三百元的股份充其量是我想了解大公司如何经营所交的学费。林洽龙先生代表董事会主席在会上说："本公司向政府注册资金三百万的期限已到，可是到现在只筹集到资金几十万，有的人虽然认了股，但没有交股金，这不能算是股东。按政府的商业法，若股数不足，不能成立股份有限公司，不能发股票上市，只能挂牌为私人有限公司。但这样一来，股东的人数不能超过五十人。现在大大小小的股东已七十多人，只好将小股并入大股，才能成立公司。公司正在发展，形势很好，解散太可惜。"经过大家讨论后，到会的那些大股东，当然赞成并股。考虑到我那一点点股份，人家根本不放在眼内，赞同与否无关大局，所以在表决时我也举手表示赞成。

1953 年 9 月 3 日　星期四

近段时间，晚上的业余时间改为自学英语，不光是背单词，还学语法。现在的工作环境，对自学英语非常有利。来新加坡已半年多，在英语的会话方面大有进步，但只会讲而不会看与写，还不是等于英文盲？这下八姑丈看我不光是学中文，还进一步在学英文，就更不理解我了。

说到新加坡的华人社会，有的家庭已完全欧化，吃不惯中餐，不会讲国语，信基督教，而有些家庭则还保持着中国的生活方式。最近中峇鲁社区连续好几个晚上搞酬神活动，演潮州戏，非常热闹。而我呢，由于工作的关系，常与英国人接触，也逐渐被欧化了，喜欢吃西餐，爱听西方的音乐，爱唱西方的歌曲，爱看西方的电影。

上午我到后港去拜访蔡海瑞先生，他待我如自家人，还带我去参观他经营的商店。随后他又带我到他妹妹的家，他们兄妹俩皆是唐山人，都讲唐山话（晋江话），我听得似懂非懂。我告诉他，虽然我的祖家是福建的同安县，但我不会讲同安话。他说彼此的祖家很近，可以算是老乡。

下午去合洛律拜访一位朋友，他劝我赶快退出联华公司。是呀，我这次入股联华是考虑不周，不过至今我还没有什么证据可以说明林洽龙先生在骗人，过一段时间再看看。

晚上到大华戏院，花一元多看了一场由多雷魔术团表演的魔术，这是我平生看过的最精彩的魔术。

1953 年 9 月 8 日　星期二

国成二弟来信说，他已失业两个多月，暂时在双溪吉隆的老家当渔民。而我因拿出三百元入股联华，又寄五十元给父母亲，身边的储蓄只剩下一百多元，因此对他实在是爱莫能助。

傅振雄先生已从成保律搬到文忠律的六号楼住，它们是平行相邻的两条街道，都在中峇鲁住宅区的范围内。由于彼此的社会地位相差太悬殊，我和他不可能成为莫逆之交。

晚上去拜访喜炎兄，他告诉我不少有关回中国的消息，说子明兄从他工作的商店里偷走了几百元，跑到中国的汕头市。又说有不少华人青年，大部分是华校的学生，和一些年轻的工人，纷纷回国求学或求职。虽然喜炎兄所讲的未见有报纸报道，但我相信他讲的是真的，我不也在考虑回国吗？但即使有朝一日我回国，我也不会像子明兄那样去偷老板的钱，我不希望背后被人家说我是小偷。

人穷志不短

1953 年 9 月 14 日　星期一

国成二弟来信，问我对家还有印象吗？这叫我怎么回答呢？打从1945 年 9 月起，我远离家门外出谋生至今，已整整八年，只回过一次家，且只过一夜而已。是的，随着时间的推移，我离家是越来越远，对家的印象是越来淡化了。后来出世的五弟国宗，六弟子良，连面也未见过，哪来的印象？这八年以来，家没有给我多少温暖，反而是我给予家温暖，因为我每个月都寄几十元的血汗钱回家。我每次给二弟回信时，都鼓励弟妹们：我们的家很穷，但人穷不要志短，都要努力奋斗。我们的家不是日落西山而没有希望，而是正在努力冲破黎明前的黑暗，充满希望的家。俗语说，穷不过三代，我们这一代刚好是穷家的第三代，应该对未来要有信心与决心。

吉隆坡的三姑来信说，住在太平市的七姑得了重病，叫八姑回太平一趟。我通知八姑此事，她以孩子多而无法脱身为理由，不去太平。她邮寄二十元给七姑买营养品。

虽然每逢中国的中秋节，全马来亚的华人都在庆祝。但新加坡比联合邦的气氛更浓。才农历八月初一，月饼、花灯就处处可见，而在联合邦要等到农历八月初十才可见到。我工作的中峇鲁社区，气氛就没那么浓了。就拿我工作的商店来讲，除了梅林罐头是唐山货以外，再也没有其他唐山货。而顾客也基本上是已欧化的人，因此店里也不出售月饼与花灯之类庆祝中秋节的商品。

1953 年 9 月 28 日　星期一

二弟来信说，他已找到一份跟车尾（即随车装卸货）的工作，食住自己解决，月薪一百二十元，说这是破太平市跟车尾的工人最低薪的记录。

今天早上坐巴士，到与新加坡紧邻的联合邦的柔佛州的州府新山市游览，整个市区就那么几条小街道。到动物园参观，园里也只有为数不多的几种小动物。到亚福街没找到朝顺表兄，中午就回到新加坡。到鞋店买了一双世界名牌"巴打"的皮鞋，花了十三元五角钱。下午碧海同事带我到他在章宜的家，我与他的父亲还谈得来，并在他家吃晚餐。碧海还告诉我，他已辞掉在平平公司的工作，决定到联合邦柔佛州的麻坡小市镇找工作。

整个晚上都在找朋友聊天。先到黎士哥士律找林洽龙先生，想了解联华公司最近的进展情况，没有找到他。听说他在亚峇街，结果在此街还是找不到他。很扫兴，只好到吉灵街找陈忠纳先生，也找不到他。再到丝丝街找杰超先生，与他聊了半个小时。接着又到文忠律找振雄先生聊天，还到苏炳书店买了一本歌集，花了一元八角钱，回到店里已是晚上八点多。

不当富商女婿

1953 年 10 月 12 日　星期一

在吉隆坡患的肛瘘，当时没有医好留下后患，不断受到感染，如今已由当初的一个疮口感染成好几个疮口，天天忍受着大便时从几个疮口渗出大便与流脓的痛苦。又没有条件去住医院动手术根治，这很让我忧虑。

　　隔壁店的洪老板，对我很热情。他有几个子女我不知道，只知道他有一个女儿，天天在他的店里帮忙料理生意。我管她叫洪小姐，她对我也很热情。有时候中午饭后，双方店里较少顾客，她与我就天南地北地闲聊起来。她的相貌平平，但她的背椎骨突出，且长出大肉瘤，使她的背成龟壳状。她告诉我，这是她小时候得了一场重病留下的后遗症。她也知道我是看不上她的，因此她只是把我当成她的异性知己。她经常向我倾诉她这一不幸，我除了安慰她几句以外，还能向她说些什么呢？同情是不能与爱情画上等号的。她大约比我年轻两三岁。

　　前几天的一个晚上，洪老板和我下象棋，在这当中，他问我觉得他的女儿怎样。我说："我看她的脾气很好。"他说："我这个女儿病后留下的后遗症很难看，除此之外，其他方面都很健康，但她的终身大事很令我操心。"我对他说："你应该让她在学校多念几年书，身体有缺陷，可以用高学位来弥补。"他说："我也想过这样做，可是她念到初中毕业就再也念不下去了，因为她受不了在学校被人家歧视。"我说："培养她成为女老板呀。"他说："我不是没想过，但她像她的妈妈那样，是贤妻良母型的女人，人很老实，不宜经商。我看她与你很合得来，希望你以后多接近她。要不你就辞去现在的工作，到我的店工作怎样？我会把你当成自家人看待的。"怎么？他想招我为女婿。他还对我说："你如果愿意照顾我的女儿一辈子，我会把我的财产分一半给你。"我听了笑笑，不置可否。

　　自从洪老板对我交底后，他店里的职员向我开玩笑地说我快成为洪老板的女婿了。这可引起我的警惕，不行，今后我得拉开与洪小姐的感情距离，免得弄假成真。人家说英雄难过美人关，我说穷人难过金钱关。洪老板已十分明确向我提出了条件和回报，若说我一点不动心，那是假的。我正缺钱医病和缺资本做生意呢，我只要答应娶他的女儿，以上两个问题就可解决。可是，我难过俊男爱美女的心理关呀。洪小姐背上的龟壳状包袱是伴随她一辈子的，可我才二十二虚岁，来日方长，还有机会医好我的肛瘘与痔疮。因此，这门亲事绝不能答应。

1953 年 10 月 26 日　星期一

早就听说龟屿是游览圣地，但要坐两小时的船，来回一趟就得半天。前几天苏得泉同事约我一起游览龟屿，本来我已答应，后来发现他是带夫人一起去的，我就不去了，免得扫了人家的雅兴。

前几天，喜炎兄特地来店里找我，我已知其来意，再拿二十元资助他经营咖啡店。而他是否经营得起来，那要看他的本事了。今天中午，我约了店里的荣基和亚筑两位同事一起到虎豹别墅的游泳池游泳。我已好久没游泳了，现在游起来才发现游技已大大不如前了。随后我们三个人又到海边的沙滩玩水，顺便请照相师给我们拍了几张相片做纪念。这几张相片一直保存得很好，伴随我一生。

振雄兄确实是儒商，他家里的藏书还真不少呢，我每次去他家拜访，总是顺便向他借几本拿回来看看。在这一点上，他倒是很乐意。

不识自己真面目

1953 年 11 月 9 日　星期一

前几天，我又约了永朝同事到虎豹别墅的游泳池，足足游了一个下午。当天晚上又去东方戏院看由李丽华主演的电影《青春烈火》，看完感想很多。我的青春烈火不断遭到穷与病的苦水浇灌，时旺时熄。

为了追求理想，我到处漂泊，苦苦寻找通往理想的道路。然而我的具体理想是什么呢？路在哪里？怎么样才能实现我的理想？我都心中无数。但在我的潜意识里，希望有朝一日，我能成为拥有文凭的知识分子。有时候我在自问，我究竟是一个怎么样思想的青年？总觉得自己左也不是，右也不是。既对资本家剥削工人有意见，又想当资本家。我真的连自己的面目也看不清楚。

结识高级知识分子

1953 年 11 月 23 日　星期一

　　来新加坡工作快一年了，也新结交了一些属于君子之交淡如水的人，他们都是较有文化、较有社会地位的知识分子。那是这些人来店里买东西时，我热情地接待他们，送货上门时服务很周到，才成为朋友的。他们并不因为我是打工者而看不起我，乐于与我交谈，欢迎我到他们的家拜访，这我已经很满足了，我并不奢望他们在经济上帮我翻身。他们经常开导我："你是才二十出头的后生仔（即小青年），但你是能洁身自爱，勤奋自学，是个有抱负的好青年，这是我们将你当成朋友的主要原因。但你经常闷闷不乐，是不是你的心太急着想早日出人头地？你不要焦急，三十而立嘛！要耐心等待机会。只要你能持之以恒地保持奋斗的志气，机会总会有的。"像这样勉励的话，我爱听，因为它会使我增加克服困难的勇气。

　　在由顾客变成朋友的人当中，有一位是马来亚大学的医科教授，也是眼科大医生，四十几岁，潮州人，个子矮小，但很有高级知识分子的风度。他的夫人经常来店里买东西，是四川人，人高马大，常穿浅白色的旗袍，给人一种雍容华贵的贵夫人形象，就在她丈夫所兼职的医院当护士长。他们有一个儿子和一个女儿，都是不超过十五岁小少年，很有教养，都在英文学校念书。这一家的大概情况，是苏得泉同事告诉我的，并提醒我送货到这家时，要注意礼貌。

　　记得第一次送货到他们家时，映入眼帘的是一座红瓦白墙、有围墙的漂亮的两层别墅。它离我工作的商店只隔三条街而已，我按门铃，教授的夫人给我开门。庭院内绿草如茵。我把货搬进她家门口后，说："护士长，货已送到，请您清点。"清点过之后，我怕鞋子弄脏了她家干净的地板，自觉脱鞋后，才将货搬进屋里去，并按她指定的地点摆放好。她和气地说："坐，坐，休息一会儿。"我很有礼貌地说："谢谢，但浑身流汗，会弄脏您的沙发。"她微笑说："没关系的，沙发坐久了也会脏的。"接下去她与我交谈起来。她问我："看你的举止言谈，不太像工人，倒是有些像知识分子。你是什么学校毕业的？"我说："我现在边工作，边在社会大学上课。"我这样的回答，引得她问起我的身世。我简要地告诉她我的苦难历程的几个片段，但我不是可怜兮兮地向她诉苦，而是分享奋发图强的豪言壮语，因为同情与怜悯无助于我克服困难，而勉励才是我所需要的。当初步了解我苦难的身世之后，她对我说："你能长期坚持自学，也很不容易，希望你再接再厉，我相信你将来也会像我们现在这样生活。你以后即使没有送货来，也可以来我家玩玩，我们欢迎你。但我们工作很忙，你可先电话预约。你喜欢看书，不妨看看我们书架上有哪些书是你喜欢看的，我们可以借给你拿回去看。"我说："谢谢，我一定会爱护你们借给我的书，看完之后，必完璧归赵。我可以参观你们的居住环境吗？"她连忙说欢迎，带我到楼上楼下，前前后后参观。这是一座英国式的洋楼，单层的居住面积约一百二十平方米。屋外走廊约二十平方米，楼下的客厅很大，摆设很高级，一排高档的软垫沙发，沙发前摆放一张小茶桌，一架大钢琴，一排大书架，排放着好几百本书。多是医学方面的，小说不多，但都是世界名著。茶桌上放了几本印刷精美的画报，墙上挂有耶稣的十字架。一间书房，一间厨房兼餐厅。楼下不住人，楼上是三房一厅，有浴室和卫生间。围墙内还有几十平方米的空地，屋前是草坪，屋后是小菜园，种了几株香蕉，一些蔬菜。这家人有条件雇佣人，但一切都自己动手。参观完毕后，我非常羡慕。以上就是1953年的新加坡高级知识分子的住房条件。我以后会有如此优越的居住条件吗？我可连想也不敢想，虽然我现在才二十一周岁，但若以学生的入学年龄来讲，我连当中学生的资格也没有。唉！别去想那么多，免得干扰我的自学意志。

在教授家做客

1953 年 12 月 2 日　星期三

我的人生道路怎么那么崎岖难走，每到一个地方工作，总是头热尾冷不称心。再说命运之神好像老是在捉弄我，给我一副英俊潇洒的好模样，却又让我患上肛瘘与痔疮，使我无法过着正常健康的生活。这给我在精神上带来不少的烦恼。

那位护士长基本上在星期天上午来店里采购食品，而且指定由我送货上门。而我每次送货到他家时，都会在她家坐一会儿才走，但不能太久，一来不好占用她的休假时间太久，二来老板也会有意见。她的儿女不太会讲国语，她的那位医科教授的丈夫对我也不摆架子，很随和，有时候我也会向他请教一些医学常识，他也乐于告诉我。他对我说："你很好奇，好像什么都想知道。你好学，悟性又好，可惜呀！要是你有机会进学校念书，肯定会学有所成。"他的夫人问我今后有何打算。尽管他们夫妇都很看得起我，我还是不敢向他们讲我对未来的抱负。我只是对他们说："天生我材必有用，待到用时方知少。我很珍惜光阴，尽量多掌握知识，在等待机会。"

前天我送货到护士长的家，她还叫我品尝她亲自烹调的菜肴，她还介绍说："这是我家菜园种的茄子，不施化肥和农药，很卫生的。这是四川菜红烧茄子，我家乡的四川菜很有特色，你试试看。"我品尝了几口，幸好我也很会吃辣，我说："你们四川菜都是这么辣的吗？"她说："可以这么说，大多数都带辣味，吃得来吗？"我说还行。

1953 年 12 月 7 日　星期一

最近又送货到护士长的家，她的教授丈夫拿出自家种的、品种优良的青皮黄肉的大香蕉请我吃。品尝之后，我说比从市场上买来的更香

甜。他说树上熟的当然更好吃。他又带我去参观其香蕉园，我总算亲眼
见到结了果的牛角蕉树。好大的牛角蕉，其大小和形状如大水牛的角，
一条就有两三斤重。但教授说："好看不好吃，不好当水果吃，把它和
其他配料煮成菜看才好吃。"他对我大谈其家乡潮州的风土人情，我也
向他讲了我的家族与潮州的情结，我一家人都会讲潮州话，爱吃潮州菜
（如咸菜煲鸭子，俗名叫冬菜的潮州腌菜），爱看潮州戏，爱听潮州音
乐。我的三婶就是潮州人。

楼上的胡小姐已不像以前那样对我亲热，只限于彼此迎面相遇时点
点头而已，但我无所谓。因为她的放荡和不受约束与我是水火不相
容的。

1953 年 12 月 14 日　星期一

以前在怡保市认识的汤国威先生来信说他已在怡保的育才中学高中
毕业了。本月 13 号开始放假，由班主任带队，组成毕业旅游团到新加
坡游览，大概在十七八号会抵达新加坡。育才中学这一届的高中毕业
生，男女生总共才十四人。他始终看得起我这个社会青年，一直与我保
持通信，当然我也很想与他在新加坡再次会面，他日我若凌云得志必不
忘他。

表兄朝顺又从新山来新加坡找我，他失业了，要我帮他找工作。我
自己尚且顾不了，哪还有能力帮他找工作。而像他那样嫖赌酒毒样样有
的堕落者，我才不敢给他介绍工作。我敷衍几句，把他打发走了。

高中毕业纪念册

1953 年 12 月 23 日　星期三

国发表弟也来信，说他已在育才中学初中毕业，准备到槟城的韩江
中学念高中。这是槟城的重点华校，由潮州人创办，名气仅次于钟灵中

学。看看人家，高中毕业了就升大学，初中毕业了就升高中，而我呢？

汤国威兄于 19 号那天抵达新加坡，20 号的下午他独自一人来店里与我会面，赠送我一本设计新颖、内容丰富的精装高中毕业纪念册。我这个穷苦的工人，竟然有人送我这种纪念品，是连我自己也意料不到的事。从这本纪念册里，可以看到一个高中生在整个高中三年当中的生活是如何的丰富多彩，令我多么羡慕。我问他："不久前，你来信说要来新加坡升大学，现在有新的主意吗？"他说："是有些变化，有两条路可走，家父让我选择。一是回家帮忙家父料理商业的事，出路当然是当商人。二是念大学，出路是当学者。你给我提提建议，走哪条路较好？"我说："恕我直言，你不是做生意的料，还是去念大学为好。你不是对中国文学很有研究吗？干脆到中国念北京大学的中文系。北京大学是世界名牌大学，听说学费很便宜。"他说："有想过，虽然家父也同意我去念大学，但反对我去中国念大学，怕以后回不了马来亚，叫我到新加坡的南洋大学念会计专业。"是呀，如果回中国后，真的再也回不了马来亚，那可是个大问题，看来回国得再慎重考虑。我说南洋大学还没有建好，他说边建边上课。

20 号那天晚上，我到位于加东的教师别墅回访汤国威兄，向他透露了我想回国的念头。他说："你和我的处境不一样，我也不好说赞成或反对，你自己决定吧。如果你真的回国了，希望你与我保持通信联系。"我说会的。

1953 年 12 月 28 日　星期一

国发表弟来信说，洪善政也在育才中学初中毕业，也到新加坡旅游。我与他多年没见面，也想见见他，只可惜不知他下榻于何处。

快告别 1953 年了，按日记簿里首页的要求，要写上 1954 年的全年计划，以及实现计划的措施。可是这几年以来，我像一头无头苍蝇那样，到处飞到处碰壁。回顾 1953 年，无非多跑了一个城市，体验了现代化大城市的生活。如果问我有什么收获的话，那就是有机会接触到一些较有社会地位的知识分子，我的自学得到他们的鼓励。

1954 年 1 月 4 日　星期一

1954 年终于来了，我已二十三虚岁。虽然我不在日记簿里写上什么全年计划，但心里还是有些打算的。随着我一路漂泊，离家越来越远，我到底能走到离家多远呢？只有当我走到能使我凌云得志的地方为止。如今我虽然已走到马来亚尽头的新加坡，但还是闷闷不得志，看来我得走出马来亚。我的计划是：一是想办法找一份海员的工作，可获得免费游历世界各国的机会，为能在外国工作搭桥；二是破釜沉舟，回中国。

我向来有记日常收支的习惯，1953 年的全年工资收入为一千零二十五元。一共寄回家五百二十五元，入股联华公司三百元，还有借给喜炎兄二十元，八姑二十元，朝顺十元，至此身上只剩一百五十元，也就是说我每个月平均只有十二元左右可零用。这哪里够用呢，只好动用以前的储蓄。可是干了这么多年，直至现在总共才储蓄二百三十元，连想去医院动手术医治肛瘘和痔疮的费用也不够，更谈不上做做小本生意了。

谜一般的来电

1954 年 1 月 18 日　　星期一

13 号那天的晚上，突然接到从怡保市的万里望小镇打来的电话，从那娇滴滴的声音猜，对方肯定是少女，问我现在新加坡生活过得怎样。我问对方是谁，对方说是亚英。在我记忆中的万里望几位女友当中，并没有叫亚英的，亚英究竟是谁呀？于是我向对方提出质疑：亚英是谁呀？对方很恼火地骂我："你怎么那么无情，离开万里望才两年，就将我忘了。"对方说到这里，也不听我解释，就挂断了电话。这不禁使我产生疑问：听电话声是长途电话，而且是讲闽南话的，她怎会在夜里来电话关心我？更奇怪的是，她怎会知道我工作的店里电话号码？她会是谁呢？可能永远是个谜。

1954 年 2 月 3 日　星期三

癸巳年已在昨夜的鞭炮声中过去了，今天是甲午年的第一天。新加坡是以华人为主体的城市，尽管有不少华人已被欧化，但其中国根并没有被融化，所以春节远比圣诞节热闹。昨夜鞭炮声不绝于耳，今天一大清早，大人小孩都穿新衣服外出，到亲友家拜年。我却躺在床上发呆。人家欢欢喜喜在过年，我郁郁寡欢在过难。前天我又寄八十元给父母亲过年，幸好老板发给我过年红包七十元。

八姑丈和八姑对我的勤学很反感，他们自己是文盲，但不该那么仇视文化，因此使我对他们没好感。无论如何，我不想在平平公司再干下去，得赶快另找职业。今天是大年初一，整天待在店里苦闷也不是办法，可是整个下午出去拜访几个朋友都扑空了真扫兴，只好到大华戏院看电影。

1954 年 2 月 5 日　星期五

春节放假三天，今天是最后一天，我得去向八姑丈和杨天成这两位老板拜年，否则讲不过去。因为他们都对我说过，从这个月起，给我升工资十元，即月薪为九十五元，但我觉得可能是杨天成老板给我加薪，因为他很看得起我，我也很尊重他，而且他是大股东，有决定权。八姑丈看我很不顺眼，我也对他不够尊重，他怎么会给我加工资呢？

由于我和八姑丈合不来，彼此经常吵架，我和他已有一段时间没讲话。对此，八姑曾批评我："毕竟他是你的姑丈，不能没大没小，你要主动与他讲话。"她讲的也是，因此我想以向他拜年为契机来进行和解。今天才登门向八姑一家人拜年，我和八姑丈倒没吵架，反而与八姑吵起来。我原以为姑与侄较亲，就向她倾诉我平时在店里受到的一些委屈，希望能从她那里得到一些劝慰。想不到她会这样说："你若受不了人家的气，就滚出平平公司，何必死不要脸地待下去。"这像什么话？我听了简直快气死，但我不想与她争论，我阴沉着脸向她告辞。

想当海员

1954 年 2 月 12 日　星期五

忠纳兄在新加坡已失业好长一段时间，他决定回联合邦的怡保市老家，我向他表示，若回去路费成问题，我可以资助一些，结果我给他十五元做路费。好久没有见到喜炎兄，他住无定处，不知他现在做什么工作，也很可能是他经营咖啡店失败，也可能他根本没去经营。虽然前几天收到他寄给我的贺年片，但除了贺词，并没有写上他现在的住址。

店里从老板至同事，都知道我不想再在平平公司干下去，杨天成老板给我加薪是想挽留我，而八姑丈通过八姑向我下逐客令，我若再干下去没多大意思。婆罗洲的博邦俊兄来信说，已给我找到一份当海员的工作，是远洋货轮，航行世界各地，工作不太辛苦，待遇不错，只是经常较长时间在海洋上生活，会很寂寞和无聊。但这对我来讲，问题不大，我可以用看书和写作来打发无聊和寂寞。我担心的是，是否受得了大风大浪。虽然小时候也当过渔民，但那只是小风小浪，不过我相信习惯了就好。于是我回信给邦俊，说决定当海员。他回信说，此刻船在印尼卸货，然后装货往新加坡，到时再与我电话联系。

店里的苏得泉先生，既是我的上司，也是我的好朋友。他问我既不在这里干，准备到什么地方工作。可我不想把正在联系当船员的事告诉他，只是对他说我可能回联合邦。于是他向人家借来一架照相机，他说难得有缘与我共过事，照几张相片留念。我与他在新加坡有名的景区，如红灯码头、植物园等等，合影留念。

近来洪小姐经常与我聊天，她大谈青年男女之间的友情和爱情，只可惜她虽落花有意，可我却流水无情。我又不忍伤她的心，只好对一些敏感问题含糊其词。另一方面，我却很高兴地收到金保市的红粉知己陈联珠的贺年片，一句贺词，深含她对我念念不忘的旧情。

应聘失败

　　鳄鱼牌 T 恤衫公司在报上的征聘广告栏里发布征聘推销员的广告，待遇从优，但必须满足以下条件：男的年龄在二十岁至三十岁之间，女的在十八岁至二十五岁之间；男的一米七以上，女的一米六以上，男女均要求具有模特儿型的身材，男的英俊，女的漂亮；能说会写，会流利地讲多种语言，有推销能力，初中毕业以上的学历；不能有喝酒、抽烟、赌博等不良嗜好。

　　鳄鱼牌是名牌，我一向买鳄鱼牌的背心和 T 恤衫来穿。对照自己，我几乎都满足该公司所要求的条件，就差没有正式学历的文凭，花点钱去弄张假的来应付，又怕被当场识破而遭人讥笑。再三考虑之后，决定采用迂回战术去应聘，若失败了也没关系，反正我也没有什么损失。

　　跑过几个地方，当过几家商店店员的我，不怀疑自己的推销能力。在我现在工作的平平公司，我一直在干推销的工作呀。我就是好的店员也是优秀的推销员，要不，我怎么会得到英国的白兰氏公司和新加坡的杨协成公司的欣赏呢。经过以上的自我评估之后，我先写封自我推荐信给鳄鱼牌 T 恤衫公司，并附上我英俊的近照一张。我要使主管招聘的人，在看过我的信和照片之后，对我产生这么一种印象：年轻英俊，有初中毕业以上的文化水平，有能力，有口才。其实这也是我在推销自己呀，如果我的信和照片能产生我所意料的预期效果，则对方有约我面谈的希望。唯一顾虑的是，就怕我那三寸不烂之舌无法使对方破例接受我没有文凭的事实。

　　苦苦等了几天，昨天终于收到鳄鱼 T 恤衫公司的回信，约我今天到公司面谈。太高兴了，我昨晚几乎睡不着，满脑子都在想如何应付今天的面谈。

　　今天上午到位于水仙门的鳄鱼 T 恤衫公司的招聘处，经办招聘的主管人员很热情地接待我，这时我才知道面谈即面试，当场考我是否真的会流利地讲多种语言和掌握推销术，其他方面都在我的信中体现出来了，就不必试了。对方向我提的问题，我一一回答得使对方满意。对方说："我们决定招聘你，你明天就可以来上班。"我说："我得回去向我现在工作的公司提出辞职，按不成文的规定，要3月1号才能来上班。"对方说："没关系，随时来，我们都欢迎。关于待遇的问题，你的工作是在外面跑推销的，公司就不供你的三餐，月薪一百元。另外看你的推销成绩如何，才好给你奖金，总之多推销多得奖金。没有封顶，好好干。"这么顺利？那我真的在走运。但在我向对方告辞时，对方客气地说："来上班时，不要忘记带上你的文凭给我们看看！"呀！我担心的事还是不可避免地发生了，这下犹如一桶冰水从我的头上浇下来，从身上一直冷到心坎上，没有希望了。我苦着脸说："我还在社会大学实习，暂时还没有拿到毕业文凭。"对方叹了一口气，然后说："子仪君，你是个好青年，能靠自学达到目前这样的水平，很了不起，我很佩服你。但我也是为公司打工的，无权打破公司的招聘条件，请你谅解。不过，我会向上级推荐你，看看能不能酌情处理你的特殊情况。你先回去，有什么好消息，我立即通知你。"我相信他讲的是实情，我怎能怪他呢？但我心里很清楚，他只是在安慰我而已。

接到金保市永顺成号的陈联珠来信，证实了柯鸿武确实已被政府的军队打死了。永顺成号不但被搜查，连她的兄弟姐妹都被政府叫去审问。她的弟弟春辉也来信说："我的姐姐还处在极度悲伤之中，你不要再写信给她，免得她受刺激。因为她一想到你就恨死柯鸿武。我也恨透了柯鸿武，他欺骗了我们全家人，若早知道他是假商人，真马共，就不会产生这样的悲剧。他也向你灌输了不少共产意识了吧？这是我的猜测，希望你好自为之。"既然我与联珠曾朝夕相处了好几个月，彼此都产生了相见恨晚的遗憾感受，确实我若给她写信时提及柯鸿武，难免会引起她的悔恨。算了，等过一段时间之后再写信劝慰她。

糟心的与甜蜜的

1954 年 2 月 21 日　星期日

　　永朝同事自己有肺病，不但与我们同桌吃饭，连碗筷也不自备，最近他连吐痰也带血，又是服药又经常请假。我向他提意见，叫他注意个人卫生、公共道德。他不但不接受，还说我在专门与他作对，他还威胁我，说要叫人来收拾我。我向他警告："你不顾公德，想把肺病传染给别人，你的良心何在？还想叫人来打我，你敢？恐怕你叫来收拾我的人还来不及收拾我，就被我叫来的人把你先收拾掉，信不信？等着瞧！"我不喜欢打架，以和为贵，但真的架打到我头上，那也只好招架了。

　　我听春辉的劝告，就不再给他的姐姐写信，倒是联珠给我写信了。信的大意是说她伤透了心，发誓从此不再嫁人。我立即给她回信，对她说："今后你嫁人不嫁人，恐怕不由你。你的妈妈不会那么封建，她会叫你守寡一辈子吗？我看你今后若遇到有缘的人，不妨随缘吧。不要那么悲观。"虽然彼此在信中都流露出留恋过去那一段亲密相处的日子，但那只是作为甜蜜的回忆而已。

下决心回国

1954 年 3 月 1 日　星期一

　　接到鳄鱼牌 T 恤衫公司的回信，还未拆开信，就摸到相片，我就知道没有希望了。拆开信一看，果不出所料，对方将相片退还我，信内只是说："本公司因招聘名额有限，现已招满额。"只字不提关于文凭之事。此次应聘失败在我没有相应学历的文凭，我非常气愤。加上国内的陈志强好友来信说国内生活虽清苦，但有免费求学和医病的机会，因此在我的心理上同时产生了两种同向力：对我在新加坡的去留问题上，应聘失败产生了离心力，祖国给我的机会产生了向心力，坚定了我归国的决心。

直觉告诉我，好像店里的人都知道我应聘失败之事，看到他们在背后窃窃私语的表情，无非在嘲笑我没有文凭也敢去应聘。我心里很难过，但我还得厚着脸皮再待一段时间，因为我在等待婆罗洲和祖国这两方面的消息。

1954 年 3 月 9 日　星期二

去年的年底，我曾向八姑放出今年不再在平平公司干下去的风声，但今年直至现在还在平平公司干。今天到八姑的家里坐坐，就遭到八姑的冷嘲热讽。她竟说："你在新加坡，除了在平平公司干以外，再也没有其他路可走。"我听了很气愤，心里在说："哼，我就走其他路给你看看，我不但要走出平平公司，还要离开新加坡呢。"

本来我也想在新加坡求发展，所以才去入股联华，去应聘，但新加坡好像并不接纳我，使我处处碰壁。

1954 年 3 月 15 日　星期一

婆罗洲的傅邦俊来信说，那艘载货从印尼往新加坡的货船，已出事沉没了。呵！我是当不成海员了。其实我还可以回到联合邦，再到双溪吉隆老家或太平市找工作，但我已暗中对父母亲立下誓言，今生今世，当我奋斗得出人头地之日才是我回家之时。而今我一事无成，有何颜面回去见父母和弟妹们呢？好马不吃回头草，看来只好归国了。我得赶快写信告诉中国的朋友陈志强，说我已下定决心归国，问他有何意见。

以前我认为，如果回国后还是当工人或农民，那还不如回联合邦去，这是单纯从生活条件来考虑。现在我是从人应该怎么生活才更有意义来考虑。比如说回国后当工人。由于目前祖国还很穷，生活可能很苦，但精神上可能很轻松，那是因为有回国参加建设祖国的荣誉感。而在这里，我为老板工作，纯粹是为了糊口而已，精神上哪来的荣誉感？倒是自卑感更多。

偷跑回国

　　本来，回国参加祖国建设是很光荣的事，但我在马来亚的亲朋好友当中，有一点可以肯定的是，我的父母亲和祖母，还有叔叔和姑姑们，没有一个会让我归国的。他们怕我回中国后再也回不了马来亚。特别是父母亲，更怕我再也无法寄钱给他们用。另外，父母亲也怕我在中国举目无亲，一旦生活不下去，那如何是好？以上这些问题，我也不是没考虑过，所以我才说此次回国是破釜沉舟之举。要么凌云得志，要么客死中国。决定不让任何亲戚知道我要回国，等我回到中国后才写信告诉他们。决定回国之后，反而心情放松了，也不去计较店里的人如何看待我，平时爱讲话的我，也变得沉默寡言，默默地工作。

　　虽说自己的祖先是中国人，但就连我的父母亲也是在外国出生长大的，一辈子也没有到过中国，我就更感到唐山非常神秘，很遥远，很抽象。现在我即将远离马来亚联合邦，到那既抽象又神秘的中国，前途未知。

　　二弟来信说，父亲已六十一岁，身体虚弱，垂垂老矣，已无体力出海捕鱼。幸好母亲才四十一岁，正当壮年，是家里的顶梁柱。大妹妹也已十八岁，快嫁人了。他与三弟和二妹皆已有工作，合起来维持一家人的生计。照二弟这么说，我即使回国后无法寄钱回家给父母亲，问题也不太大。我可以回国了。

最后的见面

1954 年 3 月 27 日　星期六

　　昨天二叔突然出现在我工作的平平公司，我一时还以为是我的幻觉，揉揉眼睛细看，真的是二叔。呀！才两三年没有见到他老人家，怎么一下子苍老了许多？他一改过去对我的严肃，很和蔼地和我打招呼。我问他是来新加坡做生意吗？他关心地问我："我约了一个朋友特地来新加坡看望你，你在新加坡工作得顺心吗？八姑一家人对你怎样？"我深深地叹了一口气，二叔对我的关心使我感慨万分。我从十三周岁出来闯江湖，直至现在已二十二周岁，一路来爬爬跌跌，肉体和心灵都是伤痕累累，遇到伤心事和受到委屈时，我向谁倾诉？开始时我会伤心哭泣，后来也许是欲哭无泪，只有悲愤。在我的记忆中，好像没有人关心我的日子过得是否顺心。二叔算是能这样问我的第一人。我对二叔说："多谢二叔对我的关心，可一直到现在，我还没有出人头地，怎么会顺心呢！八姑一家人对我也有一些看法，由他们吧。"此时此刻，正当我下决心回国之时，二叔从联合邦的太平市住地跑来新加坡关心我？莫非他担心我跑到中国去？凭他的社会关系和交际网，是完全有能力使我逃不出马来亚的。因此，我绝对不能向他流露出想回国的念头。所以，当他试探地问我今后有何打算时，我说走一步看一步吧，不好说。

　　昨天我还带二叔到八姑的家，八姑竟在二叔面前攻击我，尽说我的不是。我忍无可忍，与八姑大吵起来。二叔只好劝架，当调解人。我和二叔离开八姑家以后，他对我说："我有一个朋友，就住在新加坡的杨厝港，名字叫王赞，你今后在新加坡碰到什么事需要他帮忙的，可以去找他，我已对他讲好了，他会尽力帮你的。"我听了心里在想：二叔，你来得太迟。您的好心，现在已无法改变我回国的决心了。随后二叔向我告辞，回他的住处。

今天到杨厝港拜访王赞，只是想认识他一下而已。我既已决心回国，还能有什么事需要他帮我呢。恰好他运货出门还未回来，没有见到他也就算了。二叔今天回去了，我有预感，这恐怕是我与二叔的最后一次见面。鬼使神差，好像是上帝安排他来为我送行。

治扒探长

1954 年 3 月 29 日　星期一

今天晚上，我到奥得安戏院观看世界著名的扒手专家表演扒术。一开始，这位英国扒师自我介绍说："我原来是扒手帮的头，后来改邪归正，当上了苏格兰场的治扒探长。此次应新加坡政府的邀请，来这里表演几场。你们看我的表演之后，自然知道该如何防扒手了，等下随便哪个观众上台来，我一定要从他身上扒走一样东西。当然上台来的观众必须身上有我拿得走的东西，比如头上戴的帽子，手上戴的手表、戒指或手环等等，衣和裤子的口袋里装的物品。但我有一个要求，其他在台下的观众，只能观看，不能出声，更不能有任何暗示的动作或表情，否则就没戏可看了。"表演开始，第一位上台的观众是一位四十几岁的男子，看其样子，非常小心防着呢。扒术师笑容可掬，摊开双手迎上去，双手握紧对方的双手，热情地与对方攀谈起来。他问那位上台的观众："欢迎，欢迎，你们新加坡的扒手很厉害吗？如果他们的扒术超过我，我就拜他们为师。"上台的那位观众说："新加坡的扒手多得很，我非常小心防着呢，所以我还从未给扒手从我身上扒走东西。"扒术师一手拍拍他的肩膀，另一只手仍旧握住他戴手表的那只手的手掌。接着扒术师说："其实每个人出门时，多加小心，就不会被扒走东西的……"就在与对方侃侃而谈当中，扒术师的那只握住对方手掌的手，拇指和食指及中指仍握住对方的手掌不动，突然伸出后两个手指朝前一拨一勾，动作好快，前后不到几秒钟，对方手腕上的手表就到他手中。这个过程，台下的观众都看得很清楚。可台上的那位仁兄还在与扒术师侃侃而谈。但扒术师既已得手，就说："可惜时间有限，就交谈到此吧。"这位仁兄浑然不知手表已被扒走，扬扬得意边走下台边看台下的观众。他笑扒术师失手，台下观众笑他失手表。此时，扒术师提醒他看看自己身上是否丢掉什么东西，这下他才发现被扒走了手表。当然，扒术师把手表交还他。随后，台下的观众有的不服气，先后上台了几位与扒术师较量，结果个个都在众目睽睽之下，被扒术师从身上拿走一件东西。我看那位扒术师妙在他采用了心理战略结合物理战术，在最佳的时机下手。他所讲的苏格兰场，是英国破案率最高的刑侦机构。

弄巧成拙

1954 年 4 月 5 日　星期一

这几天我送货到顾客的家，发生了一件令我毕生难忘的事。最后一次送货到那位护士长的家时，围墙的铁门虽然开着，但屋子的大门上锁，窗门也关着。事先不是已约好了她在家等我，现在货已送到她家门口，她跑到哪里去了呢？难道我再把货运回去不成？而把货留在她家门口，我离开她家更不行，货丢失了怎么办？看来得想办法将货搬进她家里。看到窗户离地面才一米高左右，我就在打开窗户上做文章。我思考了一会儿，终于巧妙地打开窗户，将货从窗户一一搬进屋内放好，在其书桌上写张小纸条：护士长，货已送到，请验收。我又从窗户出来，然后又巧妙地把窗门关紧。可是我刚走出围墙，护士长就来了。她说："很抱歉！我刚刚有事到邻居家一下，没想到你这么快就将货送来，放在门口就行。"我说已把货放进屋内，她开门进去一看，也看了我写给她的便条。她带着责备的口气问我是怎么把货搬进屋内的。我说："很抱歉！按理说我是不该在你们不在家时弄开你们的窗门，但把货放在你家门口，我不放心呀。"这下她的口气才缓和些说："你也真不简单，我留下一手是预防忘记带锁匙出门时应急之用，竟然也被你发现，并加以应用。不过，年轻人，以后你的聪明才智要用得恰当，否则弄巧成拙，吃力不讨好。"尽管她这是在婉转地批评我，但她说的也是，我得吸取这次的教训。因此我对她说我会牢记她对我的教诲。我即将回国，这是我最后一次送货到她家，我不该耍小聪明，把好端端的关系弄僵了，真遗憾！

三等舱船票

1954 年 4 月 12 日　星期一

接到陈志强与巫源这两位先生来信，均托我给他们带一只手表，钱等我到广州后才给我，并附列出一张清单，指出清单上的东西可买些带回来，赚些钱做以后的生活费用。并告诉我，到广州时，中国政府会安排我住在广州华侨招待所，等待分配工作。可我在担心，若入股联华的那三百元拿不回来，则我连回国的路费也成问题，哪还谈得上多买些可赚钱的东西带回国。

今天先到位于丹绒百葛街的统一旅行社买了一张从新加坡到香港的船票，为了节省些钱来买些可赚钱的物品带回国，我只好花一百二十元买张三等舱的船票。船名叫芝沙丹尼，排水量一万两千吨，5 月 7 号从新加坡启程。看看身边还有一百多元，就到大坡的大马路街给陈志强代买一支西夫钢笔，花八元五角钱，一只二十一钻的手表，花三十三元。据说，这只表在中国的价值相当于这边的一百多元。又给巫源先生代买一只二十几元的手表。至此，我身边只剩下几十元，虽然陈志强叫我买一辆脚踏车带回国，可以赚一百多元，但我买不起，再说它很笨重，不方便带。

今天正式向老板提出辞职，八姑丈只是面无表情地嗯了一声，杨天成则挽留我，但我回国已势在必行，谢谢他的好意了。

善始善终

1954 年 4 月 19 日　星期一

二弟来信说,他在太平市的华联中学念高中一年级,晚上去当家庭教师,月薪五十元,寄十五元回家,学费和吃住共向学校交二十五元,只剩下十元做月零用钱。他这是在半工半读呀,不错,有志气。

按不成文的规定,是我先向老板提出辞职,我得再干半个月才能离开平平公司,即从本月 12 日正式辞职算起,干到本月 27 日为止。有始有终是我为人的基本原则,因此在这段时间里,我照样认真地工作。同事、老板及一些好友纷纷问我的去向,我一概说回联合邦另谋出路,甚至还骗他们说已找到职业,具体在什么地方、什么职业,以后会写信告诉他们。我现在职已辞,船票已买,启航日期已定,万事俱备,只怕到时东风转西风而走不了。这段日子里,我一点也不敢流露出要回国的迹象。

今天上午,细雨霏霏,又是休假日,待在店里沉思,抚今追昔想未来。从小到大,算来在商店里也工作了七八年,或多或少也掌握了商店的经营术和商品的推销术。我也想经商,但苦于无最起码的资本。有时候也想从买空卖空、以黑吃黑或铤而走险等捷径来获得第一笔资金,但又不敢冒大风险。而光靠微薄的工资来积累第一笔资本,本来就很难,加上还要把相当一部分的工资寄回家给父母亲用,那积累资本更是几乎不可能了。虽然娶洪小姐为妻,靠岳父资助是条捷径,但我又不愿意这样做。在经商无望的背景下,使我酝酿了两三年的回国念头终成为行动,我已做好回国后当一辈子工人或农民的思想准备,把我的青春献给祖国的建设事业。

下午雨停,独自一人到中华游泳池游泳。随后到市街到处走走看看,今朝离开新加坡,何日再来此旧地重游呢?

差点泄露行踪

1954 年 4 月 23 日　星期五

　　当初是八姑叫我来她的店里工作，我才有机会在新加坡住了一年多，享受到现代化大城市的生活条件，看到了许多在联合邦看不到的东西，认识了一些高级知识分子。尽管后来我对八姑没甚好感，但我现在即将离开她，我必须向她告辞才对。于是，今天特地去拜访八姑，可她太不会做人，都什么时候了，她还在向我唠唠叨叨，尽说些伤我自尊心的话，使我对她很反感。她这又何必呢？我原意是想来与她和解的，好头好尾嘛！看来这只是我的一厢情愿而已。她带着看不起我的表情和口气对我说："你不在平平公司工作，还能到哪里去呢？"我冷笑说："世界这么大，我还怕没地方去！"她嘲笑说："做梦！我看你恐怕连去中国的本事也没有。"我听了气得差点说："我这就去中国给你看看。"幸好我及时冷静下来想一想，她这是在用激将法来套我说出真正的去向，我差点上她的当。我就干脆放个烟幕弹，我说："去中国那太容易了，只是我不想去，我想去英国。"八姑听了大笑说："吹牛不要本钱，但会使人笑掉牙齿。"我觉得与她还是少说为好，免得言多必失，我向她告辞。哼！今朝她看不起我，没关系。待有朝一日我凌云得志，那时再来看望她，看她还有何话对我说。

向李炯才告别

李炯才先生也是由顾客变成朋友的，据他说，他以前是南洋商报驻法国的记者，现在政府部门工作。我来新加坡工作一年多，从不向人家讲我为何常常郁郁寡欢，人家也不知我的内心在想些什么。而炯才兄真不愧是名记者出身，眼光锐利，前两天的晚上，我去他的家告辞时，他对我说："我知道你常常闷闷不乐的原因，我看你是因学而无用才苦恼。"我说："算是给你说对了，我这几年来，苦苦坚持勤学中国语文，总算学到能说会写的水平，人家不用我，我无机会可施展，怎么不苦恼呢？"他说："最使我觉得你很不简单的是，人家碰上烦心事，借酒浇愁，虚度光阴，而你却是借书解愁，珍惜光阴。光在这方面，就使有识之士不敢小看你，说真的，我还得以你为榜样来处理碰上不顺心的事。我希望你老实告诉我，你是在哪所学校毕业的？"我说还在我们所在的这所社会大学里当小学生呢。他说："我在与你交谈当中，发现你有些话很有哲理，看来你对哲学颇有研究，你读过不少有关哲学的书吧！"我说："对于哲学，我谈不上有什么研究，只是我的业余爱好而已。我最喜欢看柏拉图和苏格拉底这两位哲学家写的书，当我遇到烦心事时，常常向这两位导师请教。"是否告诉他有关我回国的事呢？我得慎重考虑之后再决定。

李炯才的支持

1954 年 5 月 1 日　星期六

本来只要干到上个月 27 日就可以离开平平公司，但杨天成老板说干脆做完 4 月好结账。我想了一下，是 5 月 7 号的船期，这其中还有好几天闲着没事干，我若去住旅社等船期，那岂不是花钱买无聊。又想到这一年多以来，杨天成对我很不错，他对我有义，我也应该对他有情。因此我对他说："我是与人家约好在 5 月 6 号一起回联合邦的，反正这几天我也是闲着没事干，我就在店里帮帮忙，你不必付工资给我，就按你所讲的，我的工资结算到四月底就行。"他答应了。

平时与炯才兄交谈，发现他还知道不少中国的消息，我若把回国的事告诉他，说不定还可以从他那里得到有益的信息。因此我昨晚又去拜访他，将我要回国的事告诉他。使我意想不到的是，炯才兄夫妇俩皆赞成我回国。炯才兄对我说："依你的情况，最好争取回国后升学。"我说："我已是二十二岁的人，连小学毕业的文凭也没有，怎么可能让我升学呢？"他的太太对我说："祖国目前对归国的青年很照顾，在求学上，学历和年龄都放得很宽，我有一个儿子，就已经回国，现在广州华侨补习学校进行补习。我这里有一小包东西，麻烦你到广州时交给他。你放心，里面是几件衣服而已，不犯法的。"炯才兄说："我也没有什么东西可送你，就送两本书给你做纪念吧。"我接过小包裹和两本厚厚的书，一看书名是《在塞纳河两岸》，他告诉我，这是他在法国工作时写的随笔小说，是描述法国的塞纳河两岸的风光，是精装本，附有不少插图，分上下两集。

我在新加坡认识的这位炯才兄，是不是后来李光耀当新加坡总理时的得力助手、内政部长李炯才？或者是同姓同名，另有其人？我在 1992 年第一次由中国到马来西亚探亲时，曾对我的三婶提起李炯才这个人。三婶说："你认识的那位李炯才是否就是当过新加坡的内政部长的那位李炯才，我不知道。但那位当过内政部长的李炯才却是我的亲亲表弟，已退休，却在家待不住，经常外出旅游。他去年还来我这里叙旧呢。你要是去年在那个时候来，正好可以与他会面，不就一切都清楚了吗？"遗憾的是，至今我还无机会弄清此事。

股金让水漂走了

1954 年 5 月 4 日　星期二

即将告别新加坡，入股联华公司的那三百元，要想办法去取回来。前几天我去找该公司的董事长林洽龙先生，我对他说我要回国了，要退股，他满口答应，叫我在 3 日找他要。我昨天去找他，他却避而不见，我很气愤地对他的太太说："请你转告林洽龙，我不能再等他了，请他把我那三百元股金邮汇给我父亲。这是我父亲的住址，希望他言而有信。现在我把面值一百元的三张股票交给你。三百元对你们来讲微不足道，但那是我的血汗钱。他若守信用，今后他还是我的朋友，他若想趁机吞掉，今后他就是我的敌人。日后必有所报应，等着瞧，请他好自为之。"

由笔友发展成为好友的汤国威兄，当我写信告诉他我要回国了，他立即邮汇十元给我做顺风费。他是一个还不会赚钱的学生，那真是钱微而义重呀！

杨天成老板已将我的 4 月份的九十五元工资发给我，我再寄四十元回家，这也许是我回国之前最后一次寄钱回家。入股联华的那三百元拿不回来，加上又买些日常生活用品，至此我身边只剩下三十几元，幸好有情有义的杨天成老板给我四十元顺风钱。

再见吧，中峇鲁

1954 年 5 月 6 日　星期四

昨天下午，我终于告别平平标价公司，场面气氛不错。左邻右舍的新成号和源昌号的青年职工纷纷来与我握手告别。二楼的胡小姐、隔壁布店的洪小姐，她们都来为我送行。同事们帮我拿行李上出租车。杨天成老板还叫我以后如有来新加坡，欢迎我找他谈新叙旧。唯独不见八姑与八姑丈来送行，算了，我才不稀罕他们。出租车徐徐开走，我在车内向送行的人挥手告别。再见吧，中峇鲁！

昨天下午住进统一旅社，住宿费一天四元，伙食费每天再怎么节省，也得花两三元，可我身上只有七十几元，为了节省开支，也怕碰见熟人引来不必要的麻烦，只好整天在旅社里看报纸消遣。

告别新加坡

1954 年 5 月 8 日　星期六

本来是昨天上船，改为今天才上船。在统一旅社，从 5 日下午住到今天早上，花住宿费十二元，吃饭花了九元，以上共花掉二十一元，就这样，我带着五十几元离开新加坡。

这几天住在统一旅社时，看见有几个年龄与我差不多的男青年也住在这里。原来他们也和我一样，是回国参加祖国建设的社会青年。但他们的行李比我多得多，大大小小好几件，而我只有两只跟随我多年的小皮箱及一只不久前才买的藤条箱子。他们告诉我："我们是从联合邦来的，那边的政府要我们服兵役，我们就跑回祖国。"呀，还有这么一回事？我怎么不知道呢！

今天上午七点多，离开统一旅社，带着行李，雇一部出租车到丹绒百葛码头。在海关办理离境手续时，海关人员看我买的是单程的船票，二话没说，就没收我的新加坡公民证，给我一张离境的证明书，无非说明我是新加坡公民，是何时离开新加坡的。芝沙丹尼巨轮就停靠在丹绒百葛码头，由船上的甲板上抛下无数条五颜六色的细长绸带直至码头边的栏杆系着，船上不少男女青年站在甲板上和船旁的走廊边，纷纷向我们招手，表示欢迎从新加坡回国的青年。码头上人山人海，这时我才知道有很多的联合邦和新加坡的华人青年回国，这里头大部分是华校的在学学生，小部分是回国求职的社会青年。来欢送的亲友很多，惜别时有人欢笑有人挥泪。但其中也有像我这样瞒着亲友偷偷跑回祖国的独自一人默默地上船。上午八点整，船徐徐离开丹绒百葛码头。再见吧，新加坡！

有这么一个第三代华裔青年，才二十二周岁，外表英俊而潇洒，自小到大当工人，靠夜晚工余时间自学汉文，能写会说，可是却连小学毕业的文凭也没有。他想从事脑力劳动的工作，可人家不敢用他，他只好干体力劳动的工作。因此，他带着悲愤的情绪和惆怅的心情离开祖辈父辈居住的马来亚，踏上归国之路……这个青年，就是我！